姚锦镕

浙江大学副教授、著名翻译家。大学外语系毕业后一直在浙江大学任教，并从事英、俄语文学翻译工作，译有屠格涅夫、普希金等名家的中短篇小说。所译长篇作品有：狄更斯的《巴纳比·拉奇》与《远大前程》、马克·吐温的《汤姆·索亚历险记》与《哈克贝利·费恩历险记》、柯南·道尔的《福尔摩斯探案》、弗朗西丝·伯内特的《小公主》、托尔金的《魔戒》第二部《双塔奇兵》、高尔基的《童年》、比安基的《森林报》等。

沙乡年鉴

〔美〕奥尔多·利奥波德　著
姚锦镕　译

吉林大学出版社

图书在版编目（CIP）数据

沙乡年鉴 / （美）奥尔多・利奥波德著；姚锦镕译
. —长春：吉林大学出版社，2019.3
（读经典）
ISBN 978-7-5692-2840-3

Ⅰ. ①沙… Ⅱ. ①奥… ②姚… Ⅲ. ①散文集—美国
—现代 Ⅳ. ① I712.65

中国版本图书馆 CIP 数据核字（2018）第 188139 号

沙乡年鉴
SHAXIANG NIANJIAN

著　　者：（美）奥尔多・利奥波德
译　　者：姚锦镕
策划编辑：魏丹丹
责任编辑：魏丹丹
责任校对：佟桂先
开　　本：850mm × 1168mm　1/32
字　　数：217 千字
印　　张：8.5
版　　次：2019 年 3 月第 1 版
印　　次：2019 年 3 月第 1 次印刷

出版发行：吉林大学出版社
地　　址：长春市人民大街 4059 号（130021）
0431-89580028/29/21
http://www.jlup.com.cn
E-mail:jdcbs@jlu.edu.cn
印　　刷：万卷书坊印刷（天津）有限公司

ISBN 978-7-5692-2840-3　　定价：32.00 元

作者序[1]

有的人的生活离不开野生动植物,有的人缺了野生动植物照样活得自在。那些离不开野生动植物的人读了这本随笔集定会既欢欣鼓舞,又有身处两难境地之感。

像风吹日落一样,人们一度把获取野生动植物当作理所当然之事。社会进步了,那些理所当然的东西便从我们身边逐渐消失殆尽。现在,我们不得不面对这么一个问题:为那些唾手可得的大自然中的野生动植物花费越来越高的成本值得吗?我们当中只有少数人认为,看大雁要比看电视重要,找到一朵白头翁花[2]和自由发表言论一样,是不可剥夺的权利。

我承认,有些野生的东西几乎没有什么人本价值,机械化能保证我们吃到一顿美味的早餐,科学也能揭示野生东西的来源以及它们如何生长。因此,矛盾积累至今,在一定程度上归纳起来,就是只有极少数人能看清的一个规律:进步所带来的好处在日益递减。当然,我们的反对者不会这么认为。

是到了我们必须做出改变的时候了。这本随笔集记录的就是我的转变,也可以说是应对之策。它们分成三部分。

---

① 作者序,为奥尔多·利奥波德在英文初版《沙乡年鉴》所作的序。本版本除了收录英文初版《沙乡年鉴》的篇目,还另外增加了一部分作者的其他作品,所以本版本的内容与作者序中的说法有些出入。

② 白头翁花,多年生草本植物。根状茎,叶片卵形,花蓝紫色。可入药,也可作为景观植物。

第一部分说的是我们一家人为逃避现代文明，周末在沙乡"木屋"里的所见所闻、所作所为。在来到威斯康星州[①]的这个沙乡农场之前，我们受尽了更广泛、更优越的生活之累，已变得奄奄一息，之后又遭无情的抛弃。于是，我们尝试着用斧头和铲子去重建自己的生活，找回失去的一切。正是在这里，也只有在这里，我们会找到上帝赐予的生存之道。这些有关"木屋"的随笔便按月份排列编成了"沙乡年鉴"。

第二部分，乡野的秘密，叙述了生活中一些教导我的小插曲。这些小插曲遍布北美大陆，我差不多花了四十年的时间，记录下一个个事件的清晰样本——一个又一个曾与人类相伴的伙伴离开了我们，从此永别。所幸的是，它们为自然保护主义组织提供了强有力的证据。

第三部分是结论，如果从更符合逻辑的角度，可安排为第四部分，其中的一些观点让我们的反对者有了借以反对的理由。只有那些与我们深有同感的读者，才愿意去研究这一部分有关土地伦理学的问题。我想，也许这一部分能向同行解释，为什么大自然回报我们的受益随着社会的进步在递减。

目前，我们对自然资源的保护毫无进展，因为它与亚拉伯罕[②]式的土地观念是不一致的。我们之所以如此滥用土地，源自人们普遍认为土地是属于我们的可以支配的物品。只有当我们把土地看作我们共有的财富时，我们才会怀着满腔的爱和尊敬来利用土地。土地想要在人类机械化的冲击下幸存，是很难的。同理，我们想要从受科学支配的土地上获得更好的美学收获，是不可能的。

土地是一个群落，是生态的一个基本元素，是应该被爱护和尊

---

① 威斯康星州，位于美国北部，西北濒苏必利尔湖，东临密歇根湖，东北界密歇根州，西邻明尼苏达州，南接艾奥瓦州和伊利诺伊州。州首府为麦迪逊。

② 亚伯拉罕，《圣经》中的人物，犹太教、基督教和伊斯兰教的先知，是上帝从众生中所挑选并给予祝福的人，也是传说中希伯来民族和阿拉伯民族共同的祖先。

敬的。这是我们能做到的一种道德上的延伸。土地能够带来文化收获，这是早已被人们熟知的事实，但最近却被人们遗忘了。

这些文章试图把这三个概念连接起来。

这样一个关于土地和人的观点总会因为个人的经验或个人的偏见而被混淆和扭曲的。但是不管真相在哪里，有一点却如水晶般清晰，那就是我们这个越来越强大、美好的社会现在就像一个有疑难病症的患者，只痴迷于自身的经济健康，而忘记了保持身体健康的能力。整个世界都在贪婪地想拥有更多的浴缸，却忘记了如何稳定制造浴缸，甚至忘记关闭水龙头。在这个阶段，没有什么比合理地少关心物质的利益，更有益的了。

也许通过非天然的、经过驯化的事物，来取代自然的、野生的和自由的事物的途径，可以实现这一观念的转变。

奥尔多·利奥波德

威斯康星州麦迪逊市①

1948 年 3 月 4 日

① 麦迪逊市，美国威斯康星州的首府，威斯康星大学主校区所在的城市。

目　录

第一部分　沙乡年鉴

第二部分　地貌特质

第三部分　乡野情趣

第四部分 结论

第一部分　沙乡年鉴

一　月

积雪融化

每年仲冬过后，暴风雪悄悄停息。好像一夜之间，大地响起了滴滴答答的水声，积雪开始融化。积雪融化的滴水声，不仅使熟睡中的动物有骚动，也让冬眠的动物蠢蠢欲动。这样的情景是何等神奇！冬眠的臭鼬①刚刚还蜷缩在深深的洞穴里，这时已舒展开自己的躯体，肚皮贴着白雪，壮着胆子要到外面，在湿漉漉的世界上闯荡一番。它的这一举动昭示着冬天终结、春季开始这一循环往复事件的到来。

臭鼬的行踪说明它对世间的一切似乎满不在乎，这种现象在别的季节是难得一见的。臭鼬径自在田野里横冲直撞，像是造物主已为它立下雄心壮志，不达目标誓不罢休。我出于好奇，小心翼翼地跟在它后面，想看看它心怀什么鬼胎，到底要干什么。

每年，从一月到六月，大自然热情洋溢，其行进速度异常迅速。一月里，可以追踪臭鼬，寻找山雀的脚环，观察鹿吃掉哪些嫩叶，看

---

① 臭鼬（yòu），以极臭的腺体分泌物作为防卫武器的动物。体形大小如家猫，毛色为黑白相间，头、耳、眼都小，后足爪短，尾巴长。春、夏以昆虫和谷物等为食，秋、冬以野果、小型哺乳动物等为食。

看麝鼠[1]如何占据水貂[2]的窝，顺便看看其他有趣的事件发生。一月的大自然，像白雪一般纯洁、宁静，寒冷持久不消。在这种环境里，我们可以从容地看看谁在做什么，也能静下心来，思考其中的缘由。

我走近的脚步声惊动了一只田鼠，只见它沿着臭鼬的足迹，飞快地从我眼前窜了过去。它为什么敢在大白天抛头露面？也许它因融雪而吃苦了。田鼠的通道就造在积雪覆盖的草丛下，像迷宫般交叉纵横。雪融了，田鼠的通道已不复存在，田鼠全都暴露在外，显得怪模怪样的。融雪期间的阳光正为田鼠失去生存之所而幸灾乐祸哩。

田鼠天生就是有脑子的动物。它知道在青草茂盛期间，就把草储存在地下，以备后用。它甚至知道在下雪期间，把草一根根整整齐齐地堆起来，以保证日后的需求和运输。对田鼠来说，雪能保护它免受食物匮乏和恐惧之苦。

这时，前方一只毛脚鵟[3]在草原上空盘旋。它停了一会儿，然后像翠鸟那样在低空飞翔。突然，毛脚鵟像一颗降落的炸弹，头朝下，迅速地朝地面冲来，落到一片沼泽地上，再也没有飞起来，我认为，它一定是捕到了令人担忧的“地下工程师”，正在津津有味地享用美餐呢。唉，可怜的小田鼠，你为什么不等到晚上，再出来视

---

① 麝鼠，小型珍贵毛皮兽。体形像大老鼠，周身绒毛密致，背部棕黑色，尾巴长，稍有些侧扁。

② 水貂，生活在水中的哺乳动物。体形细长，毛黄褐色，耳呈半圆形，颈粗短，四肢粗壮，前肢比后肢略短，足底有肉垫，尾细长，毛蓬松。吃小型啮齿动物，也吃蝼蛄、蛙类和鱼。

③ 毛脚鵟(kuáng)，又名“雪白豹”“毛足鵟”，中等体形的鸟类。上体呈暗褐色，下背和肩部常有不规则横带，尾部覆羽常有横斑，圆而不分叉，与鸢形成鲜明的对比。主要以田鼠、鸟类等为食，也吃野兔等动物。

察这全新的世界呢！

毛脚鵟虽然不知道草儿为什么要长出来，但它非常清楚，只要积雪融化后，它就能一眼看到草地上的田鼠。毛脚鵟从北极地区来到这里，一心盼望的就是积雪消融殆尽，只有这样，它才不会挨饿，不必担惊受怕。

我继续沿着臭鼬的脚印追到一片树林里。林间空地上的积雪已被野兔踩得很硬实了，上面还残留着野兔的尿液呢！树林里有几棵刚刚长大的橡树[①]苗，这些橡树苗刚长出来的新茎因融雪而付出了一些代价。积雪上散落着的兔毛，说明这些都是雄兔们在一年中第一次因争风吃醋而大打出手时留下的。走了没多远，我又看见一摊血迹，血迹周围有猫头鹰翅膀画过的弧线。融雪可以使田鼠不致挨饿，但也使它放松了警惕。猫头鹰的出现提醒它，春天里切莫掉以轻心，得时刻保持警惕！

臭鼬的足迹一直往前延伸，表明它对食物还不感兴趣，它对路旁和附近的事物的动静和好歹一直置若罔闻。我不知道它到底在想些什么，为什么不好好待在窝里。难道说臭鼬拖着肥胖的身子，跋涉在积雪融化后的路上，为的是一种浪漫的情趣？最后，臭鼬的脚印在一堆浮木中间消失了。我听到了浮木中传出来的滴水声，我猜想臭鼬也听到了。我转身回家，一路上仍想知道个究竟。

---

① 橡树，落叶乔木。树冠塔形，树叶夏季为暗绿色，秋季逐渐变为黄色或黄棕色。喜充足阳光，能在各种类型的土壤中生长。

二　月

好橡木[1]

如果你不曾在农场生活过，就有可能会产生两种错觉：一是你会认为早餐的食物是从食品店里买来的；二是你会以为暖气都是暖气炉供应的。

为了避免第一种错觉，你有必要开辟一个园子，里面栽种各种蔬菜和果树，最好是附近没有食品店，免得食品店扰乱你。

如果不想产生第二种错觉，你最好准备好一大堆优质的橡木柴，放在壁炉的柴架上，最好家里没有暖气炉。二月，户外大风雪将树木摇得东倒西歪，这时候，让橡木柴烤暖你的双脚。把已经砍下、劈好、运回来的木柴，堆积在屋里，此时你的内心就会告诉你暖气来自哪里，并会对它们感恩戴德——幸亏有这些好橡木，让你过了一个温暖的冬天。这些都是那些大城市、围在暖气炉旁度过周末的人们无法感受到的。

这些正在壁炉里熊熊燃烧的橡木，原本生长在一条移民古道的斜坡上，这斜坡沿着沙丘蜿蜒而上。我把砍倒的老橡树简单地

---

① 橡木，橡树的木材。

量了量，树干直径三十英寸[①]，切面上有八十个圆圈，即八十个年轮。可见，这棵橡树的幼苗最初破土而出应该在1865年，也就是南北战争[②]结束那一年。

根据老橡树的成长过程，我知道，当它还是幼小的树苗时，每年冬天，经常会遭到野兔的破坏。野兔会把橡树苗的鲜嫩外皮都吃掉，到了第二年的夏天，它又长出新的外皮。显然，橡树苗得以长高，是因为它肯定没有引起野兔的注意，要不就是野兔的数量减少。总有一天，研究橡树的植物学家，会绘制出橡树的生长频率曲线图。图上的曲线每十年都上升一次，而每次的上升说明那正是野兔数量减少的周期。而曲线的下降部分表示野兔的数量很多，影响了橡树的生长。（由于物种内和物种间的永恒竞争，各种动植物群落得以共存共荣。）

所以，在19世纪60年代中期，也就是在老橡树刚刚开始生长的时候，也许刚好赶上野兔繁殖的低潮期。当时带篷的马车仍从这条路上纷纷驶向伟大的南北战争的战场，也许正是这些来往的车辆破坏了道路两旁的植被，才使这颗幸运的橡子[③]尽情地享受阳光，伸展出最初的叶子。一千颗橡子中，只有一颗能够长成足以与野兔抗争的橡树，其他橡子都是在一出生就被茫茫草原上的杂草湮没了。

一想到这棵老橡树没有遭遇厄运，反而活了八十年，吸收了八十年六月的阳光，我就感到万分欣慰。如今，在我的斧头和锯条下，这位经历过八十年暴风雪磨炼的客人被我请回了家，温暖了我

---

① 英寸，英美制长度单位，1英寸=2.54厘米。

② 南北战争，即美国内战（1861—1865），是美国历史上仅有的一次内战，参战双方为北方美利坚合众国和南方美利坚联盟国，最终以北方美利坚合众国胜利而告终。

③ 橡子，橡树的果实。形似蚕茧，外壳坚硬，棕红色，内仁似花生仁，富含淀粉。

的小屋，也温暖了我的心灵。从烟囱里飘出的缕缕轻烟足以证明，八十年的阳光没有白白浪费掉。

我的小狗并不在意暖气是从哪里来的，它特别关注的是有没有暖气，暖气来得快不快。事实上，它感兴趣的是我能像变魔术般地变出暖气来。每当我在黎明前的黑暗中起床，冷得瑟瑟发抖，跪在壁炉前生火的时候，小狗就会挤过来，待在我和橡木柴之间的地方。这时候我划上火柴，不得不从它的双腿间穿过去，才能点燃橡木柴。这可是一种足以移山填海的信念。

恰恰是一道闪电，害得这棵独特的老橡树最终不能成材。那是七月的一个晚上，我们被屋外的电闪雷鸣惊醒，我们知道雷电就在我们家附近，幸好没击中我们，我们回去又睡了。人们在遇到某些事情时，总是以自己为标准检测是否安全，遇到雷电时也是如此。

第二天早上，我们在沙丘上散步，与田野里的金光菊[①]、草原三叶草为那场新雨欢欣鼓舞时，看见路旁一棵橡树已皮开肉绽。没了树皮的躯干上留下了一道长长的螺旋状的伤疤，伤疤有一英尺[②]多宽，还没被强烈的阳光晒黄。过了一天，树叶开始枯黄，我们知道，闪电已为我们准备好了三大捆优质的木柴。

我们为失去这棵老橡树而伤心、惋惜。但是我们知道，老橡树有无数的子孙正在长大，它们健壮地挺立在沙地上，正接过其先辈成材的重任。

我们让这棵历经风霜的橡树的躯体在阳光下无所事事地待了整整一年。然后，在一个晴朗的冬日，我们锉锐了锯条，在它

---

① 金光菊，多年生草本植物。茎无毛或稍有短糙毛，叶互生，无毛或被疏短毛，花色有橘红、深红等。在温暖的环境下开花时间较长。

② 英尺，英美制长度单位，1 英尺 = 30.48 厘米。

那如同堡垒般的树干底部锯起来。木屑如同历史的碎片，纷纷在锯子周围飞舞，散发出迷人的芳香，在两个跪着拉锯的人面前的雪地上堆积起来。我们意识到，锯屑不单单是木屑，而是一个世纪完整的历史横断面，当我们的锯子深入树身时，锯条来来回回，相当于经过十年又十年，我们目睹着写在橡树身上同心圆的编年史。

锯条来回拉了十二下，就接触到了我们刚来农场的那几年。那段时间，我们学会了珍惜、爱护这个农场。锯条继续往里切，很快就到了农场前主人在的那几年。这个人私自在农场酿酒，他非常厌恶这个农场，盘剥起了农场的财富，焚烧农场的屋舍，最后，他把农场（连同拖欠的税款）丢给了政府，自己扬长而去。在经济大萧条时，他成了没有土地的流浪者之一。老橡树不介意这些，仍然生产并储存木材。那些年的锯屑，也和我们这些年的一样芬芳、健康，略带粉红色。老橡树不管农场的主人是谁，都一视同仁。

经历了 1936 年、1934 年、1933 年和 1930 年的尘暴、旱灾之后，那个私自酿酒的人终于抛弃了这个农场。那些年他的蒸馏房冒出的阵阵橡木烟和沼泽地里燃烧的泥炭发出的黑烟，一定使太阳失去了光芒。于是主张保护自然资源的政府机构行动起来，各种保护措施在这片土地上实施。但是老橡树的锯屑仍不见有丝毫变化。

“休息一下！”领头的锯木工大声喊道，于是大家停下来歇口气。

锯条又进入巴比特①的 20 世纪 20 年代。在这个时期，一切事

---

① 巴比特，美国小说家刘易斯的小说《巴比特》的主人公，一名典型的商人。现用“巴比特”来指自以为是、夸夸其谈、虚荣势利、偏颇狭隘的中产阶级。

物盲目自大地急剧膨胀,直到 1929 年的股市崩盘。老橡树虽然也能听见崩盘的声音,但是在它身上不会有任何反应。在这段时期,州议会多次倡议保护树木,比如 1927 年制定了《国家森林》及《森林伐木法》、1924 年在密西西比河①上游的低洼处设立保护区、1921 年通过一项新的森林法令等。这个州的最后一只貂②在 1925 年死掉了,而就在 1923 年,椋鸟③第一次来到这里安家——对此老橡树都没在意。

1922 年 3 月,冰雹灾害使农场附近所有的榆树折枝断干,而我们的老橡树却毫发未损。是啊,对一棵健硕的橡树来说,就算有一吨左右的冰雹,何足惧!

"休息一下!"领头的锯木工大声喊道,于是大家停下来歇口气。

现在,锯条来到了 1910 年至 1920 年。在这十年的时间里,人们正沉醉在排水的美梦中。他们开动机器,排干威斯康星州中部沼泽地里的水,想开辟出大块农田。可沼泽地还是逃过一劫。这当然不是因为工程师的行事谨慎和节制,而是因为 1913 年至 1916 年,年年四月都有洪水,而且来势汹汹——这是一种报复性的反扑。但是,老橡树没有受到大水的侵害,依然健康、快乐地生长,即便在 1915 年,州森林被最高法院废除后,老橡树也照常产出木材。

自以为是的州长菲利浦说:"州立林业保护措施不符合商业计

---

① 密西西比河,美国第一长河,世界第四长河,长度仅次于非洲的尼罗河、南美洲的亚马孙河和中国的长江。

② 貂,种类繁多的哺乳动物。体细长,毛色黄或紫黑。大部分貂居住在树上,以松鼠为食,也吃小鸟和蛋。

③ 椋(liáng)鸟,中型鸣禽。翅较尖,尾短而呈平尾状。大都为地栖,也有树栖的,常成群活动。以植物的果实、种子或昆虫为食。

划。”也许他并没有想过，一个好的事物，甚至是好的商业，不应只停留在书面定义上。他可能不曾料到，当法律文书上定一个所谓的有利定义时，无情的大火却给出了另一种定义。也许作为州长，在这些问题上，本不该抱怀疑态度。

在这十年里，动物得到了更大的保护，而树林开始迅速减少。1916 年雉[①]成功地在瓦克夏郡安了家；1915 年，国家出台法令，禁止在春季狩猎；1913 年，建立了一座州立猎场；1912 年，又出台了一项保护雌鹿的法令；1911 年，该州设立保护区。后来，“保护区”逐渐变成了一个非常神圣的词语。老橡树对这一切似乎都熟视无睹。

“休息一下！”领头的锯木工大声喊道，于是大家停下来歇口气。

这一次锯条进入 1910 年。就在这一年，一位非常伟大的大学校长出版了一本关于自然资源保护的书。同样是在这一年，一次严重的叶蜂流行病摧毁了好几百万棵美洲落叶松[②]；还有，一次大旱，一大片松树林因干渴而死亡；此外，一艘大型的挖泥船把霍利康沼泽里的水全部抽干了。

锯条继续前进，来到了 1909 年，胡瓜鱼[③]第一次在五大湖[④]里放养。这一年有个多雨的夏天，潮湿的天气削减了州议会的森林防火经费。

---

① 雉，又称“野鸡”。雄雉体羽华丽，尾长；雌雉体羽淡黄褐色，尾较短。善走，不能久飞，活动在荒山田野间。喜食各种昆虫、小型两栖动物、谷类、豆类、草籽、绿叶等。

② 美洲落叶松，落叶乔木，原产于北美洲北部。树形似开放的金字塔，树枝下垂，树叶呈淡蓝色、三角形，秋季会转为黄色。

③ 胡瓜鱼，又名“多春鱼”，因鱼身有一种鲜黄瓜般的气味而得名。一般捕食甲壳类浮游生物和一些小鱼。主要分布于北大西洋、西北太平洋。

④ 五大湖，世界上最大的淡水湖群，包括北美洲的苏必利尔湖、密歇根湖、休伦湖、伊利湖和安大略湖。

锯条进入了1908年,这一年的天气异常干燥,森林大火猖獗,这一年还发生了另一件不幸的事情,那就是威斯康星州最后一只美洲狮①永远离开了我们。

到了1907年,一只四处流浪的猞猁②,为了寻找栖身之所,误入丹恩郡的农场,从而丢掉了性命。

锯条进入1906年,第一位州政府任命的林务官正式走马上任;然而,就在这一年,一场大火烧毁了该州几个沙郡的一万七千英亩③的树林。

到了1905年,一大群苍鹰从北方飞到这里,把本地松鸡吃得一只不剩。毫无疑问,它们也曾在老橡树上栖息过。

锯条进入1902年和1903年,那两年出现了异常寒冷的冬天。锯条继续往里进,一直来到了1901年。这一年发生了历史上最严重的干旱,全年的降水量只有十七英寸。

在1900年,人们举行了百年大庆,寄托希望,祈求幸福。而老橡树照例只顾增长了一个年轮。

“休息一下!”领头的锯木工大声喊道,于是大家停下来歇口气。

我们的锯条来到了19世纪90年代,这个时期的人们离开农村的土地,涌向城市,他们说是去过快活的日子。

---

① 美洲狮,又称“美洲金猫”,猫科动物。体形和花豹相仿,但身体上没有花纹且头骨较小,雄性比雌性大近一倍。躯体均匀,四肢中长,头大而圆,尾部较短,视、听、嗅觉均很发达,皮毛柔软,全身为单一的灰色、红棕色或红色。主要捕食鹿类和其他小型兽类,家畜也是其攻击的对象。

② 猞猁(shēlì),中型猛兽。体形似猫,又大于猫,常独居,善攀爬和游水,耐饥性强。以鼠类、野兔、小野猪、小鹿等为食。生活在森林灌木丛地带、密林及山岩上。

③ 英亩,英美制面积单位,1英亩≈4046.86平方米。

我们回溯到1899年，最后一只旅鸽①，经过北方两个郡外的巴卡克附近，被子弹射穿了。

锯条又进入1898年，一个干燥的秋天，紧接而来的是一个无雪的冬天，地面七英尺以下的泥土也被冻结，冻死了苹果树。

1897年，又是一个干旱的年份，在这一年，政府成立了林业委员会。

1896年，仅仅在史本那村，就有两万五千只草原松鸡被船运到市场售卖。

1895年，又是森林大火频发的一年。

1894年，也是一个干旱的年份。

1893年，又称"蓝鸟风暴"年，三月里的一场大风雪，把迁徙过来的蓝鸟全都冻死，几乎一只不剩。

1892年，又是一个森林大火年。

1891年，是松鸡的数量呈规律性减少的一年。

锯条终于来到了1890年，这一年，人们发明了"巴布科克牛奶测试器"，这种测试器的出现使威斯康星州成了奶酪制造厂。如今人们往往拿来进行自我吹嘘的汽车牌照，当年人们还不知道那是何物，牛奶测试器的发明者巴布科克教授恐怕也没料到吧。

同样是在1890年，我们的老橡树亲眼看着一排排的松木筏，顺着威斯康星的河流驶向下游农场，为草原之州的奶牛们营建了一个个红色的牲畜棚。就像老橡树为我们带来取暖的好橡木一样，这些好松木也为奶牛们阻挡起了暴风雪。

"休息一下！"领头的锯木工大声喊道，于是大家停下来歇口气。

---

① 旅鸽，又称"漂泊鸠"，是一种体形细长的长翼鸽。主要食用浆果、坚果、种子和无脊椎动物。是北美大陆独有的候鸟，为近代著名的灭绝鸟类代表。

现在,我们的锯条切入19世纪80年代。

1889年,是一个干旱年,这一年植树节被正式确定为节日。

1887年,威斯康星州任命了第一位渔猎法执法官。

1886年,农业大学第一次为农民举办短期培训班。

1885年的冬天前所未有地漫长和寒冷。1883年,W. H. 亨利院长在调查报告中写道:该年的春天,麦迪逊的花朵比往常足足晚了十三天开放。1882年和1881年之间的冬天,下了一场史无前例的大雪,在寒冷的天气里,曼多塔湖晚了一个月才解冻。

也是在1881年,威斯康星农业学会里的人正在为一个问题争论不休,那就是:"在过去的三十年里,全国各地怎么会纷纷出现黑色橡树的次生林?"其实,我们眼前的老橡树就是其中的一棵。有一位辩论者是这样辩解的:"这是大自然臆想的产物!"还有人说:"是飞往南方的鸽子吐出的橡子所导致的。"

"休息一下!"领头的锯木工大声喊道,于是大家停下来歇口气。

锯条接触到了19世纪70年代。这十年,威斯康星的人们竞相疯狂种植小麦。但是在1879年一个星期一的早晨,农场里相继出现蛴螬、麦长蝽、铁锈病等病虫害,土地日益贫瘠。人们终于相信,他们在小麦种植大赛中敌不过西部原始草原的农民,自己最终落得一败涂地的下场。我想,这个农场也加入了这场竞赛,才害得这棵老橡树北面的沙地变得如此贫瘠,应该也是过度种植小麦的结果吧。

还是在1879年,威斯康星的河流里开始出现鲤鱼。此外,偃麦草[1]第一次从欧洲"偷渡"到了这里。1879年10月27日,六只

---

① 偃麦草,多年生草本植物,是一种优良牧草。须根坚韧,具有横走根茎,秆直立,叶片灰绿色。生于山谷草甸及平原绿洲。

迁徙而来的草原榛鸡①立在麦迪逊的德国卫理公会②教堂的屋顶上,怡然自得地望着城市的发展。11 月 8 日,据报道,在麦迪逊市场上,满是待售的鸭子,一毛钱就能买到一只。

1878 年,一个来自梭克急滩的猎鹿人预言:“将来捕鹿的猎人比鹿本身的数量还要多。”

1877 年 9 月 10 日,有一对兄弟拿着猎枪,在慕思克勾湖打猎,他们仅仅用了一天的时间,就打死了两百一十只蓝翅鸭③。

根据可信的记载,1876 年是降雨量最大的一年。在这一年,全年的降雨量足足有五十英寸。也许是雨量过大,草原榛鸡数量大大减少。

1875 年,在东部的约克草原上,四个猎人联手杀死了一百五十三只草原榛鸡。还是在这一年,美国渔业委员会开始在魔鬼湖中放养大西洋鲑鱼④,这个魔鬼湖就在老橡树南边十英里⑤远的地方。

1874 年,工厂制造出第一批带刺的铁丝,橡树上也被钉上这种铁丝。我希望锯条在老橡树身上来回拉动的时候,千万不要碰到这种带刺的铁丝。

1873 年,一家芝加哥公司在农场收购了两万五千只草原榛鸡,并在交易市场上销售。人们只需花 3.25 美元,就可以买到一

---

① 草原榛鸡,属于松鸡科,主要生活在草原区。雄鸟脖子两侧有一个气囊,这是草原榛鸡的显著特征之一。食物包括玉米、大豆等农作物,也吃嫩叶、种子和昆虫。

② 卫理公会,是基督新教卫斯理宗教会之一,1939 年由美以美会、坚理会和美普会合并而成。

③ 蓝翅鸭,长嘴涉禽。头部灰色,眼圈、眼纹均为灰白色,体羽红褐色,羽毛有白色镶边,侧翼有深蓝色翼镜标记。以草籽、稻谷、螺、软体动物为食。

④ 鲑鱼,重要的食用鱼之一。身体较长,略呈纺锤形,鳞细而圆。有些生活在海水里,有些生活在淡水中。

⑤ 英里,英美制长度单位,1 英里 =1609.344 米。

打草原榛鸡。据统计，芝加哥的商人一共卖出了六十万只草原榛鸡。

1872 年，在老橡树西南面的两个郡，最后一只生活在威斯康星的野生火鸡被射杀。

19 世纪 70 年代的这十年，也就是拓荒者从种小麦竞赛到最终结束种植小麦的十年，也是旅鸽遭灭顶之灾的十年。

据相关部门统计，在 1871 年，大概有一亿三千六百万只旅鸽，在距老橡树西北方向五十英里处安家。其中的几只，曾经在老橡树的枝干上安过家，因为老橡树当年还是一棵枝繁叶茂、有三十英尺高的大树呢！但是，这应该是旅鸽们最后一次在威斯康星州安家，很快就有一群群捕猎旅鸽的猎人，用猎枪、网、棍棒以及砖头猎杀旅鸽。这些旅鸽最后被人做成鸽肉馅饼，在南方和东方的各大城市里热卖。那是旅鸽最后一次大规模地来威斯康星安家，当然，在其他的州也是最后一次。

也是在 1871 年，一场场大火肆虐。佩斯迪勾大火[①]就烧毁了几个郡的森林和土地，而芝加哥的大火据说竟然是一头奶牛愤怒性的踢腿酿成的。

在 1870 年，田鼠上演了帝国扩张式的大破坏闹剧，它们啃光了许多年轻果园里的果树皮，导致大批果树死去。不过，我们的老橡树却安然无恙，老橡木的树皮已经很厚很硬了，田鼠对付不了它啦。

还是在 1870 年，一个猎人在当年的《美国运动家》杂志上夸耀自己的狩猎成果——在芝加哥附近，仅仅一个季节，他就猎杀了六千只野鸭。

---

① 佩斯迪勾大火，1871 年发生在威斯康星州佩斯迪勾城的大火，烧毁了佩斯迪勾城和几个村子，财产损失和人员伤亡惨重。

“休息一下!”领头的锯木工大声喊道,于是大家停下来歇口气。

现在,我们的锯条进入了19世纪60年代。那个时期,有数以万计的人为解决同一个问题而前赴后继,这个问题是:“由人们组成的群落,是否会分崩离析?”他们似乎解决了这个问题,但无论是那时的他们,还是现在的我们,也许并未意识到,同样的问题,也发生在人和土地之间的关系上。在这十年里,人们还探索了其他更重要的事情。

1867年,英格里斯·拉佛姆游说州园艺学会提供奖金,奖励植树造林。

1866年,最后一只土生土长的威斯康星赤鹿被人杀死了。

1865年,我们的老橡树长出了髓心①。在这一年,约翰·缪尔②打算购买他弟弟的一块土地来种花,因为野花曾让他的青春激情澎湃。他弟弟的家庭农场就在老橡树以东三十英里处。可是弟弟不愿意与自己的土地分手。但最终他还是被自己哥哥的诚意打动,做出了让步。这一年,在威斯康星州的历史上,仍然是人们对自然的、野生的、自由自在的事物存有慈悲之心的一年。

现在,我们的锯条切进了树心,我们也逆着年轮回头了解其中的历史。锯条开始顺着树干的年轮切去,切向树干的另一半。最后,老橡树粗壮的树干颤抖了一下,切口的裂缝突然变大,锯木工们拔出锯条,赶紧跑到了安全的地方,一齐喊着:“好木材。”老橡树向一边倾斜过去,呻吟着,不一会儿就轰然倒在地上,静静地躺

---

① 髓心,树木主干的中心部分,一种柔软的薄壁组织,呈褐色或淡褐色,它在横切面上因树种不同而呈现各种形状。

② 约翰·缪尔(1838—1914),美国作家、早期环保运动的领袖。他的大自然探险文字,特别是关于加利福尼亚的内华达山脉的文字,流传甚广。

在生它、养它的移民古道上！

接下来的工作就是劈柴。树干被锯成一截一截，又一一被竖立起来，上面植入钢楔子。粗大的铁锤有节奏地锤击在钢楔子上，伴着轰隆、有力的响声，树干裂开，成为芳香的木材，杂乱地堆在路边等着人们将它们堆好、摆好。

在历史学家们看来，锯条、楔子和斧头的不同功能还包含其他的寓意！

锯条只能横切树干，依次经过树干的各个年轮。锯齿拉出一堆堆的碎屑，伐木工称之为“锯屑”，而历史学家则称它为“档案”。不管是伐木工人，还是历史学家，都能根据肉眼所见到的“样本”来判断蕴藏其内的历史。只有当锯条从树干的这一头切到另一头时，大树才倒下。我们从树干的横切面上，得以探明纷乱繁复而有其统一性的历史。

另一方面，楔子则不同。楔子的应用必须有个前提，那就是树干上有放射性的裂口。当把楔子插进合适的裂口时，再用其他工具使劲敲打楔子，如果幸运的话，裂口就会被完全打开，你就会清楚地看到里面所有的年轮。而如果没有成功的话，你会什么也看不见。如果暂时找不到裂口，那只能让树干干燥一年，等有了裂口后再用楔子劈开。许多人在用楔子劈木材的时候，会不小心把楔子完全敲进裂缝里，楔子只能在里面等着生锈了。

斧头的功能是朝着各个年轮斜砍，而且砍中的是最新几个年轮。它有一个专门的用处，那就是可以修理树枝。在这方面，锯条和楔子就无用武之地了。

如果你想得到好橡木，想看到清楚的历史的话，那么，这三种工具是必不可少的。

我是在烧水的时候，做上述一番思考的。炉子上的水壶响了，炉子里烧得通红的橡木已变成了木炭。当春天到来的时候,我要让橡木燃烧后的灰烬回归到沙丘下的果园里。

我相信,它们会回到我身边的,或许已经变成了红彤彤的苹果,或许变成了一只十月里肥胖的松鼠身上的进取精神——为了它自己也不知道的原因孜孜不倦地播种着橡树的种子。

三　月

大雁归来

人们常说，一只燕子唤不来夏天，但是，当一群大雁冲破三月迷蒙的雪融天时，人们就会感觉到春天来临了。

一只北美红雀[1]鸣叫着，欢腾着，迎接春天的到来，后来发现自己错了，立即闭上了嘴巴，又恢复到冬天时的沉寂中去。一只小花鼠从洞穴里出来，想在外面晒晒太阳，想不到外面暴风雪正在肆虐，立马跑回洞穴里，继续冬眠去了。然而，一只在黑夜里飞越了两百英里的大雁，到湖上寻找冰上的缺口，它是不会被这突如其来的暴风雪轻易吓退的。它像一位先知，带来了破釜沉舟般的坚定信念。

三月的清晨，当你在屋外闲步，即使不抬头看天，也能捕捉到阵阵雁声。我认识一位受过高等教育的女士，她是美国大学优等生荣誉学会的会员。她告诉我，她从来没有见过大雁，也没有听过大雁的叫声。大雁每年都经过她的屋顶两次，每次都会对着她那

① 北美红雀，鸣禽，主要分布在北美洲落基山以东。雄鸟羽毛为鲜红色，雌鸟羽毛大部分为灰棕色，整年成对在花园和开阔林带发出清脆、嘹亮的啭鸣。以昆虫和野果为食。

隔音效果很好的屋顶宣告季节正在转换。难道为教育所付出的代价就是让我们不去注意那些价值不高的琐事吗？那样你从飞雁那里得到的印象只是一堆羽毛而已。

其实，大雁除了告诉我们农场的季节在变化，它还知道许多其他的事情，包括威斯康星州的法令。十一月，那些南飞的雁群，从我们头顶高高飞过，对我们不理不睬，很少发出鸣声，似乎在说它们对这一片沙洲和沼泽不感兴趣。二十英里外的大湖既然是它们既定的目标，那么它们就不会像乌鸦那样，飞行的路线弯弯曲曲，而是径直、准确地飞向湖面，落下来。

白天，大雁们会在宽广的湖面上嬉戏玩耍，到了晚上，它们就会偷偷地跑到玉米地里饱餐一顿，因为刚刚收割过的玉米地会残留很多很多玉米粒。十一月的大雁们还知道，每个沼泽地和池塘附近，从黎明到天黑前，都会有许多猎枪在对准它们。

到了三月，大雁们有各自的经历。虽然在大多数的冬天里，它们都经受过枪弹之苦，翅膀上留下的累累弹痕就是明证，它们知道，春天是没有战火的。于是大雁们就会在蜿蜒的河湾上略作休息，低低掠过没有枪弹之忧的岬角①和岛屿，对着每个沙洲连连发出“嘎嘎”的叫声，就像对久别重逢的老朋友打起了招呼。它们也会在沼泽和草地上空低低盘旋，问候融雪后形成的水洼。最后在我们的沼泽上空盘旋报到后，它们便收起翅膀，悄无声息地滑行到池塘，在远山的衬托下，它们尾部的羽毛显得分外洁白。一落到水面，我们新来乍到的客人欢快地引吭高歌，溅起大片水花，好像要把冬天从脑海中驱除出去。我们的大雁又回家了。

此时此刻，我多想变成一只麝鼠，把身体埋在沼泽里，露出两

---

① 岬(jiǎ)角，突入海中的尖形陆地。

只眼睛,饱赏一顿这美好的春光。

第一群大雁落在沼泽地上之后,便朝着天空每一群路过的大雁齐声喊叫,邀请它们飞下来。用不了几天,沼泽地上便挤满了大雁。在我们的农场上,判断春天是否丰盛,有两个标准:一是农场上种了多少棵松树;二是农场上来了多少只大雁。根据我们的记录,在 1946 年 4 月 11 日,来到我们农场的大雁已达六百四十二只之多!

和秋天时一样,此时的大雁们也会跑到玉米地里去觅食。但是这时候,它们用不着到了晚上才偷偷摸摸出去,就在白天,跑到玉米地里,饱餐一顿后,再吵吵嚷嚷地回来。每次出发前,它们都会吵闹一番,好像争论着到底去哪一片玉米地好。

他们每次回来都飞过我们家上空,径直回家,不再像刚来时那样,先在沼泽上空礼节性地盘旋一番后,才像秋后的枫叶,纷纷左右翻飞,降低高度,在地面的欢呼声中,叉开双脚落在地上。我猜想,大雁们回来后的闲谈中,大概说的主要是白天这一顿丰不丰盛。它们所吃的玉米地里的残留食物,都被冬天的大雪覆盖得严严实实,乌鸦、野兔、田鼠之类,即便苦苦寻找也发现不了白雪覆盖下的这些食物。

显而易见,大雁们对草原上的玉米情有独钟。谁也不知道,大雁们为什么会做出这样的选择。是不是草原玉米有非常高的营养价值? 还是自从有了草原玉米,对玉米的偏爱成了大雁世世代代留下来的传统呢? 也许其中的理由很简单,那就是草原玉米地的面积很大,我要是能听懂大雁们的交谈就好了。它们每次去玉米地之前或者从玉米地回来后,都会争论不休,从中肯定能知道它们偏爱草原玉米的缘由。可惜的是,我听不懂,但是我也知足了,暂且让这件事成为不解之谜吧,如果大雁的一切事情我们全知道了,那这个世界该是多么单调、乏味。

我们在观察大雁的各种日常行为时，发现其中有许多孤雁。这些孤雁经常飞来飞去，叫个不停，人们往往认为那是因为它们感到孤独，才会发出这凄凉的叫声，便急于断言，好像要通过这种方式来赶走寂寞。我想，这些孤独的大雁肯定很伤心、很忧郁，它们或许是丧夫而伤心断肠的寡妇，或许是寻觅失踪子女的母亲。然而，见多识广的鸟类学家知道，这种说法属于主观臆断。长期以来，我始终抱着开放态度，试着探讨这一问题。

经过我与我的学生五六年来对雁群数量的构成研究，竟然发现了造成一些孤雁的原因。经数学分析得知，一个雁群大多是由六只或六的倍数的大雁组成的，这并不是巧合现象。换言之，一个雁群就是一个家庭，或者是几个家庭的组合。而春天飞回来的大雁中，之所以有那么多落单的孤雁，其中的原因符合我最初热衷的想象，它们是逃过了冬日的猎枪捕杀的幸存者，为了寻找失去的亲人，整天叫个不停，现在，我更加有理由为那些孤雁伤心，与它们一起痛哭流涕！

数学原本是非常枯燥乏味的，但是这一次，却成功地帮我证明了我这个爱鸟者的猜测，这是难得一见的。

四月的夜晚已经相当暖和了，可以跑到屋外，找个地方坐下来，听听沼泽地里传来的大雁的交谈声。可是，有很长一段时间，它们居然紧紧闭上嘴巴，听到的只有鹬鸟①的振翅声、远处猫头鹰的咕咕啼叫声和发情的大鹞②带鼻音的咯咯声。突然，从沼泽地

---

① 鹬鸟，即鹬，水滨鸟类。头形多浑圆，喙形多变，长短不一，但大都细长，羽毛多灰、褐色，翼尖而细长。食昆虫及其他无脊椎动物、鱼、蛙等，也吃种子、浆果、细根等。常成群或混群活动于湖泊、沼泽、沙洲和沙滩等地，具有较强的迁移飞行能力。

② 鹞(yào)，一种凶猛的鸟，样子像鹰，体细瘦，比鹰小。体羽单色，腿长，尾长。觅食鼠、蛇、蛙、小鸟和昆虫等。

那边传来一声震耳的雁鸣声，很快又听见翅膀拍打水面的声音，很快又听见雁群乱成了一片，似乎在进行激烈的打斗。过了一会儿，一个沉重、响亮的声音传了过来，应该是一只老雁发出来的，紧接着打闹声便消失了，偶尔传来几声窃窃私语。大雁们到底在做什么呢？

等到银莲花[①]盛开的时候，沼泽地上的大雁越来越少了。不到五月，雁群会一只不剩地离开，沼泽地会变成长满绿草的湿地。到那时候，恐怕只有红翼歌鸫[②]和秧鸡[③]为沼泽添香增色了。

具有历史讽刺意义的是，直到1943年，几个大国在开罗才想到了联合。而大雁早就有这种基本观念了。每年三月，它们不惜牺牲生命，来印证这一真理。

最初，田野还是被茫茫的白雪覆盖着；到了三月份后，各地的积雪像联合起来一样，开始融化；世界各地的雁群开始了集体北飞。每年从三月份开始，大雁们不管飞到哪里，都会高歌团结、统一。从中国海唱到西伯利亚的大草原，从幼发拉底河唱到伏尔加河，从纳恩唱到摩尔曼斯克，从林肯郡唱到斯匹卑尔根。每年从三月份开始，大雁们无论飞到何处，都会歌颂团结、统一。从克科里塔克唱到拉布拉多，从玛塔玛斯克特唱到昂加瓦湾，从荷斯休湖唱到哈得逊湾[④]，从艾弗里岛唱到巴芬岛，从潘汉德尔唱到麦肯吉，

---

① 银莲花，多年生草本植物。叶片圆肾形，花白色或粉红色，瘦果扁平，宽椭圆形或近圆形。

② 鸫(dōng)，中等体形的鸟类。嘴细长而侧扁，尾巴长形，羽色不同，一般较暗，灰色、棕色到黑色，也有颜色鲜艳的物种。主要以昆虫为食，也吃一些浆果和种子。多在地面栖息，善于奔跑，也善于飞行及树栖。

③ 秧鸡，沼泽鸟类。体形稍似鸡，翅短圆，尾短，脚大，趾长。主要吃种子、谷物，也吃昆虫。主要生活于沼泽，除高纬度地区外，遍布全球。

④ 哈得逊湾，北冰洋的边缘海，伸入北美洲大陆的海湾。位于加拿大东北部，东北经哈得逊海峡与大西洋相通。

从萨克拉门托河唱到育空河[1]。

凭借着雁群这个大家庭进行国际性交流，伊利诺伊州[2]草原玉米地的剩余果实穿过云海，被带到了北极苔原，它们与北极白夜[3]的六月阳光一起哺育了众多雏雁。每年，为了获取食物，尽情享受阳光，大雁常追逐冬日的温暖，舍弃夏日的孤独。在大雁长途迁徙的过程中，不论是三月泥泞的陆地，还是阴郁低沉的天空，都满是深情的荒野之歌。

---

① 育空河，北美洲的主要河流之一，流经加拿大的育空地区中部和阿拉斯加中部。

② 伊利诺伊州，位于美国中西部，北接威斯康星州，东北濒密歇根湖，东界印第安纳州，东南邻肯塔基州，西隔密西西比河与密苏里州和艾奥瓦州相望。州首府为斯普林菲尔德。

③ 白夜，由于地轴偏斜和地球自转、公转，在高纬度地区，有时出现的黄昏还没有过去就呈现黎明的自然现象。

四　月

河水高涨

春天里的洪水有时像大江、大河一样流经城市，有时又会将贫瘠的农场变成一座孤岛。我们的农场就很贫瘠，我们在四月来到农场，有时会被洪水困在那里。

当然，这并不是我们的本意。有时我们也会根据天气预报，推测北方的积雪什么时候融化，从而估计到，过几天上游的城市会遭到洪水的围攻。因此某个星期天的晚上，我们本该赶回城里工作，可无法启程。洪水涌动发出的汩汩声，在被围困者听来，有如悼词般伤心，因为被围困者不能赴星期一的约会。当大雁们飞过一片又一片玉米地，眼看着玉米地已变成了一片泽国，它们不由得发出沉痛的悲鸣。每隔一百码①，就有一只新雁带领着一群大雁，忧郁地在空中来回逡巡，察看这个新的水世界。

面对不断高涨的洪水，大雁们表现出的热情是十分微妙的，可惜人们听不懂大雁的交谈，不理解它们的行为。鲤鱼则不同，它的热情是显而易见的。洪水上涨，哪怕只到了淹没草根的地方，鲤鱼

---

① 码，英美制长度单位，1 码≈91.44 厘米。

就不请自来了，在里面穿梭、翻滚，像是一只到草地上觅食的小猪，乐不可支。鲤鱼摇着红色的尾巴，摆动着肚皮，出没于原本是车马经过的路上，摇晃着芦苇和灌木丛，匆匆忙忙地探索着这个新出现的水世界。

与大雁和鲤鱼相比，生活在陆地上的鸟儿和其他动物采取的是哲学家那样超然的态度。在河岸边的一棵红桦树[①]上，一只朱红雀在高声叫喊，宣告自己的领土所有权，但是除了树木，四周已什么都见不到了，什么都被淹了。从被洪水占领的树林里传出披肩鸡[②]发出的“咚咚”声，它一定高高地停在一根振翅木的顶端。一只田鼠和一只麝鼠沉着、信心十足地朝着突出水面的陆地游去。一只小鹿从果园里跑出来，匆匆忙忙地离开了，因为它在白天休息的柳树丛中的睡床被大水浸泡了。到处都有野兔，看来在这个没有挪亚的时代，这个山丘成了它们的挪亚方舟了。

春天的洪水不仅给我们提供刺激的冒险机会，还给我们带来一些意想不到的物品——漂来了上游农场失落的东西。其中就有一块旧木板，搁在了我们的草地上。这是一块非常不错的木板，比一般木板的价值要高一倍。每块旧木板都有自己独特的不为人知的历史。但是，我们可以通过观察木板的品种、尺寸，以及它身上的钉子、螺丝、油漆或者裂痕，多多少少了解一下它的过去。甚至，我们可以通过观察木板的边缘和末端在沙洲上磨损的程度，判断它多年间被大水冲走过几次。

慢慢地，我们积累了好多被大水冲下来的木板，这些木板曾经

---

① 红桦树，落叶乔木。树冠宽大，树皮橘红或红褐色，小枝紫褐色，叶卵形或长卵形。

② 披肩鸡，即披肩榛鸡，松鸡的一种。身体呈褐色，尾巴呈扇状，颈边有黑色羽毛。吃各种各样的植物、昆虫和其他无脊椎动物。生活在加拿大和美国北部的落叶林里。

是上游的农场和森林的产物，是那里的人们辛勤劳动的见证。一块老木板的自传，是学校里无法读到的文学作品。河岸上的农场就是一座座图书馆，那些拿着铁锤和锯条的人，可以随时遨游其中。当河水上涨时，总有几本“新书”被送到河岸“图书馆”来。

世界上有好多种孤独。孤独程度不同，种类各异。大湖中的一座小岛，是一种孤独，可是，湖中有船，游客可以随时坐着小船造访小岛；高耸入云的山峰，是一种孤独，可是，山峰有上去的小径，游客可以沿小径登上山峰。这些孤独，都不如在春天里被洪水围困的孤独。但是，大雁见识过程度不同、种类有别的孤独，它们是最孤独的了。

我们在山丘上刚刚开放的一朵银莲花的旁边坐下来，静静地仰望着大雁在空中飞过。山丘附近的小路，都淹没在洪水里，我们内心欣喜异常，但表面却装得超然物外，我决心把今天内外的交通问题留给鲤鱼操心了。

葶　苈[1]

在所有花朵中，数葶苈开的花最小，但是几周内，它开的朵朵小花将把整个沙地点缀得色彩绚丽。

那些只顾抬头寻找春天的人，是发现不了葶苈这样娇小的花朵的；那些对春天垂头丧气的人，即便是踩到了葶苈，也注意不到它；只有那些膝盖跪在泥土上寻找春天气息的人，才能发现葶苈的存在。

葶苈要求的、获得的，只有微不足道的一点点温暖和舒适，它

---

① 葶苈(tínglì)，一年或二年生草本植物。茎直立，单一或分枝，疏生叶片或无叶，但分枝茎有叶片，花小，花瓣黄色，种子褐色。生于田边路旁，山坡草地及河谷湿地。

可以生存于人所不齿的时间和空间中；植物学书中有关它的介绍只有寥寥数行，更不用说插图和照片了；沙地过于贫瘠，阳光过于微弱，不适合大而美丽的花生长，但葶苈却适得其所。也许，葶苈算不上是真正的春花，却给人带来小小的希望。

葶苈不能使人动情。它有幽幽的清香，阵风过去，就被带走了。这种花色不惊人，只是淡淡的一抹色彩，它叶子上有一层显眼的软毛，叶子太小了，连动物们都不屑吃它，诗人也不愿为它歌咏。曾经有位植物学家，为它起过一个拉丁文名字，但没过多久，就把它忘掉了。总之，葶苈太微不足道了，只是一个能够迅速、妥善地做好一件小事情的小东西。

大果橡

小学生在投票选举州鸟、州花或者州树时，与其说他们在做决定，不如说是他们对历史的认可。所以，当草原上的野草最初在南威斯康星州称霸之时，历史让大果橡成了该州与众不同的一种植物。殊不知大果橡还是唯一能抵御草原烈火，并存活下来的树种。

你可曾想过，为什么整棵大果橡，甚至连它最小的枝条，都裹着一层又厚又硬的外皮？实际上，大果橡的这层外皮就是它的盔甲。在森林不断扩张的过程中，大果橡就是森林派往草原的突击队，它们要对付的敌人就是草原大火。每年的四月份，在新鲜的绿草还不易燃烧时，大火就开始在草原上到处肆虐了。唯一能在这个灾难中幸存的，只有大果橡这种长着硬实外皮、不易点燃的树木。那些由零散的几棵老树组成的小树林，全部是大果橡，这就是那些开拓者所说的“大果橡空地”。

工程师们并没有发现大果橡这种绝热体，但还是应用了这些“草原战争的老兵”的这种特性。植物学家能够讲出那个两万年的“战争史”，这部历史中记载着埋在泥炭里的花粉粒，记载着“留守战争后方、被前线部队遗忘的老兵”——植物的化石。

这些历史记载说明，森林的“前线部队”有时会撤退到苏必利尔湖[①]，有时也会向南方大举进发。有一段时期，当“森林大军”进攻南方时，云杉[②]和其他的一些大树出现在威斯康星州的南界，而且要越过这条界线。于是，在这个地区的泥炭层中出现了云杉的花粉。不过，一般来说，森林与草原之间的“战线”保持到现在，没有发生很大的变化。

其中的原因之一，是在森林和草原的“战争”中，还有其他“盟友”的参加。这些“盟友”一会儿帮助森林，一会儿帮助草原。夏天的兔子和老鼠会帮助森林吃掉草原上的草；到了冬天，它们又会帮助草原啃掉森林幼树的树皮。秋天，松鼠会帮助森林散播种子；而过了秋天，它又会吃掉森林的树种子。六月份，鳃角金龟[③]的幼虫会帮助森林破坏草原的草皮；可是等这些幼虫长大以后，它们又会帮助草原去破坏森林，使树木的叶子纷纷枯死、掉落。如果没有这些左右摇摆“盟友”的加入，使它们难分胜负，那么，在今天的地图上，我们就不会看到五颜六色、丰富多彩的森林和草原了。

---

① 苏必利尔湖，世界上面积最大的淡水湖，该湖为美国和加拿大共有，被加拿大的安大略省与美国的明尼苏达州、威斯康星州和密歇根州所环绕。

② 云杉，乔木。树干高大、通直、节少，树皮灰褐色，裂成不规则鳞片或稍厚的块片脱落。

③ 鳃角金龟，又称“六月甲虫”，多为害虫。体形有大有小，一般呈椭圆或略呈圆筒形，触角通常为十节，鳃叶状，合起来呈锤状。几乎所有种类的鳃角金龟都以植物的根或叶片为食。

乔纳森·卡佛[1]曾经把草原开拓前期的情景生动地描述了下来。1763 年 10 月 10 日,乔纳森·卡佛去过蓝丘,也就是丹恩郡西南部的一群高耸的山丘,如今这里已是一片树林。他是这样描述的:

> 我登上了那里一座最高的山峰,站在山顶,俯瞰该郡的景色。接连好几英里地,我看到的只有那些小山丘,远远望去,那些光秃秃的山就像是圆锥形草堆。山丘上树木稀疏,其中多是矮小的山核桃和发育不良的大果橡而已。

19 世纪 40 年代,一群拓荒者来到了大草原,无意中加入了草原"战争"。他们开辟了许多农田,因而防止了草原的"盟友"——大火的到来。于是,大果橡的孩子们就在这些地区繁衍起来,数量越来越多,原来的草地便变成了大果橡树林和农场。如果你不相信的话,你可以到威斯康星州西南部的任何一片树林去看看,数一数在那儿生活的任何一棵大树的年轮。别说是那些最老的树木,其他所有的树都出生在 19 世纪 50 年代到 19 世纪 60 年代,而这段时间,正是草原大火不再肆虐的时期。

在这个时期,大作家约翰·缪尔刚好在马凯特郡成长。那个时候,新长出来的林地侵蚀了古老的大草原,占领了"大果橡空地"。缪尔在《童年和青少年》里这样写道:

---

① 乔纳森·卡佛(1710—1780),美国旅行家、探险家。因对苏必利尔湖和明尼苏达河的考察而闻名。曾沿福克斯 - 威斯康星路线到密西西比河,并上溯到达明尼苏达,同苏族印第安人在明尼苏达河上过冬。1767 年去苏必利尔湖,1769 年前往伦敦。1778 年出版《美国腹地之行》一书,此书深受读者欢迎。

伊利诺伊州和威斯康星州的芊原有着肥沃的土壤，长着茂密的野草，野草引来了草原大火，导致树木无法在此生存。假如没有草原大火的话，作为马凯特郡一大特色的草原将会被浓密的树林覆盖。一旦“大果橡空地”被拓荒者开辟成农田，农民们就能防止草原大火的发生，小树苗就能长成大树，形成茂密高大、人们难以穿越的森林了。到那时候，“大果橡空地”便不复存在了。

因此，一棵古老的大果橡不仅仅是一棵树，同时也是一座历史图书馆，也可说是剧场里的一个空座位。如果你有洞察力的话，你就会从自己的农场上，发现草原战争留下来的那些徽章和标记。

空中舞蹈

我买下农场两年后发现，四月、五月的晚上，树林上空会出现精彩的舞会。从此，我们全家人几乎每天都要去观赏，不愿错过任何一场表演。

进入四月以后，在第一个温暖的傍晚，舞蹈表演在晚上六点五十分准时开始。之后每天的表演，都会比前一天推迟一分钟，直到六月一日，表演开始的时间就变成了晚上七点五十分。为什么会这样呢？都是虚荣心在作怪，表演者对亮度的要求很严格，必须保持在 0.05 英尺烛光[①]，才够浪漫。千万别迟到，静静地坐着，否则表演者就会生气地飞走了。

表演者不但对演出时间有严格要求，对舞台规格也不马虎。

① 英尺烛光，英美制照度单位，指距离光源一英尺远照度即为一英尺烛光。

舞台必须是树林中或矮树丛中一块宽广的圆形平台，中间地带必须有一块长着苔藓的地方，或一块裸露的沙地，或凸出地面的一块光溜溜的岩石，或一条无阻碍物的大路。我知道，表演舞蹈的演员是公丘鹬①。但我不明白：为什么公丘鹬坚持要光秃秃的舞台呢？

开始时我很困惑，但是后来，我似乎明白了，这跟公丘鹬的腿有关，因为公丘鹬的腿比较短，如果在浓密的草丛或杂草中，观众就看不到它的表演了，也得不到母丘鹬的青睐了！我们农场里的公丘鹬要比其他农场多得多，因为在我们农场里，大部分都是长着苔藓的沙地，不利于杂草生长。

当我们得知演出的时间和地点后，就悄悄地坐在舞台东边的灌木丛里，静静地等候太阳下山，公丘鹬出场。时间到了，公丘鹬就会从附近的树丛里飞过来，落在光秃秃的苔藓上，表演马上就开始了：每隔两秒钟，公丘鹬就会发出一连串的奇怪的“咕——嘎——咕——嘎”的声音，像是夏天里夜鹰的歌声。

突然，公丘鹬停止了这种奇怪的叫声，飞向天空，做了几个螺旋的翻转动作，发出一阵非常好听的声音。公丘鹬不停地盘旋，飞得越来越高，姿势越来越垂直，身影越来越小，叫声却越来越大，我们能看到的只是空中的一个小黑点了。

突然，在毫无预警的情况下，它像一架引擎熄火的战机一样，直挺挺地从空中栽下来，发出轻柔如水波般的颤音，那柔声即使是三月的蓝鸟听了也会嫉妒的。眼看它离地面只有几英尺的距离，它猛地改成平飞的姿势，又发出开始那种奇怪的“咕——嘎——咕——嘎”的声音，准确地落到它表演开始的位置，接着又开始鸣叫起来。

---

① 丘鹬，涉禽。体形肥胖，腿短，嘴长且直。主要以蚯蚓为食。栖息于潮湿稠密的林地。

天色很快就变暗了，地面上的一切都变得模糊了，已经无法看清地面上其他的鸟儿，但是我们还能看清楚天空中的公丘鹬，它在空中又表演了一个多小时——通常它都要表演这么长的时间。如果有月亮，公丘鹬会不停地表演下去，直至见不到月光。

第二天一大早，天蒙蒙亮，公丘鹬会重复表演一次。四月初的时候，最后一场表演是在清晨五点十五分结束的，以后每天的表演时间会提前两分钟，一直持续到六月份，最后一场表演在清晨三点十五分落幕。为什么晚上的表演和清晨的表演时间的变化程度不一样呢？我想，这位浪漫的表演者已经疲惫了，因为清晨舞蹈所需的光线，是傍晚舞蹈所需光线的五分之一。

也许我们是幸运的，因为，不管我们如何认真地观察和研究动物的行为，树林里的也好，草原上的也罢，我们始终不能弄清各种行为的所有事实。欣赏了这么多天的空中舞蹈，我一直没弄明白：母丘鹬在什么地方呢？如果它也参加空中舞蹈的话，它会扮演什么角色呢？我经常看见两只丘鹬同时出现，一起飞翔，但它们从来不一起鸣叫，其中一只是母丘鹬，还是另一只与之争宠的公丘鹬呢？

丘鹬的声音也是一个谜。它们的叫声是靠声带发出的，还是一种机械性的发声呢？我的朋友比尔·费尼曾经捕到一只鸟儿，当时这只鸟儿可以发出啁啾声，也可以发出“咕——嘎”的声音，他把鸟儿最外面的一层羽毛除去后，鸟儿的声音竟然发生了变化，它只能发出“咕——嘎”的声音，或者发出连续的颤音，却再也不能发出啁啾声了。但是，这似乎也不能得出任何结论。

还有一件事令我很困惑，那就是：公丘鹬把巢穴建到什么程度才停止它的空中舞蹈呢？有一次，我的女儿看见一只公丘鹬，在离巢二十码的地方不停地叫唤，那个鸟巢里有孵化后的蛋壳，难道那是它的母丘鹬的巢穴？还是公丘鹬另有新欢，喜欢上另一只母丘鹬了？诸如此类的问题，依然是黄昏时发生的浪漫事件中的秘密。

每个晚上，好几百个农场的上空都上演空中舞蹈，可是那些农场的主人却不懂得欣赏，以为只有城里的剧院才有娱乐节目。虽然他们生活在这块土地上，却不知道这块土地所赐的这份乐趣。

鸟儿不仅是猎人的枪口瞄准的对象，不仅是优雅地夹在汉堡里的肉酱，它还可以为人们带来娱乐，公丘鹬的空中舞蹈就是一个很好的证明。过去，我比任何人都喜欢十月份捕猎鹬，可是，自从我看见公丘鹬的空中舞蹈后，我每次捕猎一两只就心满意足了。这样一来，我确信，到了四月份，我还能在夕阳下，再次看见那些跳舞的鸟儿。

五　月

从阿根廷归来

五月到了,蒲公英忙着装点威斯康星州的牧场,你听着春天离去的脚步声,看看还有没有春天最后留下的踪迹,静静地坐在草丛上,对着高空,聆听着,别理会草地鹨[1]和红翼歌鸫的喧闹声,你很快就能听见另外一种声音,那是高原鹬[2]的飞行之歌,它们刚从阿根廷归来。

如果你的视力够好,那么你肯定能看见高空中的高原鹬,它们正展翅在羊毛般的云絮里快乐地飞舞着。如果你的视力不佳,也无妨,你可以盯着篱笆柱子,银光一闪,高原鹬很快就会落在那里,收起它长长的翅膀,你就知道高原鹬来了。我想,第一次用"优雅"这个词语的人,肯定看见过高原鹬收拢翅膀时的英姿。

高原鹬静静地站在篱笆柱子上,它的整个身姿好像在警告你离它远点儿。当然,政府有关部门的文书能证明你是这片牧场的

---

① 草地鹨(liù),鸣禽。体形较纤细,喙、翅、腿均细长,适于在地面行走。食物以昆虫为主,也吃种子和其他无脊椎动物。喜欢在针叶、阔叶、杂木等树林或附近的草地栖息,好集群活动。

② 高原鹬,黄昏活跃的一种鸟类。躯体纤细,有灰色条纹。吃蚯蚓、昆虫,也吃蜗牛、淡水螺蛳。分布于美洲开阔的田野上。

主人，可是高原鹬能轻易地否定世俗的这些条条框框。它刚飞了四千英里的路程来到这里，再次提醒人们，它拥有这权利，这权利是它从印第安人手中取得的。所以，在它飞走之前，这片牧场就是属于它的，未经它的许可，谁都不能入侵。

在附近的某个地方，有一只母高原鹬正在孵四个又大又尖的蛋。用不了多久，四只小高原鹬就破壳而出了，等它们的绒毛干燥后，它们就在草地上蹦蹦跳跳，那模样儿就像踩着高跷的小老鼠。你可别认为，笨手笨脚的人能轻而易举地抓住它们。小高原鹬出生一个月后，就已经长大了许多，其他任何鸟儿都没有它们长得快。到了八月，它们就可以从“飞行学校”毕业了。在八月的夜晚，你会听见它们响亮的叫声，紧接着它们会用力地拍打翅膀，朝阿根廷大草原飞去。它们再一次证明，自古以来，南北美洲就是一个整体。在政治家们看来，地球各地的统一性是一个全新的概念，而对土生土长的空中飞鸟来说，完全不是这回事。

高原鹬对这片农业区域的适应性很强。它们和在草场上吃草的黑白相间的牛相处得很融洽，觉得它们比棕色的牛更好相处；像在草原上那样，照样在牧场上筑巢，但不像笨拙的雉那样，轻易被割草的人逮住。小高原鹬早在草被收割之前就飞走了。不过，在农场上，高原鹬也有两个敌人，那就是冲蚀沟和排水沟。也许，在将来的某一天，我们会发现，原来冲蚀沟和排水沟也是我们的敌人。

在20世纪初期，威斯康星州的农场见不到自古以来就有的“报时器”——高原鹬。五月的牧场，草儿静悄悄地变绿，到了八月的夜晚，再也听不见高原鹬的叫声，提醒我们秋天就要来了。枪支泛滥，加上高原鹬肉诱人，高原鹬成了后维多利亚时代人们的盘中餐。虽然保护候鸟的法律对人类来说来得有点儿晚，但对鸟儿来说，来得正当时。

六　月

钓鱼田园诗

今年，小溪的主流水很浅，只能泛起小小的涟漪，那是去年的鳟鱼[①]搅动起来的，那也是步履蹒跚的丘鹬发出“咕——嘎”声的地方。溪水很暖和，即使把脚伸到最深处，也不会像往年一样凉得大声惊叫起来。虽然我们游泳后，会觉得身子凉爽了，但是，涉水时，我们还是能感受到像晒过太阳的焦油纸般的热度。

不出所料，傍晚的垂钓令我们非常失望。我们原本想要钓到鳟鱼，结果除了钓到了一条圆鳍雅罗鱼[②]，别无所获。到了晚上，我们坐在驱赶蚊子的篝火旁，讨论明天的钓鱼计划。在鳟鱼强烈的诱惑力下，我们冒着炎热的天气，在尘土飞扬的路上走了两百英里，结果希望再次成了泡影，连鳟鱼的影子都没看见。

这时候，我们突然想到了这里是一条地形复杂的溪流，在接近

---

① 鳟（zūn）鱼，淡水鱼。体长，略呈圆筒状，后段稍侧扁，腹部圆形，头呈圆锥形，吻钝，眼大，鳞圆形。吃藻类、有机碎屑、水草等，也吃人工配合饲料。栖息于江河流速较缓的水域或湖泊。

② 雅罗鱼，体侧扁，头较短，眼较大，鳞中等或较小。幼鱼以浮游动物为食，成鱼以水生昆虫或其他无脊椎动物为食，有时也吃小鱼、陆生昆虫或藻类。

溪流源头的地方，有一个又细又深的岔口，四周长满密不透风的桤木①，树下有股冷泉不断流出。那么，在这种天气下，非常爱惜自己的鳟鱼会怎么做呢？没错！我们这就到上游看看。

第二天一大早，在清新的空气里，数百只白喉林莺②也许早就忘了天气很快就不再这么凉爽、舒适了，依然像往常一样唱着歌儿。溪流岸边的野草上，沾满了露水，我沿着溪岸，走进那个桤木岔口。

当我看见一条鳟鱼正浮出水面，我赶紧放出一段钓线，想使它保持干燥、柔软。接着，我尝试把钓线抛出一两次，测量了一下距离，然后把钓线甩向距离鳟鱼最后一次激起注漩涡的地方一英尺远的上游，挂上假蝇鱼饵，因为我知道，鳟鱼肯定会游向上游。现在，我完全忘记了酷热天行走过的数百英里路程的辛苦，忘记了蚊子的叮咬，忘记了我们不屑一顾的圆鳍雅罗鱼。鳟鱼猛地一咬。我确定鳟鱼上钩了，很快一条肥大的鳟鱼就躺在我底部铺满桤木叶子的鱼篓里，折腾着。

又有一条更大的鳟鱼在另一个水潭中浮出了水面。人们把这个位置叫作鱼儿的"航行起点"，因为它在水潭的顶端，周围是茂密的桤木。一根树枝沉浸在溪流中央，随着流水不断地摇晃，像在嘲笑不远处枝繁叶茂的树下的那假蝇鱼饵。

我坐在溪流中间的一块岩石上，抽了一支烟，终于看见鳟鱼从躲藏着的灌木丛里游了出来。我搁在桤木上的鱼竿和钓线经过阳光的暴晒之后，慢慢变干了。为了防止把鳟鱼吓跑，我没有立即行

---

① 桤(qī)木，落叶乔木。树皮灰色，平滑，枝条灰色或灰褐色，小枝褐色，叶倒卵形、倒卵状矩圆形、倒披针形或矩圆形。对土壤适应性强，喜潮湿环境，多生于河滩低湿地。

② 白喉林莺，体形略小的林莺。头灰，上体褐色，喉白，下体近白，耳羽深黑灰，胸侧黄色。食物主要为昆虫，也吃一些植物。

动，而是多等一会儿。鳟鱼所在的那片水域太平静了。忽然一阵微风吹了过来，兴起一片涟漪，因此，我必须马上准确无误地把鱼钩抛出去，这样才会有更多的收获。

微风过来以后，足以把桤木枝条上的一只棕色粉蛾吹下来，掉进鳟鱼所在的水域中。

准备就绪，可以行动了！我卷起干燥的钓线，站在溪流中间，让鱼竿处于待命状态。风来了，当我看见高冈上的那株桤木的枝条左右摇摆起来，知道是时候了。注意，只能抛出一半的钓线，并开始轻轻地挥舞着钓线，等着最大的一股风把水潭惊动。要知道，我抛出的仅仅是钓丝的一半！现在，太阳已经升高了，在阳光的照耀下，许多事物都在水面上留下了影子。任何一个随风而动的影子，都会告诉鳟鱼，它正处在千钧一发的危险中。我立即把最后一段三码长的钓线抛了出去，鱼饵轻轻地落在笑逐颜开的桤木旁边……

鳟鱼终于上钩了，我费了好大的力气才把它从水里拖出来。它还在垂死挣扎，奋力朝下游游去，没多长时间，它就在我的鱼篓里挣扎了。

我把鱼竿和钓线放在阳光下晾干，然后美滋滋地坐在岩石上，对着鱼篓里的两条鳟鱼陷入了沉思。人类不也跟鳟鱼一样吗？随时要抓住——不，渴望着眼前的新东西，就像鳟鱼想抓住眼前的鱼饵一样。可是，当我们发现鱼饵中其实暗藏着鱼钩时，又后悔不已。即使是这样，我依然认为渴望自有其好的一面。如果做什么事情都谨小慎微，那不论是鳟鱼，还是这世界，该何等无聊乏味。刚刚我有没有说过“谨小慎微”的话？这话并不确切。钓鱼者在为另一个更大的机会做准备时，他才会谨小慎微。

现在，我应该做的是把握好机会。因为过不了多久，鳟鱼就不再浮出水面了。我跳进齐腰深的水里，迅速地来到鱼儿的“航行起点”，把脑袋探进密不透风的桤木丛中，察看鳟鱼的位置。这个地方真的很像丛林。上面有一个黑乎乎的洞，洞口被绿色植物形成的“天棚”遮掩得密不透风，在这个狭窄的地方，连细小的植物枝条都无法挥动，更别提放一根鱼竿了！可是就在这个地方，一条大鳟鱼懒洋洋地几乎紧贴溪岸，大口大口地吃着经过的昆虫。

即使我用假蝇做诱饵，也没有机会靠近它，因为它可能会被吓跑。但是，在离这儿二十码的上游处，有另一个在阳光照射下、宽敞的开口。假如我站在那里，让鱼饵顺流而下，会怎样呢？虽然我知道这种办法钓到鳟鱼的可能性不大，但是现在除此之外，我别无他法了。

于是，我退回去，爬到岸上，绕过桤木丛，来到那个开口处。一路上，我脖子以下的部位，全部藏在凤仙花①和荨麻②中。我像一只小猫一样，蹑手蹑脚地向前，以免把鳟鱼所在的水域弄浑浊，那样它就看不到我的诱饵了。我静静地站了五分钟，等到这里恢复平静，我把三十英尺的钓线放入水中，为它上了油，让它风干，并把它紧紧地卷在我的左手里。我与丛林入口的距离刚好是三十英尺。

虽然这次行动成功的可能性不大，但是我并不想放过这个机会。最后一次，我冲着鱼钩使劲吹了一口气，让假蝇的翅膀鼓了起来，再把它别在钓钩上。接着，我把假蝇放在我旁边的水面上，快速地抛出钓线。等钓线变直、鱼钩漂入丛林之后，我就赶紧顺流而

---

① 凤仙花，一年生草本植物。有根、茎、叶子、花、果实和种子六个部分，花形似蝴蝶，有粉红、大红、紫、金黄等颜色。

② 荨(qián)麻，多年生草本植物。有横走的根状茎，茎自基部多出，四棱形，叶宽卵形、椭圆形、五角形或近圆形轮廓。

下。我的眼睛死死地盯着那个黑窟窿，想知道鳟鱼会不会上钩。

几缕阳光透过密林照射下来，我看见鱼钩在阳光下顺利地顺流而下。不一会儿，鱼钩绕过弯曲处，很快就到了那片黑色的水潭，最后，我没有看见，而是听见了鳟鱼朝我的鱼饵游去，咬住了鱼饵，我努力站稳了脚跟，准备迎接激烈的战斗。

一个办事谨慎的人，他绝不会冒着失去价值不菲的鱼钩和钓线的风险，采取这种办法钓密林小溪的鱼的。但是，我在前面已经说过了，谨慎的人不适合当渔夫。没多长时间，经过与密林的一番纠缠后，我已经把鳟鱼引到了宽敞的水面上，结果我的鱼篓里又多了一条肥大的鳟鱼。

说实话，我钓到的三条鳟鱼并不肥大，所以没必要砍掉它们的脑袋或者把它们的身体分成两段，再放进鱼篓。虽然鳟鱼不大，但这次的收获却很大；虽然我的鱼篓没装满，但我的记忆更充实了。此时，我也跟白喉林莺一样，除了这清晨的一刻，其他的我早已丢在脑后了。

七　月

庞大的领地

据州土地管理员的记载，在这个世界上，属于我的私有土地一共有一百二十英亩。州土地管理员的领导是个瞌睡蒙眬之人，在上午九点钟之前，他是绝不会翻看土地登记册的。不过没关系，今天我们要讨论的问题，事关破晓时我的农场发生的事，土地登记册上是不会有记录的。

有登记册也好，没登记册也罢，我和我的狗心里都有一本账册的。破晓时，我走过的每一寸土地都归我一人所有。我的思想也与我的土地一样辽阔得无边无涯，既不受地域的限制，也不受世俗传统的束缚。我行事既无拘无束，地图上也无法标明。我原本以为，孤独在这个郡已不复存在，可是它并没有消失，却远远延伸出去，有露珠的地方，都有它的影子。

和其他农场主一样，我也会把我的土地租给"农民"。可是，那些"农民"常常忘记上缴地租，而对土地使用权却斤斤计较、百般挑剔。从四月到七月的每个黎明，他们都会彼此宣告自己的土地界线，由此可推论出至少他们承认我是农场的真正主人。

每天宣告土地界线，并不像你想的那么简单，必须举行烦琐的仪式，我不知道是谁立下的这个规定，每天都要进行这个仪式。七月的清晨，刚刚三点三十分，我就满脸严肃地走出我的小屋，一只手拿着咖啡壶，一只手拿着笔记本，这两样东西象征着我的农场主身份。面对淡淡的晨星，我坐在一条长凳子上，把咖啡壶放在身边，然后从我胸前的衬衫口袋里掏出一个小杯子，希望没有人看见我这个上不了台面的举动。然后，我拿出手表，倒上咖啡，把笔记本放在我的膝盖上，这意味着宣告仪式即将开始了。

时间到了三点三十五分，在最近的某个地方，一只麻雀发出了一声清晰的鸣叫，像是男高音一样。它的这声鸣叫是在告诉大家，从北边的河岸到南边的旧马车道之间的北美短叶松①树林是属于麻雀的。接着，只听见田野里的所有麻雀一只接一只地吟唱起来，宣告着它们的地盘。还好，麻雀们彼此间倒还和睦，没有发生过争吵，至少到目前为止，我从来没有听见过。此刻，我只需静静地倾听，并从心底期待着它们的女同胞——雌鸟们也能默认它们的领地，一起和它们欢歌唱和。

麻雀还没有结束它们的宣告仪式，栖息在高大榆树上的知更鸟②就发出了响亮的颤音，大声宣告着它的地盘，那是一根被冰雹砸断的下垂的榆树树枝，以及附属于树枝下面面积不是很大的草坪下的所有蚯蚓。

知更鸟顽固地叫着，黄鹂被它的叫声惊醒了。于是，黄鹂宣告，那根下垂的榆树树枝归它所有，除此之外，它还拥有附近所有

---

① 北美短叶松，乔木。树干常歪曲生长，树冠开展，树皮暗褐色，叶针形。主要产于加拿大和美国北部。

② 知更鸟，鸣禽。嘴形较窄，嘴长几乎为头长的一半，翅形尖，尾较宽且长，变化亦大。以各种野果、水果、植物种子为主要食物。分布于北美地区，出没于草地和针叶林区。

富含纤维的马利筋[1]茎、菜园里所有松散的卷须，同时，它那像一团火一样的身子有权利在这些所属物之间来回穿梭。

我的表已经是三点五十分了。山丘上传来靛蓝白颊鸟[2]的叫声，它在宣告着属于自己的财产，那是在1936年的大干旱中留下来的干枯的橡树枝，以及附近各种各样的昆虫和灌木丛。虽然它没有明说，但是，我想它在向人们暗示，因为它的确比所有的蓝鸟及所有黎明中的鸭跖草[3]蓝得更鲜艳。

紧接着一只鹪鹩[4]突然从屋檐下的缝隙中钻出来，兴致勃勃地唱起了歌，于是，其他几只鹪鹩也跟着唱和起来，歌声越来越大，别的鸟儿也加入进来，顿时四周一片喧闹声。蜡嘴雀、嘲鸫、黄色林莺、蓝鸟、绿鹃、红眼雀、朱红雀……所有的鸟一齐歌唱起来，热闹极了。一开始，我还按照顺序郑重其事地一一把鸟儿的名字记下来，后来却因为歌声变化得太快，也就来不及记录歌唱者的名字了。这时，我的咖啡壶也空了，太阳眼看要升起来了。我想，我必须在宣告自己土地所有权前，再去仔细地看看我的土地。

我，还有我的狗，精神抖擞地走着。我的狗对鸟儿的歌声并不感兴趣，因为在它看来，证明某个地方属于你的证据不是歌声，而是气味。甚至在它的眼里，只有那些没有教养的鸟儿，才会在树上叫个不停，制造噪音。我的狗用自己独特的方式帮我找到了别的不唱歌的动物夏夜写下的诗歌，每首诗的最后都有作者的名

---

① 马利筋，多年生草本植物。灌木状，可生长至八十厘米，全株有白色汁液，茎淡灰色，叶披针形至椭圆状披针形。

② 靛(diàn)蓝白颊鸟，雄鸟几乎一身靛蓝，但在墨西哥南部和中美洲越冬时，会换上褐色的体羽，与雌鸟相仿。营巢于美国东部大片地区灌木丛。

③ 鸭跖(zhí)草，一年生草本植物。茎匍匐生根，多分枝，叶形为披针形或卵状披针形，花为蓝色。

④ 鹪鹩(jiāoliáo)，一种小型、短胖、十分活跃的鸟。颜色为褐色或灰色，翅膀和尾巴有黑色条块，翅膀短而圆，尾巴短而翘。主要以昆虫为食。

字——如果我们看得懂的话。想不到我们碰到了这些东西：突然想搬到别处去的兔子，拍动着翅膀表示弃权的丘鹬，还有一只正在发怒的公雉，因为它在草地上不小心把羽毛弄湿了。

有时候，我们会看见一只浣熊[1]或者水貂，它们肯定是找了一晚上吃的，到天亮后才回家。有时候，我们会赶走一只正在捕鱼的苍鹭[2]，或者吓唬一只正带着孩子们寻找避难所的林鸳鸯[3]。有时候，我们会看见鹿正慢悠悠地走进长满紫苜蓿[4]、婆婆纳[5]和野莴苣的茂密的树丛。但是，在大多数时候，我们只能看到在像丝绸一样的露水上，一排排懒洋洋的动物的蹄印组成了黑白相间的线条。

太阳终于升起来了。鸟儿们唱得渐渐没劲了，远处传来牛铃的叮当声，说明有一群牛正走向牧场。拖拉机的轰鸣声告诉我，我的邻居已经起床了，世界又回到了州官员所熟悉的轨道上。于是，我和我的狗也转身回去，早饭时间到了。

大草原的诞辰

从四月开始一直到九月，几乎每个星期都有十种野生植物开

---

① 浣熊，哺乳动物。眼睛周围为黑色，尾部有深浅交错的圆环，皮毛的大部分为灰色，也有部分为棕色和黑色。春、夏吃昆虫、蠕虫等，秋、冬以水果和坚果为食。生活在城市近郊的浣熊会潜入人类居住处偷吃食物，常被人叫作“食物小偷”。

② 苍鹭，涉禽，水边鸟类。头、颈、脚和嘴均长，因而身体显得细瘦，上体自背至尾上覆羽苍灰色，尾羽暗灰色，两肩有长尖而下垂的苍灰色羽毛，羽端分散，呈白色或近白色。主要以鱼类和昆虫等为食。

③ 林鸳鸯，树栖鸟。具有独特羽冠，雄鸟羽冠有两条纵列的白色条纹，雌鸟羽毛上有白色眼环，体羽为煤灰色，雏鸟于出壳的次日即可随雌鸟离巢。食物主要为稻谷、青草和水生植物等。分布于欧亚大陆及非洲北部。

④ 苜蓿（mùxu），多年生草本植物。种类繁多，最著名的是作为牧草的紫花苜蓿。

⑤ 婆婆纳，一年至二年生草本植物。有短柔毛，茎自基部分枝，下部匍匐地面，三角状圆形或近圆形的叶子在茎下部对生，上部互生，叶片边缘有圆齿，早春开紫红色小花。

花，这是它们在这一年里的第一次开花。到了六月，多种植物会在同一天开花，有时候竟达十一种之多！没有人会专门注意这些花儿开放，但也不是所有的人都视而不见的。五月有人会双脚踩过蒲公英，而浑然不知他们可能在八月开花的猪草前驻留片刻。四月忽视榆树红彤彤迷雾般花蕾的人，可能在六月陶醉在梓树①飘落的花瓣中。如果你告诉我某个人非常关注某些植物的生日，我就知道这个人所从事的职业、爱好、他是否患有花粉热②以及他的生态知识水平。

每年的七月，当我去农场或者从农场回来的时候，会经过一片墓地。每当走过这里，我都会热切地观看一会儿。这天是大草原的诞辰。在墓地的一个角落里，有一位幸存的专为草原诞辰祈祷的神父，他目睹过许多重大事件。

这个墓地非常普通，周围长着常见的云杉，中间遍布着普通的粉红花岗岩和白色的大理石碑。每个周末，在这些墓碑前面，都会有一束红色或粉红色的天竺葵③。其实，这个墓地也有它不普通的地方，那就是它的形状。其他的墓地一般都是正方形，它却呈特殊的三角形。而且，在墓地篱笆的拐角处，还有一些过去的草原遗迹。

这块墓地建于19世纪40年代，直到今天，墓地还没遭过镰刀和除草机的荼毒，因此还为威斯康星州留下了一些草原的遗迹。七月一到，那里会长出和人一样高的翅果菊，这种植物开出的黄花有碟子那么大，状如向日葵。在整个郡的西部，恐怕只有在这块墓

---

① 梓树，落叶乔木，是具有一定观赏价值的树种。树冠呈倒卵形或椭圆形，树皮褐色或黄灰色，叶子卵形，花淡黄色。

② 花粉热，一种因花粉过敏而引发的过敏性鼻炎。初春、初秋易发病。

③ 天竺葵，多年生草本植物。茎直立，单叶互生，呈圆形或肾形，伞形花序，群花密集如球，花色红、粉、紫均有。

地里才能找得到这种珍稀的植物。假如有一千英亩翅果菊出现在眼前，牧牛的肚皮触碰到这些花朵，那将是怎样的景象呢？不过这个问题没有人能够回答，也许也不会有人要问。

今年，我经过仔细的观察，发现翅果菊第一次开花的时间是七月二十四日，比往年晚了一个星期。在过去的六年里，它第一次开花的时间一般是在七月十五日左右。

我在八月三日那天再次经过墓地时，发现墓地的篱笆已经被修路工人拆去了，翅果菊也被割去了。可以想象，在今后几年里，翅果菊会奋起与除草机斗争，但这是一场徒然的斗争。它终会被除草机打败，然后死去。大草原的时代就此告终。

公路局宣称，每年夏天有三个月，正当翅果菊盛开时节，会有十万辆汽车从这条公路经过。我想，在这十万辆汽车上，至少有十万个人学过历史课吧，或许在他们当中，有两万五千人上过植物学的课吧。但是，恐怕没有几个人见到过路边的翅果菊，更不会有人知道它的惨死。如果我跑到附近的教堂，向牧师控诉修路工人以除杂草为借口，焚烧掉了有关墓地的“历史书”，牧师肯定会惊讶不解，杂草怎么成了历史书呢。

翅果菊的死，是本地植物群落葬礼的一个小插曲，也是世界植物群落葬礼的一个小插曲。热衷于机械化的人们，不管愿不愿意，正在将自己毕生都要生活在的地球上的植物推向灭亡。当人们清理了他们眼中的这些“杂草”之后，居然得意扬扬。如果人们还算明智的话，现在应该停止一切历史课和植物学课程，免得未来的人们知道他们的幸福生活是以植物的死亡为代价时，会感到非常愧疚和不安。

当农场周围的植物被清除得一干二净后，这个地区就会被称作“好”地区。我的农场不是“好”地区，因为它周围没有公路，它的植物没有被割掉，所以我才选择了它。没错，我的农场周围的环境不处于“进步之河”上，那里的道路仍然是当年拓荒者大车经过的道路，没有被平整或者铺上碎石，没有被清理过，也没有被碾压过。

我的邻居们经常跑到郡领导那里哭诉，说他们的树篱已经连续好几年没人来修剪了，他们的沼泽没有筑起堤坝，没有排干那里的水。但是如果在垂钓和进步之间让他们选择，他们始终钟爱垂钓。每当周末，我这个植物爱好者的标准生活模式，就是住在偏远的农场；在非周末的时候，我会尽最大努力与大学农场、大学校园和临近郊区的植物共度时光。整整十年，我坚持每年为这些地区的植物第一次开花做记录，并以此为乐。

植物首次开花月份	郊区和校园开花植物数量	偏远农场开花植物数量
四月	14	26
五月	29	59
六月	43	70
七月	25	56
八月	9	14
九月	0	1
合计	120	226

显然，住在偏远地区的农民的视觉享受，要比生活在校园里的学生和商人强两倍。不过，不管是偏远地区的农民，还是城市里的学生和商人，他们都不曾认真观察过他们所拥有的植物。如上所述，我们面临着两个选择：对植物漠不关心，顺其自然；认真思考如何将社会进步和保护植物统一起来。

导致区域植物萎缩的原因有三个：一是经营无杂草的农场；二是林地放牧；三是修筑道路。为了发展，需要占用野生植物生长所需的土地，但是铲除农场、城镇，乃至整个州郡的植物既无此必要，也是有害的。事实上，每个农场都有一两块闲置的土地，每条公路都有与之长度相同的空地。应该不让牛羊、除草机等进来，让这些地方长满本地原有的植物，加上外来的数十种"偷渡者"成为每个居民正常环境中的一分子。

具有讽刺意义的是：草原植物群落的"杰出保护者"，竟然对这些"小事"一无所知，毫不关心。为了修筑铁路，他们用栅栏把铁路用地围了起来，留给草原植物生长的地少得可怜。在那里，在煤渣、煤灰和每年一次的大火的威胁下，草原植物顽强地继续书写着自己色彩绚丽的历史。从五月粉红色的流星花[①]，到十月蓝色的紫菀[②]，它们都坚强地在恶劣的环境里开放。有很长一段时间，我一直想和铁路公司的总裁谈一谈，想唤醒他内心深处的良知。当然，我还没有这么做，因为我从来没有碰到过这样的总裁。

铁路公司为了清除路边的野草，会使用喷火器和化学药品喷洒器。不过，喷火器和化学药品的成本很高，所以他们并不经常使用在离铁轨稍远的地方。也许，他们会想到更好的办法来灭杀野草。

假如是我们不太了解的人，那么他们死亡了，我们也不会感到太痛苦。我们认识某个人，只是因为我们吃过他的一碗炒面，他的死不会引起我们的悲痛。我们只为自己非常熟悉的人的离去而伤

---

① 流星花，又叫"美国樱草"，是一种稀有花卉。叶基生，叶片较大，花葶细长、高挺，花淡粉色，花瓣向上翻折，花像一颗颗坠落的流星。

② 紫菀（wǎn），多年生草本植物。根状茎斜升，茎直立、粗壮。基生叶丛出，形大，长椭圆形；茎生叶互生，较狭小，上部叶线形。头状花序，根、茎可入药。

心。如果我们只知道翅果菊是植物的一个名字,那么当它从丹恩郡西部灭绝的时候,我们是不会为此而感到难过的。

我曾经想挖一株翅果菊移栽到我的农场,就在我辛苦挖它的时候,我第一次了解了它的特性。挖一株翅果菊就像挖一棵橡树幼木那么费力,我挖了整整半小时,弄得全身都是泥巴和尘土,最后还是没有挖出来。据我所知,它的根部扎得很深,仿佛是一株直挺挺的硕大甘薯,几乎延伸到了地下的岩石基层。我没有挖出那株裂叶翅果菊,但是我却明白了一个道理——翅果菊这样的苦心经营为的是熬过大草原的干旱。

接着,我播下翅果菊的种子。它的种子非常大,而且多肉,有一股葵花子的味道。种子播下后,很快就发芽了。但是,等了五年,它的幼苗还没有成熟,没有长出开花的茎干。也许,翅果菊需要十年的时间,才能开出第一朵花。那么墓地里那株我钟爱的翅果菊该有多大岁数了呢?它可能比最古老的墓碑的年龄还要大!那墓碑是在1850年竖的,如此说来,那株翅果菊目睹过黑鹰从麦迪逊的湖泊逃亡到威斯康星河的情景,它当然也见过许多拓荒者的葬礼,看着他们一个又一个长眠于须芒草①下。

有一天,我看见电动铲在挖路旁排水沟的时候,把一株翅果菊的根切断了,但是没多久,那被切断的部位又长出了新芽,最后竟然长出了花茎。我终于明白为什么在刚被平整过的路边还是长出这种此前从未入侵到这里来的植物。一旦翅果菊在一个地方生根了,是不怕遭人摧残的,除非在此过度放牧、拔除或耕种。

在牧牛地区,翅果菊都消失得无影无踪了。这是为什么呢?我曾经看见一个农民把一群牛赶进一片原始草地放牧。牛有一个

---

① 须芒草,多年生草本植物。丛生,秆直立,纤细,近圆柱形,叶片线形。适应性强,能在热带旱季长的地区良好生长。

习惯,只吃翅果菊,别的草一概不动。可以想象,牛对翅果菊情有独钟。但是牛无法忍受自己整个夏天一直被关在篱笆墙之内,只吃一片草地上的草。换句话说,幸亏牛只是偶尔来这里吃草,翅果菊才逃过断子绝孙的厄运。

上帝是仁慈的,因为他让几千种植物和动物经历了漫长的历史后,依然存活在这个世界上,让它们相生相克,这才构成了如今这个色彩斑斓的世界。如今,还是这个上帝,把那份仁慈取走了。当最后一头牛离开威斯康星州时,也许没有几个人会为它伤心落泪。同样,当最后一株翅果菊永远离开这一梦境中的青草繁茂的大草原上时,又有多少人会感到伤心呢?

八　月

绿草地

有些画之所以闻名于世，流传至今，是因为它们经多代人的观赏而不衰，并且代代都有赏识之人。

我知道有一幅画，极易被人遗忘，除了从这幅画上经过的鹿，几乎没有人见过它。挥毫创作这幅画的“画家”是一条河流，我还来不及携同我的朋友们去观赏这一大作，河流就已经把它抹去了。所以它只存在于我的心灵中。

那条河与其他艺术家一样，也是喜怒无常的。它什么时候画兴大作？它的兴致能坚持多长时间？你根本无法预知。不过，仲夏时，天空中的白云像帆船一样漂移，这时候你可以去沙洲悠闲漫步，就算只是看看河流是否作过画，此行也是值得的。

开始作画时，只见作者先在河滨沙子上，薄薄地刷上一条宽阔的淤泥缎带，然后等着这条缎带在阳光下变干，金翅雀①就在里面

① 金翅雀，小型鸟类。嘴直而尖，头顶暗灰色，背栗褐色，腰金黄色，翅膀上有一块金黄色斑纹。主要以植物果实为食。

戏水，接下来鹿、苍鹭、双领鸻[①]、浣熊和龟的足迹为它镶上花边。到了这时，你还猜不出它下一步要画什么。

不过，当淤泥缎带上长出的荸荠[②]变绿的时候，我们可以肯定正是河流画兴正浓之时。几乎一夜之间，淤泥缎带上的荸荠就变成了青翠、茂密的草地。附近高地上的田鼠看见了，挡不住诱惑，全家出动，高高兴兴地跑到青草地上。它们在这天鹅绒般茂盛的青草地上一待就是好几个晚上，放松自己的身体。没多久，田鼠们就在青草地上画出了一个整齐的“鼠迹迷宫”。鹿也赶过来了，它们欢快地跑来跑去，享受着青草的柔软和芬芳。就连平时不爱出门的鼹鼠[③]，也在干燥的沙洲下挖了一条地道，通到青草缎带上。它们会尽情地在青草地上堆起一个个隆起的草皮。

到了这时候，绿色缎带下潮湿的沙土里，有无数小幼苗在发芽，它们小得无法用肉眼分辨。

如果你还想知道这幅画到底是什么样子的，那么你得给河流三个星期的时间，让它独自慢慢作画。三个星期后，在一个阳光明媚的早晨，阳光驱散了晨雾，你再来拜访沙洲。那时候，河流已经把色彩都涂在了画面上，并且在上面洒上了露水。此时，更加青翠的荸荠草地上，闪耀着蓝色的沟酸浆[④]、粉红色的青兰[⑤]，以及乳白

---

① 双领鸻(héng)，涉禽。背褐色，腹白色，胸有两条黑色带，鸣声嘹亮，连续不断。以甲虫、蝗虫、蜻蜓等为食。

② 荸荠(bíqi)，多年生草本植物。地下茎扁圆形，皮红褐色或黑褐色，肉白色，可以吃，也可制淀粉。

③ 鼹鼠，哺乳动物。体矮胖，毛黑褐色，嘴尖，前肢发达，脚掌外翻，有利爪，适于挖土，后肢细小，眼小，隐藏在毛中。白天在土穴中，夜晚出来捕食昆虫，也吃植物的根。

④ 沟酸浆，多年生草本植物，因果实形似酸浆而得名。茎有分枝，叶呈卵形、卵状三角形至卵状矩圆形，叶缘有细锯齿，夏天开花，黄色，花萼呈筒形，花谢后，长椭圆形的果实被很大的果鞘保护着。

⑤ 青兰，多年生草本植物。茎自根茎生出，四棱形，叶对生，叶片线形或披针状线形。生于山地草甸或草原多石处。

色的慈姑花[①]。山梗菜[②]的红色长矛朝着天空四面八方投掷过去，沙洲顶部的紫色斑鸠菊[③]和淡粉色的沼泽兰依偎着柳树，亭亭玉立。你怀着谦卑的心情，悄悄地欣赏着河流大师的作品——只是稍纵即逝的作品，可能意外地遇到一只站在画面上的赤鹿，那是一只全身狐红色、和你的膝盖一样高的鹿！

你离开后再回来就不可能再次欣赏到这片青青的绿草地了，因为那幅画很快就消失了，要么是河水退去，沙洲变干了，要么是因为河水高涨把它冲走了。于是，河滨的沙子又恢复了往日的干净的素颜。不过，你可以把那幅画永远刻在自己的心里，然后期待着另一个夏日的到来，到那时候，河流会再次勃发作画的豪兴！

---

① 慈姑花，多年生草本植物。水生，有纤匐枝，枝端膨大成球茎，叶形变化极大，通常为戟形，花白色，果斜倒卵形，种子褐色。

② 山梗菜，多年生草本植物。根茎斜生，具多数白色细须根。茎直立，通常不分枝，叶互生，披针形，花蓝紫色，种子近半圆形，棕红色。

③ 斑鸠菊，灌木或小乔木。小枝披灰白色密柔毛，叶互生，卵状椭圆形，卵状披针形或披针形，花筒状，淡紫色，在春夏开放。

九　月

灌木丛中的欢歌

九月的黎明似乎已不需要鸟儿们唤醒，便悄然而至了。那时，或许会有一只麻雀随心所欲地唱着歌；或许会有一只啄木鸟在飞往白天休息的树丛的途中，在你头顶上盘旋、鸣叫；或许会有一只猫头鹰用颤音啼叫以结束一夜的争吵。除此之外，其他的鸟儿似乎都在休养生息，毫无说话和唱歌的兴致。

只有几个，并非所有的雾沉沉的秋日清晨，你可能会听到鹌鹑[①]的大合唱。突然十几只母鹌鹑扯起女低音，打破了清晨的寂静，禁不住为即将到来的白天唱起了赞歌。过了一两分钟，停了，大合唱来得突然，停得也突然。

在唱歌方面，这些躲躲闪闪的鸟儿有一个非常特别的优点。喜欢表现的鸟儿，经常站在树梢上唱歌，人们很容易就能看见它们，当然也很容易忘记它们。它们太常见了，便显得很平庸。能给

---

① 鹌鹑，小型禽类。尾短，翅长且尖，上体有黑色和棕色斑，下体灰白色，周身羽毛有白色羽干纹，颊和喉部赤褐色，嘴浅淡黄色。主要以种子、幼芽、嫩枝为食，有时也吃昆虫及其他无脊椎动物。

人们留下深刻印象的，是那些把自己隐藏起来的鸟儿。隐士夜鸫[①]，它在人们难以一见真容的阴暗处传来一阵银铃般的歌声；飞鹤，它在人们肉眼看不见的高空中，在云彩后面发出小号一般的鸣叫；松鸡，它在人们还没有起床的时候，在寂静的清晨高唱《圣母颂》[②]。甚至连博物学家[③]也没有看见过鹌鹑合唱团的演出，因为它们总是躲在茂密草丛中的巢穴里，只要人们一靠近，它们就会自动闭上嘴巴，不让人们发现。

六月，光线达到了0.01英尺烛光的照度，完全可以预测，知更鸟肯定会唱个不停，其他的鸟儿也会随之加入。可是，一到秋天，知更鸟就开始沉默了，谁也不能断定，鸟儿是否会继续像以前那样齐声欢歌。清晨，没有听到鸟儿们的歌声时，我往往非常失望，也许，这正说明了人们期望得到的东西，总比已经到手的东西更有价值。于是，为了听到鹌鹑的合唱，我已经好几天都在破晓前起床了！

秋天，往往有一群或者好几群鸟儿光临我的农场。但是它们黎明时的歌声始终来自远处。我想，大概是因为鸟儿们不喜欢我的狗，才找一个远离狗的地方栖息吧。我很喜欢鹌鹑，后来我发现，我的狗比我更喜欢鹌鹑。可是，就在十月的一个清晨，当我正坐在屋外的火炉旁品咖啡时，一个鸟儿合唱团突然在我家门前不远处引吭高歌。在这多露水的季节，它们躲在白松[④]树丛下，找了

---

① 隐士夜鸫，鸣禽，夜鸫的一种。加拿大和美国针叶林中著名的歌鸟。

② 《圣母颂》，原指天主教徒对圣母玛利亚的赞美歌。其歌词最早是在罗马教廷于1545年召开的特洛特会议上确定的。19世纪以来的《圣母颂》，歌词已经变得比较自由，除了必须含有对圣母的赞颂之外，其他戒律均被打破。

③ 博物学家，对精通动物学、植物学、矿物学、生理学等自然科学的专家的尊称。

④ 白松，松树的一种。木纹平直，纹理细密，心材呈乳白、浅黄或淡褐色，边材呈淡黄白色，随树龄增加而变黄。

一处干爽的地方。

能够听到我家附近的合唱，我感到非常荣幸。听着它们的歌声，我觉得秋天白松的蓝色针叶似乎更蓝了，松树下面那红毡似的悬钩子①，也仿佛更鲜红了！

---

① 悬钩子，又名“树莓”“覆盆子”“三月泡”，落叶灌木。羽状复叶，叶卵形或椭圆形，点状花序顶生。根、茎、叶、果实均可入药。耐贫瘠，适应性强。

十　月

暗金色

狩猎可分为两种:一种是捕猎一般动物,一种是捕猎环状羽毛的松鸡。

可以到两个地方去捕猎松鸡:一个是经常去打猎的地方,一个是亚当斯郡。

适合去亚当斯郡捕猎松鸡的时间有两个:一个就是平时,另一个就是在美洲落叶松变成暗金色的时候。有的猎人运气真是太差了,你看他们忙前忙后,对准美洲落叶松,嗒嗒嗒地不停射击,子弹打完了,然后目瞪口呆地望着纷纷落下的暗金色针叶,而松鸡像火箭一样,嗖的一下飞走,毫发无损地钻进落叶松林里去了。

第一场霜降到地面以后,丘鹬、狐色雀鹀[①]和灯草鹀[②]就从寒冷的北方跑过来了,美洲落叶松的颜色也从绿色变成了黄色。一

---

① 狐色雀鹀(wú),美洲鸟类,小型鸣禽。与雀科的鸟类相比,较为细弱,上下喙边缘不紧密切合而微向内弯,因而切合线中略有缝隙。以种子、昆虫以及一些浆果为食。

② 灯草鹀,亦称“灯草雀”,美国常见的冬鸟。羽毛颜色丰富,一般略带灰色,喙略带淡红色。喜栖针叶林或混生林。

群群知更鸟夺走了大片大片的山茱萸①最后的浆果,只留下空空如也的枝干,在山丘的映衬下,好像一团粉红色的雾霭。小溪边,一排排桤木落光了树叶,让无处不在的冬青②抛头露面,一览无余。悬钩子亮闪闪的,帮你找到了松鸡的去向。

猎狗非常聪明,它更清楚松鸡到底往哪个方向跑了,你紧紧跟着猎狗跑就是了,它竖起的耳朵可以知道松鸡的位置,风已经给它通风报信了。当猎狗终于停了下来,一动不动地站在那里,眼睛斜视着某个地方,仿佛告诉你说:"好了,动手吧!"

但问题是准备对谁动手呢?有一只鹬在鸣叫,是瞄准它吗?有一只松鸡在扯着嗓门吆喝,是射击它吗?还是要打死一只兔子?其实,就在你犹豫不决的短暂时刻,正是猎捕松鸡的乐趣所在。所以,事先打算非要捕获什么猎物的人,不应该去打松鸡,而应该去猎野鸡。

打猎的动机非常微妙,乐趣也各不相同。最有意思的打猎是"偷"来的。为了"偷"着打猎,你必须跑到不见人影的野地里,这样就没人会发现你了;或者找一个人们不怎么注意的地方,然后你就可以在"众目睽睽"下狩猎了!

很少有人知道亚当斯郡会有松鸡,因为,当人们开车经过亚当斯郡的时候,只注意到了一片由美洲落叶松和矮橡树构成的野地。他们压根儿想不到,在矮树林后面还有一群悠闲自在的松鸡,因为在公路旁边有几条西向的纵横交错的小溪,每条小溪都发源于一片沼泽地,后来又经过干燥的不毛沙地,最终汇入大河。这条公路

---

① 山茱萸,落叶乔木或灌木。树皮灰褐色,小枝细圆柱形,叶对生,花黄色,核果长椭圆形,红色至紫红色。

② 冬青,常绿乔木。树皮灰色或淡灰色,小枝淡绿色,叶狭长椭圆形或披针形,花紫红色或淡紫色,果实椭圆形,成熟时深红色。

后来穿过干燥的不毛之地蜿蜒向北而去，那些不毛之地都是在公路的这一侧，另一侧则有茂密的矮树丛组成的屏障，其后的小溪扩展成一条宽广的林泽缎带，这就成了松鸡可靠的生存天堂。

到了十月，我总是一个人坐在美洲落叶松之间，听着公路上猎人汽车的声音。猎人们的车子轰隆隆地呼啸而过，向北方的繁华都市奔驰而去。一想到他们为了进入繁华都市而加快车速，紧张的神情、急切的眼色，我就会不由自主地咯咯笑。一只雄性松鸡听见汽车经过的声音，也拍着翅膀叫唤起来，以示对他们的蔑视。松鸡的叫唤声引起我和狗的注意，尤其是我的狗，看见松鸡后竟然咧开嘴笑起来。我知道，狗现在的想法肯定和我的想法一致，那松鸡该动动了，等它累了的时候，我们再过去收拾它。

美洲落叶松不单生长在林泽地里，在附近的高地下面有泉水的地方，也生长着美洲落叶松。泉水流过的地方，已经长满了苔藓，形成了一个个沼泽台地。我管这些沼泽台地叫“空中花园”，因为在潮湿的草泥中，笔龙胆①会开出蓝宝石般的花朵。当美洲落叶松的暗金色针叶洒落到这些美丽的花儿身上时，好看极了。这时，我总是停下脚步，好好欣赏一番。即使我的狗告诉我前面有松鸡，我也会流连不前的。

在每一座“空中花园”和小溪之间，都有一条小路，这是鹿经过时踩出来的，小路上长满了苔藓。猎人们可以沿着这条小路前行，被惊动的松鸡也可以通过这条小路逃跑。到底是猎人的枪弹快，还是松鸡逃跑得快呢？如果是松鸡逃跑得快，那么下次鹿再次经过这里时，只会发现地上有几颗空弹壳，却看不到松鸡掉落的羽毛。

---

① 笔龙胆，一年生草本植物，龙胆科植物及中药材龙胆的统称。在中国、俄罗斯、日本、朝鲜等地均有分布。

我们继续向小溪的上游走去，突然发现一座废弃的农场。农场里有几棵幼小的北美短叶松，穿过一片荒芜的田地，我试图根据树龄判断出这倒霉的农场的主人是多少年前，在这么偏僻的地方开辟出这些沙地。在这些沙地上除了“生产”出孤独，能长出玉米来吗？我想通过观察北美短叶松的年轮来推测一下。如果不仔细想想，人们是会被北美短叶松吓住的，因为一般树木一年内只增长一个年轮，而北美短叶松一年内增加了好几轮新枝叶，而不是一轮。我发现在牲畜棚门口，有一棵榆树的幼木成了我的“计时器”，通过它的年轮可以追溯到干旱的1930年。也就是说，从那一年以后，已经没有人从牛棚取过牛奶了。

我想知道，这家农场最终落到投入超出了收成的困境，一家人不得不抛弃这地方时，他们心里会想些什么。像飞过的松鸡，他们的想法不得而知。但是，有些事情多年后还是留下了痕迹，例如，在某个令人难忘的四月，男主人种下了一株丁香花，多年后肯定会满怀憧憬，想象着来年四月丁香花会美丽绽开；女主人每个星期，可能是星期一，都要在洗衣板上搓洗衣衫，结果磨薄了洗衣板。不知道女主人会不会希望所有的星期一很快从地球上消失。

在我想这些问题的时候，我的狗一直耐心地站在泉水旁边，目不转睛地盯着猎物的动向。我发现之后，立刻跑到狗身边，为我的漫不经心向它道歉。那只猎物是一只丘鹬，它橙红色的胸膛沐浴在十月的阳光下，像蝙蝠一样叫着。我和狗的狩猎就此开始。

这种日子里，很难把全部心思都集中在猎松鸡上，因为还有很多其他的目标吸引了我们。我在沙地上走的时候，看见了一些雄鹿的脚印，于是，便怀着好奇心悠闲地跟踪下去。脚印从一片茶树丛出来，延伸到另一片茶树丛，枝条上有雄鹿啃过的痕迹，所以我才说这脚印是雄鹿踩出来的。

我随之想到该是吃午饭的时候了，我正准备从我的口袋里拿出干粮来吃，突然看见有一只鹰在头顶上空来回盘旋，我一时判断不了那到底是什么鹰。等那只鹰侧过身体，我终于看见它那红色的尾巴。

我再次伸手去摸口袋里的干粮，但视线又被一棵树皮被剥光了的鹅掌楸[①]吸引了过去，树边还留着雄鹿磨蹭树皮时掉下的绒毛状皮屑。这是多久前的事了？被剥了皮的树干已经变成棕色，我断定，那雄鹿的鹿角这时肯定非常干净了。

我再次伸手去拿午饭，突然，听见狗兴奋的吠声，随后又听见灌木丛中发出的“咔嚓咔嚓”声。很快，树丛中跑出一只鹿，一对鹿角闪闪发亮，臀部翘得很高，浑身的皮毛发亮。没错，鹅掌楸早已道出了鹿的真相。

这一次，我总算没有被打扰，拿出午饭，坐在地上吃了起来。树上的一只山雀正偷偷地看着我吃，这个家伙对自己的午餐十分保密，就是不肯让人知道它到底吃了些什么。也许是一些冰冷而肿胀的蚂蚁卵吧，或许是其他在鸟类看来相当于人类的冰冷的烤松鸡之类的东西吧。

吃完午饭后，我开始欣赏眼前幼小的美洲落叶松树组成的大方阵。这些小树都把金色的长矛指向广阔的天空。每棵树下，都落了一层昨日落地的暗金色针叶，连在一起，真像铺在大地上的一层厚厚的金色毛毯。每棵树苗的头顶，都冒出了小小的嫩芽，正等着来年春天的到来。

---

① 鹅掌楸，落叶乔木，珍稀植物。小枝灰色或灰褐色，叶形如马褂，叶片的两侧平滑或略微弯曲，花单生枝顶，形似郁金香。

起得太早

众所周知，角鸮[1]、星星、大雁，还有货运火车，它们每天都习惯早起。一些猎人为了捕猎大雁，也养成了早起的习惯。咖啡壶因此也从猎人那里学来了这习惯。奇怪的是，所有那些必须在早晨的某个时刻起床的人，没有几个能发现清晨是一个非常愉悦、清闲的时刻。

早起的习惯当然是猎户座首创的，因为早晨最早发出早起信号的是猎户座。它越过天穹，继续往西运行好长一段时间，在这个过程中，猎人们早已捕获一只鸭子，然后把它提回家了。

早起者做着各自的事情，谁也不打扰谁。和晚起者不同的是，早起者从来不在人前炫耀自己的成就。猎户座，它旅行过的地方是最多的，但是它从来没有自吹自擂；咖啡壶，从最开始发出汩汩声那一刻，它就一直低调地处理着自己肚子里沸腾着的咖啡；猫头鹰，它虽然在晚上行凶过多次，对自己的故事，只发表短短的三个音节的评论；沙洲上的雁群，它飞过千山万水，在快速而前后有序地飞向某个地点的时候，彼此间的议论虽颇具权威性，但是他人无法听懂。

我承认，货运火车是不忌讳自己的重要性的，即便这样，它也不失自己所特有的谦逊精神。它的眼睛只盯着自己轰隆作响的工作，不会私自闯入别人的领地。货运火车的这种全神贯注让我产生一种无比的安全感。

---

① 角鸮（xiāo），一种强壮、头上有角状羽束的鸮类。常以昆虫、鼠类、小鸟为食。但有的角鸮能抓走比较大型的猎物，如母鸡。既能在森林生存，也能在沙漠生存，仅在食物短缺时迁徙。

如果太早来到沼泽地上，就会有一种独特的听觉感受，用不着手的触摸或眼睛的观看，耳朵便捕捉到种种夜声。当你听见绿头鸭①对着自己那份汤热切地发出叫声时，你可以想象，那里有二十只绿头鸭正在痛痛快快地吞食浮萍。当你听见赤颈凫②尖声怪叫时，你可以想象，那边有一个中队的赤颈凫，用不着顾忌是不是与实际有出入。当你听见池塘传来“扑通”的落水声时，你可以想象，那是潜鸭③刚刚从空中俯冲下来，撕裂了黑丝绸般的天幕。这时候你就会屏声敛息，聆听起来，但是除了天上的星星，什么也没看见。一到白天，面对这番表演，人们不会只冷眼旁观，猎人会拿着猎枪对准它们，失手了，也会为自己百般开脱。大白天你是不会看不清、听不明翅膀的扇动的，误把天空想象成是由两个部分合成的。

水上的禽类展翅静悄悄地飞向更宽广、更安全的地方，在渐渐变得灰白的东方衬托下，它们都成了一个个小点，这时候聆听的时间也就结束了。

许多事物都有其局限性，黎明只有在黑暗不再傲慢无礼而变得谦虚时，才会到来。世界上有些事物到了白天就会告退、隐去，究其原因都是阳光造成的。不管怎么说，反正低洼地上空的晨雾变白时，一只只公鸡都自吹自擂起来；一堆堆捆起来的玉米秆自以为变得比世上任何玉米秆都要粗大一倍。太阳东升时，每只松鼠都在夸大自己想象出来的威望，它们的嘴都在激动地诉说着自己

---

① 绿头鸭，游禽。形似家鸭，雄鸟头、颈绿色，颈基有一白色领环，雌鸟头顶至颈部黑色，具有棕黄色羽缘。通常栖息于淡水湖畔。以植物、甲壳动物等为食。

② 凫(fú)，俗称“野鸭”，水鸟。似鸭，雄的头部绿色，背部黑褐色，雌的全身黑褐色。常群游于湖泊中，能飞。

③ 潜鸭，水栖鸟，常被称为“港湾鸭”。体圆，头大，很少鸣叫，为深水鸟类，善于收拢翅膀潜水。主要以水生植物和鱼、虾、贝壳为食。

刚发现的社会危机；远处的乌鸦在痛斥臆想出来的猫头鹰，恨不得向天下宣告自己是最警惕的；一只风流的公雉沉醉于自己往日的风流日子，使劲儿地拍打着翅膀，好像在向世人宣告——这个沼泽和沼泽里所有的母雉都归它所有。

这种种臆想不只限于鸟类和兽类。早饭开始后，苏醒过来的农场的院子里到处都是喇叭声、吆喝声、吹哨声，整个白天都喧闹个不停。而到了晚上，一台无人照管的收音机咿咿哇哇地响着，人人都上床睡觉去了，重温夜间的课程。

红灯笼

捕猎松鸡有两个办法。一个办法是，根据逻辑和概率，对即将狩猎的地点做一个周密的计划。根据这个计划你就会发现哪里可以捕猎到松鸡。

另一个办法是，不做任何计划，漫无目的地从一个红灯笼走到另一个红灯笼。这个办法说不定能帮助你找到松鸡的真正藏身之处。上文所说的“红灯笼”，其实就是十月阳光下变红了的悬钩子。

在我多次愉快狩猎的过程中，都是红灯笼照亮了我要去的方向。我以为，悬钩子首先要学会在威斯康星州中部的各个沙地中生存下来。在这些友好的沙地里，有几条类似小沼泽的小溪，很多人都说这个地方太贫瘠了，人们点不起灯。从第一场霜降下来到冬天结束，只要有阳光，悬钩子的叶子就会红得像团烈火，沿着小溪，照亮了整片沙地。在沙地的各种荆棘和灌木丛里，藏着好多丘鹬和松鸡，它们躲在那里享受日光浴。大多数猎人并不知道这些，而是在没有荆棘和灌木丛的矮树林里瞎闯，把自己弄得筋疲力尽，最后往往空手而归！这样一来，倒让我们过上安安静静的日子了。

上文所说的“我们”，是指鸟儿、小溪、猎狗和我自己。这是条懒洋洋流淌的小溪，在桤木林中蜿蜒穿行，好像要永远留在桤木林中，不再流向大河了。我自己也是这德行。每一个匆匆的急转弯都会形成一个更大的溪岸，山丘上的荆棘丛、阴湿冰冻的蕨类植物、宝石草[①]紧紧相邻，没有哪只松鸡愿意长时间离开这样的地方。我也是如此。所以，要想捕猎松鸡，就得在溪旁，逆风而行，出没于荆棘丛中。

猎狗每次接近荆棘丛，都会东张西望，确定猎物就在我的射击范围之内。它找准了，就会小心翼翼地向前，它那湿润的鼻子能从上百种气味中找到唯一想找的那一种，正是它的这种独特的能耐使得整个地理地貌具有了生命和存在的意义。它是气体气息的探索者，凭着嗅觉孜孜不倦地勘探空气层中的珍稀黄金，松鸡的气味就是它和外部世界连在一起的纽带。

顺便说一句，我的猎狗认为我还得多了解松鸡，我作为一位博物学家，对此表示赞同。它凭借自己“逻辑学教授”的身份，凭借受过训练的鼻子，冷静、专业而耐心地坚持要给我指导，我也乐于听从它高超的鼻子所指引要去的某个点，它对自己所得的数据自然是成竹在胸的，而对我这个眼力不济的人来说，实在费解。也许它希望我这个笨学生有朝一日能学会嗅东西的能耐。

可是，像其他笨学生一样，我知道猎狗教授是对的，只是不明白其中的道理。我检查过枪，走进了荆棘灌木丛。猎狗是名好教授，见我失手了，它从来不嘲笑我。我频频失手，它只是看我一眼，继续沿着小溪往上游去，寻找下一只松鸡。

---

① 宝石草，有毒植物，常与毒常春藤伴生。花瓣淡黄色，略带橙红色斑点，种荚爆裂时，会射出刺激性汁液。

我们顺着溪岸一直往前走，越过了两种地貌，一个是半山腰——我们是从半山腰开始狩猎的；另一个是山脚——猎狗狩猎的地方。一个人一踩到柔软、干燥的石松[①]铺就的地毯，那响声就惊扰了沼泽地里的鸟儿。要想检验你的猎狗是否愿意跟你在潮湿的沼泽地里捕猎，首要的原则是：你在干燥的岸边走，与此同时，看看猎狗是否愿意在潮湿的沼泽地上与你平行前进。这时候，人的感觉非常奇妙。

当经过一片茂密的桤木林时，你的猎狗突然不见了，这时就产生了一个特殊的问题，你需要马上爬到一座小山丘，一动不动地站着，睁大眼睛，竖起耳朵，跟踪猎狗的踪迹。突然，一群白喉林莺从林子里飞了起来，你就知道，你的猎狗很可能就在那里。接着，你会听到一根嫩枝条被弄断的"咔嚓"声，或涉水时激起的溅水声，或者"扑通"一声入水的声音。

等一切声音消失后，你要立刻采取行动，因为猎狗很可能发现了猎物，正目不转睛地盯着它呢。等你到达的时候，一只只松鸡已慌成一团，逃跑前"咯咯"地给自己的同伴发出警报声。它们一只接一只地跳了起来，能发现有两只，最多的时候是六只，纷纷向高处飞去，你需要马上拿起猎枪，朝它们"嗒嗒"开枪。有没有松鸡进入你的射程之内，那就要靠运气了。如果时间允许，你可以迅速地估算一下命中率：360 度除以 30，也就是你的枪可以覆盖到的任何角度，即再除以你射偏的概率 3 或 4，得到的就是射中率了！

检验捕猎松鸡的猎狗的第二个办法是，在经历上面所说的这个小插曲后，看看它是否愿意向你汇报情况，并服从你的命令。和猎狗一起坐下来，让它好好喘口气。然后，你再寻找下一个红灯

① 石松，多年生草本植物，一种名贵中药材。茎直立，叶为小型叶，多为针状，呈深绿色，叶的基部膨大，在茎、枝的表面留下的印痕叫叶座。

笼，继续追踪松鸡。

十月微风飒飒，除了送来松鸡的气味，还把许多其他的气味送到猎狗的鼻子里。每一种气味都促使我们去经历另一番历险。当猎狗的耳朵做出可笑的动作时，我知道它肯定发现了一只正在睡大觉的兔子！有一次，四周静悄悄的，猎狗非常认真地向我指出猎物的位置，但是，我什么也没发现，可猎狗还是死死地站着不动。原来就在它的鼻子底下，一丛茂密的苔草中，一只胖嘟嘟的小浣熊睡得正香，懒洋洋地享受着十月的阳光。

在打猎的时候，猎狗有时会把一只臭鼬困在某个角落里，一个劲儿地冲着臭鼬汪汪地叫唤。这种情况一般发生在比较茂密的悬钩子丛中。有一次，猎狗在小溪中间发出信号，只听得溪上游方向响起一阵振翅的声音，随着传来三声悦耳的叫声，原来我的猎狗把一只正在吃晚饭的林鸭[①]吓跑了！

有时候，猎狗会在经常有牛群吃草的桤木林中发现一只滨鹬；有时候，猎狗也会扰乱白天在沼泽溪流岸边睡觉的鹿。我很纳闷儿，鹿为什么偏偏在溪流岸边睡觉呢。难道它出于浪漫的情调喜欢唱歌的小溪？还是讲究实际，偏爱在他人即使静悄悄过来也难以接近的地方睡觉？从鹿气愤地摆动那直直竖立起来的尾巴看来，也许是因为猎狗打破了小溪流水的浪漫气氛，也许是搅乱了鹿的美梦，也许两者兼而有之。

我们在红灯笼之间走着，那里什么情况都可能发生。

在捕猎松鸡季节的最后一天，当太阳下山的时候，每一棵悬钩

---

① 林鸭，又名“美洲鸳鸯”，公认的北美洲最美丽的水鸭。雄鸟冠上有两条纵向的白条纹，头呈紫色和绿色，胸部红褐色，上面点缀着白点，身体两侧是青铜色；雌鸟的特征是白色的眼眶，身体呈暗淡的灰褐色，喉部呈白色，胸部也有白色的条纹。水上昆虫和其他小的生物体是其主要食物。

子都熄灭了红灯笼。它们是怎样准确无误地收到威斯康星州有关大自然的命令呢？第二天我没有回去弄个一清二楚。在接下来的十一月份，红灯笼只能在我的大脑中闪耀了。有时候，我甚至觉得其他的月份（十一月到第二年九月之间的月份）所发生的事情，无非是些插曲而已。我甚至觉得，我的猎狗，乃至松鸡也是这么想的。

十一月

如果我是风

十一月的风儿奏起了乐曲,匆匆地吹过了玉米地,玉米秆哼着歌儿,松散的玉米苞叶被吹到了空中,翻滚着朝高空飞去,风儿继续着自己匆匆的行程。

风儿久久地滞留在沼泽地里,掀起一个个风浪,吹打着远处的柳树。有棵柳树想与风儿理论,光秃秃的枝干摇晃了起来,想留住它,但风儿还是跑掉了。

沙洲上只有风儿,一条小溪朝着大海流淌过去。沙土上的每一簇草都在画着圈圈儿。我在沙洲上悠闲地散步,到了一根漂流而来的原木旁,坐了下来,听着大自然中风的呼喊,听浪花拍打岸边的哗哗声。这条河流显得毫无生机,河面上见不到鸭子、苍鹭、白尾鹞①和海鸥,它们都寻找避风港去了。

云端里传来一个模糊的声音,仿佛是远处狗的吠声。太奇怪了,大家都竖起了耳朵,想听听那到底是什么。不一会儿,那声音越来越响,原来飞来了一群大雁,只是闻其声还不见其形。

---

① 白尾鹞,中型猛禽,鹞的一种。常沿地面低空飞行,速度极快,两翅上举成“V”字形,并不时地动。以鸟类、鼠类、蛙、蜥蜴和昆虫等为食。

雁群从低低的云彩里露出了真容，像一面扯得凌乱的旗子，时而上升，时而下降，时而聚拢，时而分开，但始终往前飞去。风儿好像很喜欢大雁扇动的翅膀，想与翅膀较量一番。雁群飞到远处时，见到的只是一个个黑点，我听到了最后一声雁鸣，那便是夏天的告别声。

现在，浮木后面暖和了，因为风儿已经跟着大雁走远了。如果我是风，我也想跟着雁群飞走！

斧头在握

生命是上帝给的，他也可以夺走生命。可是现在能做到这点的已不只是上帝了。我们的老祖宗发明铁铲时，他就创造了生命。他可以用铁铲种下一棵树；当我们的老祖宗发明斧头时，他可以夺走生命，因为他可以用斧头砍倒一棵树。所以，不管是谁，只要他拥有自己的一片土地，就担负起了创造生命和剥夺生命的神圣职责，虽然他自己可能并没有意识到这一点。

在铁铲和斧头发明之后，还是不久前，我们的老祖宗又发明了好多工具。但是，细加观察，许多工具其实就是根据铁铲和斧头的基本原理做了些改进，或是成了它们的附件。从事各行各业的人要么在使用某种特定的工具，要么销售工具，要么就是修理工具、改进工具，或者提供建议和咨询。通过劳动分工，我们就可以使工具各尽所能。但是还有一种职业——哲学，了解到人们根据各自的愿望和要求，实际上是如何使用所有的工具的。众所周知，通过思维方式和愿望，就能判断出是否值得使用某种工具。

十一月份之所以成了“斧头月”，原因有多种。十一月的天气还是比较暖和的，磨起斧头来手不会冻僵；十一月还不是很冷，完全可以舒舒服服地砍倒一棵树。树木上的叶子都落光了，因此，我们可以清楚地看到树枝交叉纠结的状况，看看经过一夏，树木生长的情况。如果不把树木的生长情况搞清楚，那么我们就确定不了，砍倒哪些树对土地有利。

我读过许多有关保护大自然定义的论述，我自己也写了不少这方面的文章。但是，最佳的文章不是写在纸上的，而是斧头砍出来的。事关我们砍树的时候，或在选择先砍倒哪棵树的时候，我们心里到底在想什么。一个自然保护主义者肯定会非常谦卑地认为，他的斧头每砍一下，无异在土地的脸上签下了自己的名字，不管签字时用的是斧头还笔，结果都是一样的。

每当我手握斧头决定砍树的时候，都要自问为什么要这么做，因为心感不安。首先，并非每棵树生来就是自由和平等的。一棵松树和一棵桦树挤在一起时，我就会产生偏心，总是把桦树砍倒，而留下松树。为什么？

首先，这棵松树是我亲手拿着铁铲种下的，而那棵桦树是自己长在篱笆下，后来擅自闯进来的。因此，我对松树的偏心，就存在着父亲对亲生孩子那样的偏爱。但是这不是全部。如果这棵松树也像桦树一样是天然生成的，我可能会更加珍惜它了。所以我必须深入挖掘下去，做进一步探查，才能找出其深层的逻辑——如果其中存在逻辑的话。

我生活的镇上，到处都长着桦树，而且数量越来越多，但是松树却没有几棵，甚至越来越少。所以，我对松树的偏心可能源自我对弱者的同情。那么如果我的农场是在更北的地方，那里有很多松树，而桦树却寥寥无几，我会怎么做呢？坦率地说，我不知道。反正我的农场就在这里。

松树一般能活一百多年，而桦树只能活五十多年。莫非我是害怕自己的签名留世太短，才更喜欢松树？我的左邻右舍没有种松树，但是他们的农场里有许多桦树。莫非我是想标新立异，让自己的农场与众不同？整个冬天，松树都会保持翠绿的颜色，而桦树的叶子在十月份就如期凋零了。莫非我更喜欢一棵像自己一样勇敢面对冬日寒风的树？松树只为松鸡提供栖身之地，而桦树能为松鸡提供食物。莫非我更看重住所，而小看食物？一千立方英尺[①]的松树木材能卖十元钱，而同样体积的桦树木材只能卖出两元。莫非我只爱钞票而不顾其他？让我偏爱松树的理由看来多少都能成立，但其中没有一条是极具说服力的。

于是，我试着再找另外更有说服力的理由。在松树下面，最终会长出北美山枇杷柴、水晶兰[②]、鹿蹄草、北极花[③]，而桦树下面大不了长出笔龙胆。松树会引来红头黑啄木鸟在它身上筑巢，而桦树能引来一只啄木鸟就已经很不错了。四月份，风吹来，松树会为我唱歌，而光秃秃的桦树细枝只能发出嘎嘎的难听响声。这些促使我偏心的理由很重要，但为什么呢？莫非是松树比桦树更能激发我的想象和希望？那么，造成我偏心的到底是树，还是我自己？

我唯一能得出的结论是：我爱所有的树，但是我更爱松树！

如前所述，十一月份是“斧头月”。有如其他的爱情故事一样，偏心也得讲究技巧。假如桦树长在松树的南边，并且比松树高出很多，那么在春天的时候，阳光就不能照射在松树的嫩枝上，那

---

① 立方英尺，英制体积单位，使用于英国、美国及加拿大，1 立方英尺≈0.028 立方米。

② 水晶兰，多年生草本植物。茎直立，单一，不分枝，全身没有叶绿素，不能进行光合作用，依靠腐烂的植物来获得养分。常在幽暗、潮湿的落叶层里，冒出晶莹、洁白的身影，有如水晶状的烟斗。

③ 北极花，又称“北极兰花”，常绿匍匐小灌木。茎细长，红褐色，叶圆形至倒卵形，花淡红色或白色。

样象鼻虫[1]就不能在松树上产卵，桦树对松树的危害就不足道了，因为一旦象鼻虫在松树的嫩枝上产卵，那么象鼻虫的后代就会咬死松树嫩枝，使松树严重变形。有意思的是，偏爱蹲在阳光下的象鼻虫不但决定了自己的传宗接代，而且也决定了松树未来的形体，同时影响到我的斧头会落到哪棵树身上。

如果接着而来的是干旱的夏季，我把桦树砍去后，失去了一块遮阴之所，松树周围干热的土地变得更需要水分了，在这种情况下，虽说我偏爱松树，松树也得不到好处。

最后，假如桦树的枝干在风中摇摆时，把松树的顶芽碰坏了，那么松树肯定会变形。于是，我要么不顾一切将桦树砍倒，要么每年冬天修剪掉桦树上方的树枝，免得夏天会妨碍松树生长。

以上几种假设，都是挥动斧头砍树之前必须考虑，做出权衡的。在决定前要冷静地想想，自己是不是怀有偏心，保证做到不会好心做了坏事。

动用斧头的人的偏见像自己农场里的树木种类一样繁多。在他们和树木一起生活了这么多年的过程中，他们会对每种树木产生不同的判断，所根据的是它们各自美不美观和有多大用处；他们也会非常讨厌某些树木，因为它们丑陋并且无用。同时，即便是对同一种树木，根据他们所花的劳动大小做出好恶的判断。令人惊讶的是，不同的人怎么会对同一种树，做出其不同特性的判断。

所以，在我看来白杨树是一棵好树，因为它为十月增光添色，冬天为松鸡提供了食物，但是在我的邻居眼里，白杨树只是一种杂木，也许是因为白杨树生命力过于旺盛，他的祖先曾经想砍掉它，

---

① 象鼻虫，鞘翅目昆虫中最大的一科，全世界已知种类超过六万种。口吻很长，其喙如动物园的大象象鼻一般，是象鼻虫用来觅食的口器。成虫以雄花粉为食，幼虫以腐烂的花为食。

而它却枝繁叶茂。对这种观点我不能说三道四,因为我自己也不喜欢那些影响我的松树生长的桦树。

除了白松外,我最喜爱的树木便是美洲落叶松了。也许是对弱者的偏心,因为美洲落叶松马上要在我生活的镇上灭绝了;也许是对猎物的偏心,因为美洲落叶松在十月把暗金色的叶子洒在松鸡身上;也许是因为美洲落叶松使土壤酸化,从而让我的果园里能够长出最可爱的植物——华丽耀目的兰花。

此外,管理林业的官员已经把美洲落叶松赶出社区,嫌它生长得太慢,引不起社区的兴趣。为了使人们接受这种观点,他们还说,美洲落叶松会周期性感染叶蜂病。但是我的美洲落叶松感染叶蜂病的周期远在五十年之后,这一操心事只会落到我的孙子一辈头上。与此同时,我的美洲落叶松正精力旺盛地生长,而我的心也会随着它一起飞向高空。

在我眼里,最伟大的树应该是年迈的三角叶杨①了。因为,在它年轻的时候,它为水牛遮阴,一群旅鸽经常围在它的头顶,像是戴着一个光环。我非常喜欢一棵幼小的三角叶杨,因为它有一天也会变老。但是,农民的妻子,她丈夫也受了她的影响,看不起所有的三角叶杨,因为到了六月,雌三角叶杨的花絮会漫天飞舞,堵塞住他们的纱窗。现代人为了追求舒适是不惜任何代价的。

我发现,我比我的邻居有更多的偏好,因为我对许多植物都充满了喜爱,而我喜爱的这些植物却被人们毫不客气地称为矮树丛。我喜欢火树②,一个原因是,它为鹿、兔子和田鼠提供了四方形的细枝和绿树皮;另一个原因是,它樱桃色的浆果在十一月的白雪映

---

① 三角叶杨,速生乔木。叶片厚而光亮,叶三角形,有齿,下垂,在风中沙沙作响,种子有絮毛。

② 火树,凤凰木的别名,高大落叶乔木。无刺,高二十余米,胸径可达一米。

衬下给人一种温暖的感觉；我还喜欢欧洲红瑞木[①]，因为它喂养了十月的知更鸟；我也喜欢花椒，因为啄木鸟每天都在它多刺的身体的保护下晒日光浴；我喜欢榛树，因为十月它的紫色让我赏心悦目，到了十一月它的花儿为我的鹿和松鸡提供食物；我喜欢美洲南蛇藤[②]，因为我父亲也喜欢它，每年七月一日，我的鹿会突然吃起它的新叶。我已学会对客人做这样的预言。我，一名小小的教授，学会了预言每年什么时候花开花盛。这样的植物预言家，我有什么理由不喜欢呢？

我所喜爱的那些植物有一部分原因是具有传统性质的，如果祖父喜爱山核桃，你就会爱上山核桃，因为你的父亲教过你去喜爱它。另外，如果你见过祖父燃烧一根带有毒漆藤的木头，他站在这种浓烟中而无所畏惧，你就不会喜欢这种植物，即使它在秋天美丽的火红色令你赏心悦目。

同样明显的是，我们对某些植物的喜爱，有一部分原因是出于自己的职业，同时也是兴趣爱好使然。判断出孰优孰劣，就像人们对待勤奋和怠惰，非常微妙。喜欢捕猎松鸡而不愿饲养奶牛的农民，是不会讨厌山楂树的，虽然山楂树已闯入了自己的牧场；专爱捕猎浣熊的人不会不喜欢椴树；捕猎鹌鹑的人，虽然年年都得花粉热，但对豚草[③]却无丝毫怨恨。从这些偏好可以清楚地看出一个人的情感、品位、对某种事物的忠诚度、宽容心和如何度过休息日的态度。

---

① 欧洲红瑞木，灌木状乔木。幼枝淡绿色，老枝圆柱形，红褐色，叶对生，纸质，椭圆形或卵状椭圆形。

② 美洲南蛇藤，落叶木质藤本植物。长度可达二十米，根长，木质化，叶互生或对生，长椭圆形、卵形或倒卵形。

③ 豚草，一年生草本植物。茎直立，上部有圆锥状分枝，有棱，下部叶对生，叶长圆形至倒披针形，绿色。

反正到了十一月，我就热衷于抡起手中的斧头来打发自己的休息日。

牢不可破的要塞

农场的林地，除了生产木材、燃料和木柱以外，还应该有一个作用，那就是要给农场主灌输一种最基础的知识。这知识是智慧的产物，它绝不会歉收，却往往会有人忘了收割，所以，我要趁这个机会，把我从自己的树林里学到的经验和教训，说给大家听听。

十年前，我买下了这座林地。没多久，我就发现林地里所有的树木都感染了多种疾病，这些害得树林千疮百孔的疾病都是从祖宗那里继承下来的。如果当初挪亚没有把这些疾病带进方舟该多好啊！然而，我很快又发现，正是因为这些疾病，才使我的林地变成了全郡牢不可破的要塞。

我的树林成了浣熊一家的活动总部，它们从来不去光顾我邻居的树林。在十一月的一个星期天，下过一场新雪以后，我终于找到了其中的原因。

猎人和猎犬留下的新鲜脚印把我引到了一棵半倒的枫树跟前，枫树下藏着一只浣熊。枫树错综复杂的根须加上冰冻得坚硬、牢固的泥土，使得猎人根本无法砍断和挖动，而树下的洞穴非常多，用烟熏也难以奏效。

原来，枫树感染了某种真菌，树根已变得无力支撑，暴风雨一来，就吹得它倒向一边了。这样，半倒的枫树就为浣熊一家提供了一个坚不可摧的避难所，这也就难怪猎人要空手而归了。假如没有这个“防空洞”，那么每年都会有猎人到这里来，把浣熊一家赶尽杀绝了。

有环状羽毛的松鸡也在我的树林里安了家。但是，当积雪太深的时候，这群松鸡就会跑到邻居家的树林里去。那里的避难所更好一些。自从夏天的暴风雨把几棵橡树吹倒以后，我就看到许多松鸡留在了我的树林里。夏天被风吹倒的树木就为松鸡提供了干燥的叶子，下雪时，这些风吹倒的树木下就成了松鸡的藏身之地了。从松鸡的排泄物来看，在这狭窄的地方，有很多枯叶掩护，是一个不错的藏身之处。它们在里面栖息、进食、闲逛；它们在里面不用担心暴风雪、猫头鹰、狐狸和猎人袭击。那些干枯的橡树叶子，不仅为松鸡挡风避雨，而且也为它们提供了食物。

那些被暴风雪吹倒的橡树在没倒之前就已经感染上疾病了。如果橡树很健康的话，它不可能被暴风雪吹倒，也就不能为松鸡们提供避难所了！

倒在地上的有病的橡树，不仅为松鸡提供了避难所，还提供了另一种口味的美食——橡树树瘿①，这是新树枝在柔软多汁的时候，遭遇瘿蜂②叮蛰后造成的病态发育。在十月，我的松鸡们一只只肚子里都填满了橡树树瘿。

每年，野蜜蜂都会来到我的树林里，找一棵中空的橡树，在里面筑巢；每年，也会有很多人擅自跑到我的树林里，早我一步把蜂蜜采走。他们能早我一步把蜂蜜采走，有两方面的原因：首先，他们在寻找哪棵树里有蜂蜜方面，比我内行；其次，他们有很好的工具——防护网。因此，能够在秋天蜜蜂休眠之前把蜂蜜拿到手。如果橡树的树心没有腐烂的话，野蜜蜂就没有地方筑巢了。

兔子的繁殖速度太快，我的树林里已是“兔满为患”了。兔子

---

① 树瘿(yǐng)，树木因受到真菌或害虫的刺激，局部细胞增生而形成的瘤状物。

② 瘿蜂，一种蜂类，因能刺激植物组织肿胀形成虫瘿而得名。体小，光滑，深色，前胸伸达翅基片，腹部侧扁。

们把我辛辛苦苦培育的树苗和灌木都吃掉了，却对那些我欲除之而后快的乔木和灌木不屑一顾。当猎兔的人想为自己种植一片松树林或果园时，他再也不把兔子看作自己的猎物，而是一种有害的动物了。

虽然兔子吃的东西特别杂，但是从某种角度来看，兔子也算是个美食家！它非常喜欢人工培育的松树、枫树、苹果树及火树，而对野生的这些树木却丝毫不感兴趣。它在吃这些“沙拉”前，要坚持先做一番处理。只有被蚧壳虫[①]攻击过的欧洲红瑞木，它的皮变得非常可口，才会引来附近的兔子们你争我抢。

有一年，一群山雀进驻了我的树林，待了整整一年。冬天，我们会把病树或死树砍倒，劈成柴。这时，斧头砍树的咚咚声，成了山雀们的进餐铃声了。它们在附近的树上盘旋，等我们把树砍倒，不停地叽叽喳喳，好像在嘲笑我们笨手笨脚。大树终于倒了，楔子把树干劈开。山雀们围上白色的餐巾，落到了大树附近，津津有味地吃了起来。对山雀来说，藏在树皮里的虫卵、幼虫和虫茧真是天底下最可口的美味了。树心里面有丰富的“牛奶和蜂蜜”，引得蚂蚁都把树心啃得一干二净。我们常常把劈好的一段木柴靠在附近的一棵树上，看鸟儿们是怎样吃光蚂蚁卵的。看着它们从刚劈开的木柴里获得了帮助和满足，我们也忘记了砍树的劳累和辛苦了。

如果这些树木不生病，或者没有害虫侵害它们，这些树木的身上就不会有这么多好吃的东西了，山雀也就不会来到我的树林里了，冬天里我的树林也就不会这样喜气洋洋了。

还有好多其他的野生动物，需要依靠病树来生存。比如啄木

---

① 蚧(jiè)壳虫，又名“介壳虫”，一种害虫，危害叶片、枝条和果实。往往是雄虫有翅，能飞，雌虫和幼虫一经羽化，终生寄居在枝叶或果实上，造成叶片发黄、枝梢枯萎、树势衰退等病症。

鸟，它啄活着的松树，会从腐败的树心啄出肥壮的害虫。那只斑林鸮[①]，为了躲避乌鸦和鸦科鸟类的袭击，它要找一棵空心的老椴树做避难所，如果没有这棵老椴树的保护，那么在傍晚的时候，我们就听不到斑林鸮的小夜曲了；林鸭，它们在树洞里安了家，每年六月的时候，在我的林地泥沼里，总会看到它们的孩子——一群长着软毛的小林鸭；几乎所有的松鼠都把自己的家安在空心的树干里，它们离不开那些生病的和腐烂的树，它们都依赖洞穴和用以愈合树木创伤的伤口组织之间的平衡。当那些伤疤组织过度侵犯它们的“大门口”的空间，它们就咬噬这些组织，这时候松鼠就充当了这场竞争的裁判员。

在我的这片遍地是疾病树木的树林里，有一件真正的宝贝，那就是蓝翅黄森莺[②]。蓝翅黄森莺的家要么建立在啄木鸟丢弃的巢穴里，要么建立在水上方的死树根里。当潮湿的腐烂树根上闪耀着蓝翅黄森莺黄蓝相间的羽毛时，死树根好像又有了生命，变成了活蹦乱跳的小动物。你若不信，世界上竟然还有这么奇妙的事情，不妨看看蓝翅黄森莺吧。

---

① 斑林鸮，猫头鹰的一种。北美洲西部森林的留鸟，住在树穴、猛禽的旧巢或石缝，喜夜间活动。主要吃细小的哺乳动物及鸟类。

② 蓝翅黄森莺，一种细小的鸣禽，林莺的一种，其歌声为大声重复的“啁——啁——”声。主要于低层叶簇里捕捉昆虫与蜗牛。

十二月

家园的范围

很多生活在我农场里的野生动物,从来不告诉我它们白天、夜晚到镇上的哪些地方干什么去了。我对此很好奇,非常想知道它们的活动范围和我的活动范围有多大区别。据此,我就能提出一个更重要的问题:谁更透彻地了解自己所生活的天地?

和人类一样,我的动物们往往在行动中透露它们不愿说出的想法。但是,它们到底什么时候,采取哪些方式来透露自己的秘密,就很难预测了。

在我们挥动斧头劈柴的时候,我的狗可以自由自在地去捕猎,猛地传来的"汪汪"声表明,草地上一只睡梦中的兔子被狗惊醒了,正不择方向地慌忙逃窜。瞧,它径直向四分之一英里外的柴堆窜去,一头扎进两捆橡木柴垛中,这里是个非常安全的地方,不愁狗来骚扰了。狗奈何不了它,除了在坚硬的木柴上留下一些齿印,只好放弃了这只狡猾的兔子,继续寻找其他不怎么狡猾的白尾棕色兔子去了。我们继续挥着斧头劈柴。

这一段小插曲让我明白了这么一个事实:这只兔子非常了解草地上自己的窝到木柴堆中那个"空袭"避难所之间地带的情况。

那么它逃跑的捷径有多大距离呢？原来兔子的活动范围至少有四分之一英里。

每年冬天，总会有山雀来光顾我的“粮食供应站”，我便设下陷阱捕捉山雀，然后给捕到的山雀戴上脚环。我的一些邻居也会为山雀提供食物，但是却没有人给它们戴脚环。通过进一步观察戴脚环的山雀，从喂食器饱食离开后，看它飞到多远的地方。我就知道这些山雀冬天的活动范围是半英里，不过这只包括风刮不到的范围。

到了夏天，山雀会分头筑巢。戴着脚环的山雀会飞得远一点儿，并且常常与不戴脚环的山雀交配。在这个季节，山雀好像对风并不那么在意，经常出现在空旷、多风的地方。

昨天下了一场大雪，在平坦的雪地上，三只鹿留下的新足迹清晰地从我的树林里穿过。我顺着这些足迹追下去，最后在沙洲上的一片茂密的柳树丛里，发现了三个可以避开风雪的鹿的安身处。

我继续顺着足迹追踪，一直到了邻居家的玉米地里。我看见了被鹿刨出的玉米残粒，还有一堆被搅乱的玉米秆。然后，我又发现，鹿回来的足迹，经过另一条路回到了沙洲。在回去的途中，鹿踩过几堆草丛，用嘴和鼻子蹭出了草丛里的嫩芽，并在泉水旁边饮过水。我的夜间侦察就此结束，据此我可以断定，鹿的活动范围是从安身处到吃早餐的地方，距离是一英里左右。

我们的树林一直都是松鸡驻点，可是，就在去年冬季的一天，下过一场深而厚的大雪以后，松鸡竟然都消失了，也见不到它们的足迹。我还以为松鸡都从我的树林里搬走了。这时候，我的狗来到一棵去年夏天倒下的橡树前，在它那长满叶子的树梢底下，先后飞出了三只松鸡。

可是，在橡树的树梢底下和附近，并没有松鸡的足迹。显然，它们是飞进去的。它们是从什么地方飞来的呢？松鸡必须有吃的东西，特别是在这寒冷的冬天。我仔细检查了松鸡的粪便，希望能找到一些线索。在那些难以辨识的粪便残渣中，我发现了冻结的茄属浆果的鳞苞和黄色的硬皮。

夏天，我在一丛幼小、柔弱的枫树里发现了茄属浆果丛。我走了过去，经过一番搜索，终于在一根原木上面看见了松鸡的足迹。原来松鸡并没有在雪地上行走，而是走在原木上。它们就是站在原木上吃那些伸过来的浆果的。而这个地方，离那棵倒下的橡树有四分之一英里远。

那天日落时分，我明明看见一只松鸡在西边四分之一英里的一片杨树丛里吃树上的嫩芽，但是等我走过去的时候却没有看见松鸡的足迹！现在，我终于明白是怎么回事了！在下雪期间，松鸡都是凭翅膀，而不是两脚在自己的家园里来去的，它们的活动范围大概有半英里。

科学对动物活动范围知之尚少。在不同的季节里，它们的活动范围有多大？它们的食物构成和庇护所是怎么样的？住在这个活动范围里的动物是怎样抵抗入侵者的？这个活动范围是属于某一只动物，还是属于整个动物家庭或某个物种？这些都是动物经济学和生态学的基础问题。每一个农场都是一本动物学教科书，而住在树林里的动物们是这本教科书的诠释者。

雪地上的松树

人们通常认为只有上帝和诗人才拥有创造力。但是我们普通人，只要知道其中的奥妙，也是可以突破这一局限性的。譬如说种植松树，是不需要上帝或诗人那样的创造力的，只要有一把铲子就可以完成了。借助这一规则中的奇怪漏洞，每个农民只要说一声："那里要有一棵树。"树就会出现。

如果农民足够强壮，他的铲子足够锋利，他可以创造出一万棵树。七年之后，他会倚靠着铲子，看着他种下的树，棵棵都在茁壮成长。

上帝在创造万物的第七天，就把种种技巧传给了人类。但是我发现，从此以后，上帝好像从来没有告诉人类这些技巧的好处。我想，可能是上帝觉得还是晚点儿透露天机比较好，要不然世界上的树木就会像无花果的叶子和天空那样司空见惯，引不起人们注意了。

为什么铲子被看成是辛苦劳动的象征呢？我想，可能是因为大部分铲子都不怎么锋利吧。所有做苦工的人手中的铲子都很钝，但是，我不知道到底哪个是原因，哪个是结果。我只知道，只要我精神饱满地使用好铲子，我的铲子就会唱着歌，在草地上所向披靡。我听说，锐利的刨子、锐利的凿子和锐利的解剖刀，都会发出乐声。但我还是觉得唯有铲子奏出的音乐最好听。我使用铲子种植一棵松树的时候，它会在我的手中哼唱小曲。我想，那些费了好大力气想弹奏出清脆音符的人，是不会选择竖琴那样太难驾驭的乐器的。

反正只有春天才是种植各种树木的好季节。凡事都要讲究适度，铲子也是如此。在其他季节，铲子可以好好休息一下，我们只需静观松树长大的过程。

五月是松树的新年伊始之月。那时它的梢头冒出了嫩芽，即所谓的"蜡烛"。不管是谁，既然能想出这样的名字，他肯定是一个头脑非常灵活的人。乍一听"蜡烛"这两个字，不免流之平庸，仿佛说的是一种司空见惯的事物：新长出的嫩枝很像蜡烛，而且笔直、易碎。然而只有和松树一起生活的人，才能明白"蜡烛"这个名字还有更深刻的含义。那就是，松树的嫩芽会像蜡烛一样，它的顶端上的光亮照亮了它永恒的未来之路。

一个五月又一个五月，我的松树会随着“烛光”往天空生长。每棵松树都朝着天穹这一目标前进。只要末日的号角还没有吹响，它们就勇往直前，不达目的决不罢休。这是一棵老迈的松树，它的身上会有很多“蜡烛”，它已忘了到底是哪支“蜡烛”最重要，引着它仰望天空。你可能也健忘，但是在你有生之年，你是不会忘记亲手栽种的松树的哪支“蜡烛”是最重要的。

如果你很节俭，那么你就会发现，松树与你志趣相投，因为松树不会像其他硬木类的树那样有多少消费多少，而是讲求收入量出，想方设法多存些“存款”的。每年的六月三十日前，它都会把自己的“存款”记录下来。另外，如果它树梢上的“蜡烛”冒出了十到十二个新芽，那就意味着它已备好了足够的雨水和阳光，到来年春天，这些新芽就可以长到两三英尺。但如果只冒出四至六个新芽，那就说明它在来年春天不会长得这么高。它始终不会露出捉襟见肘的窘态。

其实，松树和人一样，它也会碰上艰难困苦的日子。在这种日子里，它的典型表现就是“不长高”，也就是连接的枝条环节之间的间距比较短小。这些间距就像一部松树的自传，与松树亲密无间的人都可以随意翻阅。为了在间距上准确地找出松树的“苦日子”，你必须在它成长减缓的那一年的基础上再减去一年。比如，在 1937 年，所有松树都减慢了生长速度，那么 1936 年必定是一个普遍性的干旱年。反之，1941 年所有的松树都生长迅速，那它们就会预见到未来的日子不妙，并想方设法向人们表示。松树对未来的道路胸有成竹，不过人类是不知道的。

如果一棵松树在某一年生长缓慢，而它的邻居却能正常生长，这就说明那只是它自身的内部原因，或局部地区的反常环境造成的，比如大火留下的伤痕、田鼠的噬咬，或者干旱引起的干燥病，或者被人们称作“土壤”的这一阴暗的实验室发展过程中出现了某些瓶颈。

松树邻里间也喜欢闲聊，喜欢谈天说地。如果我仔细听的话，我会知道在我待在城里的这段时间，它们都发生了什么事情。三月，鹿频繁来我的树林里偷吃松树的细枝、嫩叶时，我能通过遭殃的枝叶的高度，推断鹿到底有多么饥饿。

如果鹿的肚子被玉米粒填得满满的，它才懒得光顾四英尺多高的枝叶。但是，如果是一只饥肠辘辘的鹿，那么不管枝叶有多高，它都会支起两条后腿，去吃八英尺高的枝叶。所以，虽然我没有亲眼所见，我还是知道鹿胃里的状况；虽然我没有去过邻居家的玉米地，我也能得知邻居是否已经把玉米藏严实了。

五月，新冒出的“蜡烛”像芦笋的新芽一样，柔嫩、易脆，停立在上面的鸟儿经常会把它弄断。每年春天，我总能看见几棵松树遭遇断头的厄运，在松树下面的草地上会有许多枯萎的“蜡烛”。可想而知，到底发生了什么事。但是，我观察了十年，竟然没看见一只鸟儿弄断过“蜡烛”。这是一次客观的教训：没有亲眼看见的事物不见得都需要怀疑。

每年的六月，我们会突然发现，有几棵松树上的“蜡烛”竟然枯萎了！这些枯萎的“蜡烛”很快就会变成棕色，然后彻底死去。寄生在松树上的象鼻虫，会钻进顶芽里产卵。当卵变成象鼻虫幼虫时，它们会沿着松树的木髓往下钻，导致新长出的嫩枝坏死。松树一旦失去了“蜡烛”的引导，肯定会无所适从，存留下来的树枝就会为由谁来领导大家向上发展而争得不可开交，争吵的结果是松树长不高，最终只能长成一棵矮小的灌木。

说来也怪，只有那些得到充分阳光照耀的松树才会被象鼻虫啃噬,得不到充分阳光照耀的松树招不来象鼻虫的毒害。足以证明祸福相依的名言是不错的。

一进入十月,松树通过被磨掉的树皮告诉我,公鹿什么时候精力开始旺盛起来。一棵身高约八英尺的北美短叶松,惹来公鹿的注意,害得公鹿突发奇想,觉得这世界正需要有人去刺激,结果蹭得松树的身上伤痕累累。在这种战斗中唯一公正的是,树木越是受到折磨,公鹿那本来就不太闪亮的叉角上又多了一层树脂。

有时候,树木间的细声絮语是很难被人听懂的。有一年仲冬,我在一棵松鸡栖息的树下面发现了一堆尚未完全消化的粪便,我不知道是什么动物的粪便,很像半英寸长的微型玉米穗。当我查遍了我所想到的当地所有松鸡的食物样品后,竟然没有玉米穗。最后,我切开一棵北美短叶松的顶芽,看到了顶芽的核心部位后,终于找到了答案。原来松鸡吃下的是松树的顶芽,其中的树脂被消化了,鳞苞也被松鸡的砂囊磨掉了,最后只剩下了顶芽的核心部位。其实,这就是马上要长出来的“蜡烛”。可以说,这只松鸡早就对北美短叶松的未来做“投机”了。

威斯康星州有三种土生土长的松树,分别是白松、红松和北美短叶松。它们对“适婚年龄”方面存在很大的分歧。“结婚”最早的是北美短叶松,有时它刚刚离开苗圃一两年,就已经开花结果了。我的树林里有几棵十三岁的北美短叶松,它们中间有的甚至已经当了祖母,已在炫耀自己的孙子哩。但是,红松在十三岁的时候,才第一次开花结果,而白松还没有开过花呢!它们谨遵盎格鲁-撒克逊人[①]结婚的条件:自由、白种、二十一岁。

---

① 盎格鲁-撒克逊人,古代日耳曼人中的盎格鲁和撒克逊朱特等部落集团。盎格鲁-撒克逊人一词,近代常用来泛指英格兰人、苏格兰人以及他们在北美、澳大利亚、南非等地的移民。

如果各种松树的观点不这样各异其趣，开花结果分别在一年四季不同的时间，那么我们的赤松鼠的菜单就单调多了。每年仲夏，赤松鼠们开始扯开北美短叶松的球果找种子吃，它们将球果的外壳扔得满地都是，一年里每棵松树底下它们吃剩的残羹冷炙堆得如小山，比起像劳动节的野餐时的场景有过之而无不及。不过，总有那么几粒种子会逃过这场劫难，此后在树底下的黄色杂草中间，它们的子孙得以活跃出没，便是明证。

知道松树会开花的人数寥寥。即便是有幸见过松树开花的人，其中大多数也因缺乏想象力，错把这场开花的嘉年华看作平常的生物的自然现象。但凡想知道松树的开花状况的人，就应该在五月的第二个星期在松树林里度过。需要注意的是，戴眼镜的人如果想去的话，别忘了多带一条手帕。当你看到松树挥霍花粉的情景，你会体会到这个季节的松树迸发出的精力竟如此旺盛。即便是戴菊[①]唱起歌来，其精力也不能与之媲美。

一般情况下，年轻的白松在远离父母身边时，会长得更茂盛。根据我的观察，在有些林地里，年青的一代虽然能够得到充分的阳光，但是由于长辈们陪伴左右，因而长得矮小、瘦弱。而在另外的林地里，却没有发生这种情况。我很想知道，造成它们矮小、瘦弱的原因何在，是因为自身的年幼，是因为周围有老一辈，还是因为土壤。

和人类一样，松树对自己的同伴也十分挑剔，它们的好恶是难以克制的。因此，白松和悬钩子、红松和花大戟、北美短叶松和香蕨木，常常发展成亲密的同伴。

当我把一棵白松种植在悬钩子生长的土地周围时，我就能够

① 戴菊，小型鸣禽。上体橄榄绿，头顶中央有柠檬黄或橙黄羽冠，两侧有明显的黑色侧冠纹，眼周灰白色，腰和尾上覆羽黄绿色，两翅和尾黑褐色。主要以昆虫为食。

十分肯定地预测以下的情景:在一年之内,白松就会长出一丛带壳的新芽,并且很快就长出新的针叶,开出蓝色的花儿。这些不仅显示了白松的身体很健康,而且显示了它身边有一个志趣相投的亲密伙伴。

在同一天,我把另一棵白松种植在肥沃程度相同的土壤里,并给予相同的照顾,唯一不同的是让杂草陪着它。最后的结果很明显,有悬钩子陪伴的白松要比杂草陪伴的白松生长的速度更快,开的花更多。

十月,我喜欢在白松的蓝色花儿中间散步,看着它们健康地从红地毯般的悬钩子叶子间直挺挺地耸立起来。我真想问,它们知不知道自己是多么健康。反正我是知道的。

松树具有"长青"的美名。它的这一美名的获得与政府新旧职位交替时所采取的手段相同:即新旧职务更迭的手段,给人一种永续不倒的印象。松树每年都要长出新鲜的针叶,隔很长时间才抛弃一次老针叶。所以,在有些偶尔过来的看客的眼中松树便是"长青"的了。

每一种松树都有自己的法规,规定了各针叶符合其生活方式的任职期限。白松的针叶可以任职一年半,而红松和北美短叶松的针叶任期为两年半。新针叶在六月走马上任,而即将卸任的针叶会在十月写下离职书。各针叶都要写同样内容的离职书,用的是同样颜色的墨水,到了十一月,黄褐色的针叶会变成棕色,然后,慢慢地掉落下来,落在地上归档,和腐叶层混合在一起,增加松树的智慧。正是这种累积起来的智慧,使漫步于松树下的人,不免肃然无语,陷入沉思。

仲冬期间,我经常会在松树那里学到很重要的东西,这些东西要比林地政治学、风和天气学等知识重要多了。阴暗的晚上,大雪湮没了地面上的一切邪恶，万物都笼罩在忧伤的寂静之中，令人觉得会有某些事要发生。但是松树还是背负着重重积雪，依然挺拔地站立着，队列整齐，远处迷离的夜色中，我感到有成百上千棵。这时候，我的浑身激荡着一股奇异的勇气。

65290

给一只鸟儿戴上脚环，就像是买了一张大乐透彩票。绝大多数人的命运都掌握在自己的手中，但依然有很多人会购买保险和彩票，而保险公司和彩票公司非常清楚，他们卖给我们的无非是让我们拿自己的命运去赌一场而已。但是如果是赌戴着脚环的麻雀会不会从天上掉下来，或者赌戴着脚环的山雀会不会再次落入你的陷阱，从而证明它还活着。这样的赌博，还算是客观的。

如果你是第一次为鸟儿装脚环，肯定觉得特别兴奋，觉得你自己在玩一种对抗性的游戏，总是想打破纪录，为更多的鸟儿戴上脚环。但对一个经常为鸟儿戴脚环的人来说，这只不过是一种愉快的例行工作而已。真正让他兴奋的，是他重新捉到以前被他戴过脚环的鸟儿。他对这只鸟儿的年纪、遭遇的故事以及先前的食欲状况，可能比鸟儿自己知道的都多。

所以，在过去五年的时间里，编号 65290 的山雀是否能活过下一个冬天，始终是我们家一个具有赌博性质的最重要的却悬而未定的问题！

十年来，每年冬天，我们都设下陷阱，捕捉来到我们农场的山雀，并为大部分捉到的山雀戴上脚环。初冬，我们捕捉到的山雀大部分都没有脚环，我估计这些山雀是当年刚出生的。当山雀们被戴上脚环之后，我们就可以追踪它的存活时间了。冬天渐渐过去，陷阱中不再出现没有脚环的山雀,这也就意味着当地的山雀大部分都被戴上了脚环。这样,我们不仅可以通过脚环的数量得知附近有多少只山雀,还能知道其中有多少只是在前一年被戴上脚环后存活下来的。

编号为65290的山雀,是1937年被戴上脚环的七只山雀之一。当它第一次落入陷阱时,看不出它是一只聪明的鸟。和它的同伴一样,为了吃到陷阱里的牛脂,它表现出了极大的勇气,以致丧失了辨别力。当我把它从陷阱里取出来的时候,它居然咬了我的手指。当我们给它戴上脚环,把它放飞后,它就很快飞到树枝上,有点儿愤怒地啄它脚上的新铝环。它抖动凌乱的羽毛,似乎咒骂起来,然后急急忙忙地去追自己的同伴去了。在我们看来,这只鸟儿并没有吃一堑长一智,因为就在那个冬天,它竟被我们捕捉到三次。

第二年冬天,我们捕捉到戴过脚环的山雀从七只减到了三只;第三年冬天,我们只捕捉到了两只。到了第五年的冬天,只有编号65290的山雀一只了。种种迹象表明这是一只很笨的山雀,但是它的生存能力却格外强,足以载入"史册"。

到了第六年的冬天,编号65290的山雀再也没有出现。在接下来布置的四次陷阱中,也没有见到它的踪迹。因此我们断定,它已经在"战斗中失踪"了。

在我们戴过脚环的九十七只鸟当中,编号65290的山雀是唯一熬过了五个冬天的山雀。其他的山雀,有三只活了四年,七只活了三年,十九只活了两年,六十七只过了一个冬天就没了踪影。可见,如果让我来经营山雀保险的业务,我会胸有成竹地估计出保险费的额度。但问题是:我拿什么来补偿那些失去配偶的山雀呢?也许拿蚂蚁卵来支付吧。

我对鸟类知之甚少，所以编号65290的山雀为什么比同伴活得久，我也只能猜测了。难道它躲避敌人袭击的办法更多？那么它的敌人会是谁？山雀那么小，应该没有敌人吧。那个叫“进化”的古怪家伙把恐龙的躯体变得过大，臃肿得居然被自己的脚趾绊倒；“进化”又把山雀变得在食虫鸟的眼中显得太大了，不能像昆虫那样捉住；鹰和猫头鹰又嫌它太小，还不够挤牙缝呢。“进化”看着自己的这一“作品”也不禁发笑，感叹自己居然造出这样的玩意儿。我们大家面对这么一个矮小而热情、奔放的家伙也都发出阵阵嘲笑声来。

不过雀鹰、叫鸮、伯劳①，尤其是小小的锉锯鸮，也许它们认为山雀是很值得捕杀的。但是，我只发现过一次可信的证据——一只叫鸮的粪便里含有我做的一个脚环。也许，这些体形小的强盗也怀有惺惺相惜之情，把山雀当作自己的同伴吧。

这样看来，害死山雀的凶手只有一个，那就是天气。天气缺乏幽默感和风度，才可能害死山雀。我猜想在山雀的“主日学校”②可能教导山雀说，两种行为都是罪孽：一是冬天里冒险进入多风的地带；二是大风雪来临前弄湿自己。

在一个下着毛毛雨的冬日傍晚，我学到了第二种“戒律”。我看见一群山雀飞回我的树林里的巢穴。毛毛雨是从南边飘过来的，我断定第二天清晨之前，雨会转向西北方，而且天气会变得非常冷。鸟儿们正在一棵枯死的橡树上准备睡觉，橡树的树皮已经剥落了，弯曲成各种不同的形状，有的卷曲起来，有的像杯子，还有

---

① 伯劳，重要的食虫鸟类。额部和头部的两旁黑色，颈部蓝灰色，背部棕红色，有黑色波状横纹。嗜吃小型兽类、鸟类、蜥蜴等。

② 主日学校，又名“星期日学校”，基督教新教仿照学校方式在星期日开设的一种儿童宗教班级，兴起于18世纪末，盛行于19世纪上半期。

窟窿。如果鸟群睡觉的地方，躲过了南边的毛毛雨，却受到西北边毛毛雨的侵袭，那么到了第二天早上，它们肯定会被冻僵。如果鸟儿们睡觉的地方，每个方向都能保持干燥，那么到了第二天早上，它们就会平安地醒来。这就是山雀王国的生存智慧，也许编号65290的山雀和它的同伴拥有了这种智慧才得以存活那么久。

从山雀的行为可以轻而易举地推断出山雀非常怕风。到了冬天，只有在无风的日子，它们才敢飞出树林，而且风越小，它们就会飞得越远——其活动范围与风的强弱成反比。我知道几个多风的树林，整个冬天根本看不到山雀的影子。在其他的季节里，这些树林里能见到山雀自由地飞来飞去。

为什么这些树林在冬天有那么大的风呢？因为牛群吃光了树林下的植物，只留下光秃秃的树木。农民需要更多的牛，牛需要更多的草地，农民把树林抵押给只顾赚钱的银行家，银行家才不管树林的死活呢！对躲在有暖气的屋里的银行家来说，风算得了什么？当然，福雷艾伦地区的风例外。可对山雀来说，冬天的风却是它们活动的禁区！如果山雀也有自己的办公室，那么它放在办公桌上的座右铭肯定是：风平浪静。

通过观察山雀在陷阱旁边的反应，你会明白它真是太害怕风了。所以设置陷阱时要注意风力，如果山雀在进去时，即使尾巴上受到一点点风，那么哪怕用千军万马也休想把它拉进陷阱里。反之，如果把陷阱转个方向，这时山雀不会感觉到有风，你也就能够顺利地捉到它了。从背后吹来的风，会使山雀的羽毛下方变得冰冷而潮湿，而羽毛是它随身携带的房顶和暖风机啊！䴓①、

---

① 䴓(shī)，鸟类。形小，尾短，颈短。在树干和岩石间觅食，常头朝下地降落，基本上食虫，但也贮存种子以备冬粮。能持续地发出铿锵的鸣声或鼻音，往往群居。

灯芯草雀[1]和啄木鸟，同样害怕后面吹来的风，但是它们的“保暖设施”比较齐全，所以多少能忍受风的侵袭。关于自然的书籍中，很少提及风，因为写这些书的人是在火炉边完成的。

我猜想，山雀王国里有第三条“戒律”：辨别种种噪音。当我们在树林里劈柴的时候，山雀们一听见声音，便立刻出现在我们身边，直盯着树木倒下，被劈成木材——一旦它们发现有好吃的昆虫卵或者蛹时，就兴高采烈地欢叫起来。但是，当我们开枪的时候，它们也会闻声飞过来，不过这一次，等到的就不是好结果了。

在没有斧头、锤子和枪的时候，山雀们的晚餐铃声是什么呢？可能就是大树倒下时的轰隆声了。1940 年 12 月，一场暴风雪击倒了我的树林里很多干枯的死树和活树枝，在接下来整整一个月的时间里，山雀们再也看不上陷阱里的诱饵了，因为这场暴风雪给它们带来的食物，足以让它们饱食终日。

编号 65290 的山雀早就死了，去了另一片新的“树林”。我希望在新的树林里，满是大橡树，树上有很多蚂蚁卵，不断有橡树倒下，而且也没有风来骚扰它平静的生活，败坏它的胃口。但愿它始终戴着脚环。

---

① 灯芯草雀，一种被发现于加拿大北部到中美洲地区的小型的像麻雀一样的鸟。大多数种类都有粉红色的嘴、浅灰或咖啡色的背部以及灰白色的腹部。以昆虫、植物种子等为食。

第二部分　地貌特质

威斯康星州

沼泽挽歌

黎明时分，风儿吹过，沼泽上掀起阵阵涟漪。迷雾悄无声息地徐徐爬上岸来，把宽广的沼泽笼罩起来。浓雾如同白色的冰河幽灵，继续向前，穿过了排列整齐的美洲落叶松，越过沾满露水的沼泽草地。万籁无声。

一阵微微的叮当声从遥远的天边传来，像有人在轻摇小铃铛，落到了这聆听着的大地。铃声很快停息下来。突然，一阵美妙的犬吠声响起，顷刻间，群犬齐吠，交相呼应。接着，远处传来了一阵嘹亮的号角声。号角声来自云霄，穿透晨雾。

号角声时而高亢，时而低沉，时而沉寂。终于，喇叭声、嘎嘎声、哇哇声等各种各样的声音渐渐逼近，震撼着沼泽。但还是无法知道，这些声音都是从哪里来的。最后，一道耀眼的阳光迎来了一大群鸟儿，它们的翅膀，冲破上升的晨雾缓缓而来。它们在天空中画出一道道优美的弧线，落到了觅食的地上。在鹤群出没的沼泽地上，新的一天开始了。

沼泽地四处弥漫着历史的厚重感。早在遥远的冰河时期，沼泽地年年春天都是在嘎嘎的鹤唳声中苏醒过来的。构成沼泽的泥炭层,是古老湖泊塌陷下去的一部分。鹤群自然是站在自己湿漉漉的历史页面上。这些泥炭都是由无数生物的残骸堆积而成的。其中就有曾经堵塞池塘的苔藓、遍布苔藓之上的美洲落叶松以及冰原消退后立在美洲落叶松梢头吹着号角的飞鹤。一代又一代来去匆匆的旅人,用自己的尸骨建造起了这座通向未来的桥梁,也建造了这个栖息地,后来者就在此生活、繁殖和死亡。

它们为什么要这么做呢?在沼泽地上,一只鹤吞下了一只倒霉的青蛙,之后,那吃得大腹便便的鹤笨拙地纵身一跳,飞上天空,它用那强壮的翅膀拍打着清晨的阳光。美洲落叶松间回荡着声声坚定的鹤唳。也许,它已经知道了自己所作所为的目的。

对大自然特质的感知,就要像欣赏艺术品那样,要从对美的渴求开始。这种对自然的感知随着美的事物的演化而逐步深化,逐渐拥有了语言无法描述的价值。我认为,鹤的特质也处于那种高境界,也不是用语言所能形容的。

完全可以说,随着地球历史面貌被慢慢揭开,我们对鹤的理解和欣赏也与日俱增。我们已经知道,鹤的祖先早在始新世①就出现了。许多与鹤同宗同源的动物种群早已成了山丘的一部分。今天我们听到的鹤唳声,不只是鸟叫声,也是一种我们无法驾驭的历史的见证,是时间长河流逝的可靠见证,是积淀了鸟类和人类生存条件的故事。

因此,从生物进化的角度看,这些鹤不仅活生生地存在于当下,更活在漫长的历史演变进程之中。它们每年都非常准时地回归一次,这就是地质时钟的一声嘀嗒声,也为回归之地平添了一份殊荣。在无数的平庸之辈中,唯有栖息着鹤的沼泽地具有古生物

---

① 始新世,距今约 5300 万年 ~ 3650 万年,始新世早期,原始的现代哺乳动物开始出现。

学的贵族气质，只有猎枪才能毁灭它。有些沼泽，也许因为曾经栖息过鹤群，如今才显得那么悲凉；也许因为没有了鹤群，如今寂寞地在历史长河中飘零。

无论哪个时代的猎人和鸟类学者，都在鹤的身上深深感受到这种高贵的特质。当鹤一出现，神圣罗马帝国的皇帝弗雷德里克情不自禁地放出了他的矛隼；当这样的猎物出现时，忽必烈的猎鹰就会猛扑过去。马可·波罗①在游记中写道："带着矛隼和猎鹰出去打猎，本是可汗②最大的乐趣。但是，可汗却在自己位于查干湖的那座富丽堂皇的宫殿四周留置了一大片肥沃的草原。那里栖息着大量的鹤。他派人种植黍和其他谷类，好让那些鸟没有挨饿之虞。"

鸟类学家本特·伯格童年时，曾在瑞典的欧石南荒原看到了鹤。从那以后，他就将研究鹤作为自己毕生追求的事业。他追随鹤的踪迹来到了非洲，发现了鹤在白尼罗河的过冬场所。当提及第一次见到鹤的情形时，伯格说："即便是《一千零一夜》里面飞行的大鹏，在那种奇观面前也会黯然失色。"

冰河从北向南奔腾而下，穿山凿谷，一路发出嘎吱嘎吱的声响。有些冰块喜爱冒险，跃上巴拉布山的山脊，最终折返回落到威斯康星河的河口峡谷。高涨的流水被山脉和峡谷挡住了，形成了一个有半个威斯康星州面积的湖泊。湖的东边与冰崖相接，融化的雪水不断汇入湖中。历经岁月的摧蚀，古老的湖岸依然清晰可见。湖的底部，也就是这个大沼泽的底部。

---

① 马可·波罗（1254—1324），出生于克罗地亚考尔楚拉岛，威尼斯旅行家、商人，著有《马可·波罗游记》。

② 可汗，这里的可汗指的是忽必烈。马可·波罗小时候，随他的父亲和叔叔到东方经商，朝见过忽必烈可汗。

几个世纪里，湖水不断上涨，最终从巴拉布山脉东部找到突破口，一涌而出，形成了一条河流。湖水最终干涸。鹤来到这个干涸后的湖泊，就像在宣告：冬天告败，春天来了。在鹤的号召下，沼泽中的众生物小心翼翼地开始了建设沼泽的工作。水藓在水中浮动着，堵住了水位低的水域，占满了整个湖面；蓑衣草①、地桂、美洲落叶松、云杉等纷纷延伸出去，在沼泽上扎根，吸干沼泽的水分，形成了泥炭。湖消失了，但鹤依然存在。这里再不是水道，而成了苔原。每年春天，它们都会在那里载歌载舞，精心抚养自己那些细长的红褐色雏鹤。虽然那些雏鹤是鸟，可是英文里却将它们称为“小马”（colts），为什么会这样，我难以解释。不过，如果你在某个六月有露水的清晨，看到它们跟在色彩杂乱的小马后面，在它们祖先留下的草地上欢欣雀跃的样子，你就知道为什么会这么称呼它了。

在沼泽地上，星罗棋布地分布着许多覆盖着苔藓的小溪，像绿色的绒线一样四处延伸。有一年，一个穿着鹿皮的法国人推着独木舟，沿着一条小溪往上游前进。他带着捕兽用的陷阱，想要侵入鹤的泥泞堡垒，这种不自量力的行为遭到了鹤无情的嘲笑。过了一两百年，驾着有篷马车的英国人来了，他们在沼泽边界的冰碛地开辟了许多空地，种植玉米和荞麦。然而他们可不是查干湖的忽必烈，种植粮食当然不是为了喂养鹤群。鹤群并没有计较冰川、帝王或拓荒者的意图，它们对谷类照吃不误。鹤群在他们的玉米地里肆无忌惮地劫掠，惹得农民忍无可忍、怒气冲天、想方设法驱赶鹤群的时候，鹤群只能离开，去寻找另一块农田。

那时候没有紫花苜蓿，山丘上的农田很贫瘠，遇到干旱的年头更加糟糕。有一年非常干旱，有人在美洲落叶松林中放了一把火，

---

① 蓑衣草，多年生草本植物。丛生，茎圆而细长，下生茶褐色鱼鳞片叶，夏天离茎梢十厘米处长出花梗，缀生多数小花，呈淡绿色。

火势很快蔓延到了加拿大拂子茅[①]草地上，树木、杂草几乎被烧光了。大火过后，清除掉枯树，这里逐渐成了一片肥沃的牧场。从此之后，每年的八月都会有很多人来到这里割草。冬天，鹤飞到了南方，人们驾着马车来到结了冰的沼泽，将草料运回山冈上的农场。每年，他们都会来沼泽地用火烧和斧砍的办法，开垦沼泽。只用了短短的二十年时间，沼泽上就布满牧场。

八月，割草的人们来到这里，在此地搭建帐篷，载歌载舞，饮酒作乐。他们用鞭子和高声呵斥，驱赶沼泽的原住居民。飞鹤拖家带口，只好撤到更远的地方。在那个季节，鹤的灰色羽毛会染成红褐色，割草的人就管它们叫“红鹭”。只有当人们割到了足够的饲草返回后，沼泽才重新交还给鹤。鹤群飞回沼泽，呼唤那些从加拿大飞来、路过此地的迁徙鸟群落下来休息。它们一起在残草间盘旋，有时也会到玉米地里寻找食物。直到寒霜告诉它们，冬日将至，该南下了。

对沼泽的居民来说，牧场真可谓世外桃源。人和动物、植物、泥土都那么和谐相处、相互包容、彼此协助。而沼泽本身就可以源源不断地生产出草料、草原榛鸡、鹿、麝鼠、红莓苔子[②]，当然还有会唱歌的鹤等。

但是，新的拓荒者到来了，他们并不理会这些自然天成的和谐。他们接受不了土壤、植物或鸟能和他们互惠互利的观念。在他们的信条中，这样的平衡无法获得良好的经济收益。他们不但在四周开辟出农场，而且还想把农场扩展到沼泽中。于是，一股开

---

① 拂子茅，多年生草本植物。根状茎，叶片条形、粗糙，夏季开花，圆锥花序，灰绿色或微带淡紫色的小穗，含一小花。

② 红莓苔子，常绿半灌木。茎纤细、分枝，直立上升，幼枝淡褐色，老枝赤褐色，叶散生，叶片革质，长圆形或卵形，花淡红色，浆果球形。

沟挖渠、开田辟地之风盛行，沼泽上沟渠纵横、农田遍布。

但是农作物的收成很糟糕，还连连遭受霜冻。建造排水沟的费用高昂，害得他们债台高筑。无奈之下，这些拓荒者只能搬走。河床干涸了，泥炭层变得干燥，在一个炎热干燥的夏天，突然燃烧了起来。更新世[①]就开始积累的阳光释放出来，热辣辣地映红了沼泽地的上空，刺鼻的烟雾笼罩了整个沼泽。然而对这样的损耗，没有人感到痛心，提出抗议，反而有人捏着鼻子抱怨烟雾太呛。

干燥的夏季结束了，冬天的霜雪也扑灭不了沼泽里的浓烟。大沼泽被烧后变成了农田和草地。被数万年积累起来的泥炭覆盖的古老湖泊也被烧得伤痕累累。终于从一堆堆灰烬中探出了野草，越长越旺盛。过了一两年，杨树丛也在此地生根发芽了。鹤群遭了殃，随着未遭火烧的沼泽草地的锐减，鹤的数量也在锐减。在它们听来，那些机械的动力铲的歌曲就是一曲曲挽歌。那些声称推进社会进步的牧师，他们根本不了解鹤，更不在意鹤的死活。在工程师眼里，鹤算得了什么？沼泽的排水问题才是至关重要的。

十多年来，农作物的收成越来越差。年复一年，沼泽地的火越烧越旺，野草地不断扩张，而鹤的数量也越来越少。只有重新让沼泽充满水，才能扑灭燃烧的泥炭。在这段时间里，为了种植红莓苔子，排水沟被堵上了，好让一些地里充满水、几处有水的沼泽地又恢复了生机。

离此甚远的政客们开始关心起边陲土地的流失、生产过剩、失业救济、自然资源保护等问题，为此而大声疾呼；经济学家和土地规划者着手解决沼泽问题，亲自进行勘测工作；测量师、技术人员和地方资源维护队也成了这里的常客。大家普遍认为重新让沼泽富有

---

① 更新世，距今约258.8万年～1.17万年，这一时期绝大多数动植物属种与现代物种相似。

水分非常有必要。于是，政府买下土地，安置此地的农户，堵住了一条条排水沟。渐渐地，沼泽恢复了湿润。被火烧过的地方变成了池塘。沼泽上还有火在燃烧，但是已经没有威力入侵湿润的土壤了。

这些举措对鹤的繁衍很有利。但是在燃烧过的地面上顽强生长的杨树林，随着政府的自然资源保护计划产生的迷宫般的道路，都成了鹤的敌人。不过修建道路比起考虑如何真正满足当地的需求要简单得多。在早期的拓荒者看来，没有排水的沼泽没有任何好处；同样，对帝国的建造者来说，没有道路的沼泽毫无价值。对环保主义者来说，没有道路和交通的沼泽毫无价值。其实，孤寂也是一种自然资源，这些常识只有鸟类学者和鹤类明白。

因此，沼泽的历史和市场的历史彼此始终存在着矛盾。沼泽最重要的意义，就在于它是野地，而鹤则是野地的化身。然而实际的野地保护活动，却背离了这个目标。因此，为了珍惜野地，我们欣赏它、爱抚它。可是，当我们欣赏够了、爱抚够了，我们就没有可供欣赏的野地了。

或许有一天，我们自以为是地施惠自然的过程中，或许在地球活动最终停止之日，最后一只鹤会向我们道别，盘旋着从沼泽飞向天空，逐渐消失。从遥远的云间，也许会再次传来嘹亮的号角声、清脆的叮当声、猎狗的狂吠声的绝响。但之后可能是再也无法打破的沉寂。也许，在遥远的银河系的某个星球的某处还有一块沼泽，只有在那里才能再次听到这些声音。

沙　郡

每个行业都有一些描述负面影响的专业术语，而且需要特殊的场景，才能让这些词语痛快淋漓地表达出来。因此，经济学家需要寻找一个领域，让他们那些特殊的词语——低于边际收益、衰退、制度僵化等——可以自由地发挥。辽阔的沙郡为他们提供用武之地，而且这里还有着极强的免疫力，可以抵抗牛虻似的挑剔性的批判。

同样，假如没有沙郡，土壤专家的处境也会非常艰难。除了沙郡，哪里都没有灰化土、灰黏土、厌气菌的立足之地。

最近几年来，一些社会计划者抱着不同的，却又类似的目的，准备开发沙郡。不把沙郡画成一张空白的平面地图，而是在地图上点缀些圆点，来表示十个澡池、五个妇女义工团体、一英里的柏油路，或一头纯种公牛的所有权。如果没有了这些大小不一、形状各异的圆点，这地图上就显得单调乏味了。

换言之，沙郡非常贫瘠。

然而，到了20世纪30年代，各种振兴经济的措施有如四十名骑手纷纷涌到这“大平原”来，要把沙地上的农民挤出去，迁居别处，而愚昧的农民们拒绝离开。联邦土地银行已经开出了百分之三的高利息，但他们依然不为所动。我为了探个究竟，在沙郡买了一个农场。

到了六月，当我见到羽扇豆[①]轻易就能获得露珠。对此我就会产生怀疑：沙郡真的那么贫瘠吗？真正贫瘠的沙地是无法长出羽扇豆的，更别说上面天天都聚集起这些宝石般晶莹剔透的露珠。如果沙地上真的长出了羽扇豆，那么杂草管制员工见不到露珠，肯定会坚持将它们砍伐掉。至于经济学家，他们认识羽扇豆吗？

也许，沙郡的农民世代居住在这里，他们不想离开沙郡有各自的深刻原因。有人告诉我，在这个沙砾遍地的地方，每年四月，银

---

① 羽扇豆，一年生或多年小灌木。茎直立，多分枝。掌状复叶，小叶背被银色茸毛，花色丰富艳丽，常见红、黄、蓝、粉等，种子较大，褐色有光泽，形状扁圆。

莲花竞相开放，我的怀疑越发强烈了。银莲花为什么喜欢这里？银莲花无言，但我猜想，也许早在冰川时代，它们就带来了沙砾，它们就喜欢在这里安家落户了。四月的阳光下，满是沙砾的地方，正是银莲花自由活动的空间。为了得到这个单独开花的特权，它们不惜忍受了风雪、冰雹和严寒之苦。

有些植物虽然不渴求土壤肥沃，但追求活动空间，小小的沙蕨就是一例。当蓝色的羽扇豆还没绽放的时候，它们已经为那些贫瘠的山丘镶上了白花花的边了。即使是假山庭院和秋海棠，对沙蕨也丝毫没有吸引力。沙蕨就是不愿和它们一起生活在肥沃的农场里。柳穿鱼①的性格也是如此。它们是那么小、那么细、那么蓝，要不是差点儿踩到它们，你是不会注意到它们的。除了风沙肆虐的地方，哪里都不是柳穿鱼的栖身之所。

还有葶苈，在它的面前，柳穿鱼算得上庞然大物了。我从来没遇到过一个认识葶苈的经济学家。但如果我是一个经济学家，那么我肯定会趴在沙地上，一边研究近在眼前的葶苈，一边研究经济学。

有一些鸟儿只在沙郡出现。其中的缘由，有的容易明白，有的则非常难解。泥色雀鸡之所以在沙郡停留，可能是因为它们眷恋这里的北美短叶松；而北美短叶松之所以在这儿落户，可能是因为它们眷恋沙地。沙丘鹤在这儿，是因为它们喜欢孤寂，哪里也没有这里的孤寂。

可是，丘鹬为什么喜欢在这里筑巢？殊不知，只有在肥沃的土壤里才能找到更多它们喜欢吃的蚯蚓。看来，它们的偏好并不仅仅是那些世俗的食物。经过多年的研究，我了解到了原因。

---

① 柳穿鱼，多年生草本植物。主根黄白色，细长，茎直立，上部多分枝，光滑无毛，单叶互生，叶片条形或条状披针形，夏季开花，小花密集，黄色，蒴果卵圆形。

公丘鹬发出“咕——嘎”的声音，准备飞上天舞蹈，这时，它们就像穿着高跟鞋的矮小女士，走在浓密的野草缠绕的地方，行动很不方便。但是在沙郡，在那些贫瘠的土地上，它们不用担心这个问题。在这里，地面上几乎不长什么东西，即使有，也只是些苔藓、葶苈、酢浆草等，但对短腿的鸟并不妨碍。至少在四月是如此。在这里，公丘鹬不仅可以轻松地展开翅膀，昂首阔步，还可装模作样地走着小碎步，更能让它期盼的、真正的观众看到自己的精彩演出。这个小小的地方起作用的时间非常短，一天之中只有一小时，一年之中只有一个月，它只对公丘鹬有意义，也完全超越了简单的食物需求。就是这短短的需求，决定了丘鹬对家的选择。

经济学家暂时还没打算让丘鹬换个地方居住。

奥德赛[①]

从古生代[②]的海水淹没了这片陆地开始，原子 X 便被锁在石灰石岩脊里。对一个被锁在岩石里的原子而言，时间似乎停滞了。

大果橡的根沿着土地的裂缝往下延伸，不断地挖掘、吸收，情况完全不同了。一个世纪转瞬即逝，岩石风化破裂，X 重新接触到外面的世界。它吸收营养，长成了一朵花，花变成了一粒橡子，橡子被一只鹿吃掉了，鹿肉又被一个印第安人吞下了肚。这一切，都是在一年中发生的。

X 住进了印第安人的骨头，重新踏上了逃亡和追逐、盛宴和饥

---

① 奥德赛，又叫“奥德修斯”，希腊诗人荷马所作的叙事诗中的主角。奥德赛在特洛伊战争之后，经过十年艰险的漂泊，才回到本国。

② 古生代，地质时代中的一个时代，古生代属于显生宙，上一个代是元古宙的新元古代，下一个代是中生代。

荒、欢乐和恐惧的洗礼之路。这些情况对它来说,如同每个原子里的化学推拉作用,是十分普遍的。印第安人的生命停止后,X 进入了土地。经过短暂的腐朽后,X 流入了土地的血液,开始了在土地上的第二轮旅程。

这一次,一根须芒草的根吸收了它,将它送到了一片叶子上,随着六月大草原的绿色波浪起伏,它承担了贮存阳光的工作,还承担了一项特殊的任务:在高原鹬蛋上投下阴影。高原鹬心醉神迷地在高空飞翔,毫不吝啬地赞颂着完美的事物。完美的事物也许是蛋,也许是阴影,也许是草原上像雾一样的粉红夹竹桃。

高原鹬展翅准备飞往阿根廷了,须芒草高高挥舞着新长出的穗,依依不舍地同它们道别。当第一批大雁从北方飞来,须芒草已经变成了酒红色。一只北美鹿鼠①开始为过冬做准备,咬下了 X 所在的叶子,将它拖进了自己的地下巢穴里,仿佛想从赶走夏日的寒霜那里夺取一点儿阳光。然而一只狡猾的狐狸,结束了北美鹿鼠的所有计划。细菌和真菌把那巢穴毁成了一片废墟,X 又回到了泥土中,又可以行动自由,海阔天空地幻想起来了。

随后,它先后进入了格兰马草②的叶子里,然后被牛吃进了肚内,落进了牛粪中,最终又落到了泥土中。接下来,它被一株鸭跖草吸收,然后开始了在兔子、猫头鹰肚皮里的游历。后来,它进入了一株鼠尾粟③。

---

① 北美鹿鼠,小型啮齿动物。眼凸出,耳大,夜间活动,偶尔在清晨活跃,白天在洞穴或树中用植物材料构巢,虽为陆栖,但能敏捷地爬树。其食物包括植物、真菌、无脊椎动物和腐肉。

② 格兰马草,多年生草本植物。低矮、稠密丛状草,基生叶为灰绿色,叶有卷曲趋势,短而厚的根茎使植株密度相对较高,须根系,稠密,适应的土壤范围广。

③ 鼠尾粟,多年生草本植物。须根较粗壮且较长,秆直立,丛生,叶鞘疏松裹茎,叶舌极短,纤毛状,叶片质较硬。

凡事都有终止的时候，X 的循环也因为一场大火而告终。大火光临之后，草原的植物纷纷化成了烟、气体和灰烬。磷原子和碳酸钾留在了灰烬里，氮原子则随风四处飞散。在旁观者看来，这也许是一出生命夭折的悲剧。当大火带走了所有的氮原子，植物可能因为缺乏养料而衰亡，土壤也会被风带走。

不过草原已经做好了应对之策。大火使得野草减少，但给豆科植物提供了良好的生长环境。瓣蕊豆、灌木胡枝子、野菜豆、野豌豆、灰毛紫穗槐、苜蓿等豆科植物，比从前更加茂盛。它们的根部很特别，根瘤里藏着细菌，这些细菌可以从空气中吸收氮，为植物所用，然后将氮回归土壤。大草原的银行中储存着豆科植物存入的氮，比它在大火中消耗掉的氮还要多。即使是最卑微的北美鹿鼠，也知道大草原非常富庶。然而在岁月的演进过程中，几乎没人关心它为什么富庶。

X 的这两次历险都是同生物链一起进行的。有一次，它躺在土壤里被雨水一英寸一英寸地冲到山下。活的植物吸收了 X，延缓了这种侵蚀，而死去的植物则将 X 锁在腐烂的组织里。动物将这些植物吃进肚子，山上、山下四处活动。至于 X 最终的去处，则由动物排泄或死亡的地点而定。从来没有动物意识到，它死亡时所在的高度比死亡的方式更加重要。狐狸捉住了一只在草地上的黄鼠，把 X 带到了岩脊上的住处，却成了雕的猎物。在临终时，狐狸感觉到自己正在渐渐告别这个世界。然而它不知道的是，一粒原子的奥德赛之旅，即将拉开新的序幕。

最后，一个印第安人得到了雕的羽毛，并用它们供奉命运之神。在他看来，神特别钟爱印第安人。他并不知道，命运之神此刻也许在忙着用地心引力掷骰子玩。无论是老鼠、泥土还是歌曲，无非只是为了延缓一下原子进入大海的进程。

有一年,X 进入了河边的一棵三角叶杨体内,结果被一只河狸吃进了肚子。通常河狸进食的地方都要高于死亡的场所。那年寒冬,霜特别厉害,那只河狸生活的池塘渐渐干涸了,它因饥饿没有活下来。春天来了,融雪带来的洪水冲走了河狸的尸体,X 也随之漂走,每小时失去的高度比先前一个世纪失去的高度都多。最后,它流到一个由回流的水形成的牛轭湖①里,进入了淤泥中,被一只淡水虾吃进了肚中。那只淡水虾成了浣熊的食物,浣熊又被一个印第安人做成了美餐。那个印第安人死后,被埋在了河岸的土堆中。一年春天,洪水冲垮了河岸,也冲走了那个人的尸骨。一个星期之后,X 回到了古老的监狱——大海。

原子在生物链中非常自由,没有受任何约束,反而难以理解自由的意义,而一个回到大海的原子,干脆忘记了自由,便消失在大海中。大草原便会从风化的岩石中提取另一个原子。实际上,大自然的生物必须尽可能多地吸取,尽快地生活,尽快地死去,才能避免原子入不敷出。

见缝就钻是植物根须的天性。原子 Y 脱离了岩石这一母体后,恰好有一种新动物来到此地,按照自身的意愿改造大草原,以适应自己的规则和秩序。一队牛在草原上翻动长草的土壤,Y 便进入了一种叫作小麦的新型植物,开始了一年一次的令人眼花缭乱的旅行。

古老草原依靠动植物的多样性得以生生不息,所有的动植物既竞争又合作。然而种植小麦的农民却带来了有用和没用的概念。在他们眼中,只有小麦和牛是有用的。他们经常看到没用的

---

① 牛轭湖,在平原流淌的河流,随着流水对河道的冲刷与侵蚀,河道越来越弯曲,最后导致河流自然截弯取直,河水由取直部位径直流去,原来弯曲的河道被废弃,形成湖泊,因这种湖泊的形状恰似牛轭,故称之为“牛轭湖”。

鸽子啄食麦子，于是不让鸽子有生存空间。去了鸽子，又来了麦蝽象[1]，麦蝽象又干起了偷窃的勾当，这让农民非常生气，因为麦蝽象不仅没用，而且身体很小难以消灭。农民无法看到，过度种植小麦害得土壤肥力丧失，春天里一场场暴雨过后，农田变得光秃秃的。最终，麦蝽象和土壤流失害得农民不再种植小麦了。Y 及其同类远远地迁徙到了下游地带。

小麦王国崩溃后，拓荒者吸取了先辈草原人的经验教训，养殖牲畜，增加土壤肥力，种植能固存氮的豆科植物——紫花苜蓿，种植玉米，用它们深长的根开发深层土壤。

然而无论是种植紫花苜蓿、玉米，还是采取其他方法来阻止水土流失，拓荒者不仅是为了阻止旧的耕地被损坏，同时也为了更多地开发新的耕地，结果新的耕地依然需要同水土流失做斗争。

所以，尽管种植了紫花苜蓿，黑土壤还是变得越来越薄。防治侵蚀水土的专家为了保持土壤，建造了水坝和梯田。军事专家们建造了防汛堤和翼坝，防止洪水冲刷土壤。结果洪水不再泛滥，不过河床却慢慢升高，阻碍了船舶通航。于是专家们又出新招，修建了许多巨大的像池塘一样的蓄水池。Y 就落在了其中的一个水池里。只用了短短一个世纪，Y 就完成了从岩石到河流的旅行。

刚在水池里安下家，Y 在水生植物、鱼、水禽体内又经历了几次旅行。但工程师不仅建造了水坝，还建造了下水道。那些山丘和海洋的附属物，都沿着下水道流到了这里。曾经被银莲花吸收，和银莲花一起欢迎高原鹬归来的原子，如今也困惑而无精打采地被囚禁在含有油污的泥泞中。

---

① 麦蝽象，一种危害农作物的害虫。用刺吸式口器吸食叶片汁液，导致被害农作物出现枯心，或叶片上显现白斑，然后扭曲为辫子状，严重时麦苗叶子好像被牛羊吃去尖端一样，后期被害可造成白穗及秕粒。

根依然往岩石的缝隙里延伸，雨依然冲刷着原野，北美鹿鼠依然在收藏印第安人夏日阳光的纪念品。曾经参与过驱赶鸽子的老人，依然在讲述自己当年的壮举。黑白相间的公牛在红色的牛棚中进进出出，为旅行的原子提供免费的交通工具。

旅鸽纪念碑

为了纪念一种鸟的消亡，我们建立了一座纪念碑，以寄托我们的哀思。我们之所以哀伤，是因为那些成群结队盘旋着飞过天空的鸟的方阵永远不见了。三月，它们曾经为春天开辟一条穿越天空的航道，把冬天驱赶到威斯康星州的森林和草原上。

那些年轻时曾经见过旅鸽的人，至今依然记得；那些曾经被疾风洗礼过的树，至今依然活着。然而十年后，只有最老的橡树还记得它们，最终，也许只有最古老的山丘还残留着关于它们的记忆。

旅鸽在书中或博物馆里很常见，但那只不过是一些图像或是雕像，它们已经无法领略欢快或悲伤了。书中的旅鸽无法从云端冲下，惊得小鹿四处躲藏；旅鸽的雕像无法拍动翅膀，发出雷鸣般的声响，为硕果累累的树林喝彩。它们无法在明尼苏达州①收割后的麦田上享用早餐，无法在加拿大享用蓝莓；它们感受不到季节的催逼，感受不到阳光的亲吻，感受不到风吹雨打。它们似乎得到了永生，却永远失去了生命。

我们的先辈不像我们吃得饱，穿得好，住在舒适的房子中。他们必须为了改善生活而不懈奋斗，他们恶劣的生活条件成了如今

---

① 明尼苏达州，北接加拿大的曼尼托巴省和安大略省，东临苏必利尔湖，隔密西西比河与威斯康星州相望，南接艾奥瓦州，西邻南、北达科他州。州首府为圣保罗。

我们失去旅鸽的根源。我们现在之所以感到悲伤，也许是因为在我们的心中，并不知道这种交易是否值得。不可否认，现代工业的小小成果使我们的生活变得舒适。可是它们也能像旅鸽那样，为春天挥洒万种风情吗？

自从达尔文让我们初探物种起源，已经过了整整一个世纪。现在，我们知道了我们的先辈所不知晓的事物；知道了在奥德赛式的进化旅程中，人类和其他动物都是同路的旅伴。这就是说，我们应当把其他的生物当作自己的同胞手足，彼此共存共荣，为博大而恒久的生物界歌功颂德。

在达尔文之后的一个世纪里，对我们而言，最重要的是应该明白，虽然在探索前进的大船上，人类成了船长，但人类并不是该船所追求的唯一目标。祖先之所以会那样认为，完全出自黑暗中探索时的需要所发出的呼声。

我们应该懂得这些道理，但是懂的人恐怕不多。

一个物种哀悼另一个物种的消亡，这还是开天辟地以来头一次。克罗马农人[①]在杀死最后一只长毛象[②]时，想到的是烤肉的滋味；猎人举枪射下最后一只旅鸽时，心中暗自赞叹自己的枪法；水手拿起棍子打死最后一只海雀[③]时，则什么都没想。但是我们却在痛悼失去的旅鸽。如果换作是我们消亡，想必旅鸽不会为我们

---

① 克罗马农人，距今3万年前，欧洲大陆上出现的一种智慧较高的早期人类，属于晚期智人。

② 长毛象，一种身披长毛、体形高大的猛犸象。它们在北半球分布较广，横跨整个欧亚大陆北部，越过白令海峡，延伸到北美洲。

③ 海雀，典型的海鸟。翅窄而短小，尾短，体羽黑白二色，雌雄羽色相似。以鱼类、甲壳动物和其他海生无脊椎动物为食。

哀悼吧。事实正是这样，而不在杜邦[1]发明的尼龙袜里，也不在范内瓦·布什[2]发明的炸弹里。由此我们可以得出一个客观的结论：人类比其他动物更先进。

这座纪念碑如同一只栖息在峭壁上的游隼[3]，日复一日，年复一年，居高临下地俯视着宽阔的山谷。一个又一个三月，它会看着许多雁群飞过，听它们对着河流诉说苔原更清澈、更冰冷、更寂寞的水域的故事。许多个四月，它迎来了紫荆花开，又默默地看着紫荆花凋谢。每逢五月，它看到花朵挂满漫山遍野的橡树的枝头。忙忙碌碌的林鸳鸯在林中来往穿梭，寻觅中空的树干。蓝翅黄森莺抖动着金黄色的身躯，摇落河柳的金黄色花粉。白鹭在八月的沼泽上闲庭信步。鸲鸟[4]在九月的天空中低吟浅唱。山核桃"扑哧"一声掉进了十月的落叶里。冰雹将十一月的树林砸得嘎吱嘎吱直响。可是旅鸽的身影已一去不复返了，只剩下这一只青铜雕刻的旅鸽站在岩石上，面无表情地凝视着时间的流逝。游客可以通过纪念碑上的文字了解一个大概，他们的思绪无法展翅翱翔。

经济伦理学家告诉我们，悼念旅鸽，只是怀旧的一种体现。即便没有捕鸽者，农民为了保护自己的利益，也不得不将它们消灭。

---

① 杜邦，指的是杜邦家族，美国古老、富有的财富家族。1937 年，美国杜邦公司一研究人员发现了尼龙的制作方法，商业嗅觉灵敏的杜邦公司迅速抓住了打造"尼龙帝国"的机会。

② 范内瓦·布什，美国伟大的科学家和工程师。"二战"时期，美国几乎所有的军事研究计划都出自他的指导，第一颗原子弹试验和对日本的原子弹投射都是由他指导的。

③ 游隼（sǔn），中型猛禽。翅长而尖，眼周黄色，颊有垂直向下的黑色髭纹，头至后颈灰黑色，其余上体蓝灰色，尾具数条黑色横带，下体白色，上胸有黑色细斑点，下胸至尾下覆羽有黑色横斑。主要捕食中小型鸟类，偶尔也捕食鼠类和野兔等小型哺乳动物。

④ 鸲（yù）鸟，也叫"八哥"。头身都是黑色，两只翅膀下都有白点，它的舌头像人的舌头，能模仿人说话。食物包括蝗虫、蚯蚓、甲虫、蝇蛆，以及树的果实、植物种子等。

这是一些似是而非的奇怪说法，事实并非如此。

旅鸽是生物界的一场风暴。它们就像一道闪电，游走在土地的养分和空气中的氧气这两个对立电极之间。每年，旅鸽掀起的风暴席卷了北美大陆，从森林和草原的累累果实中汲取养分，又在其生命的旅程中将其消耗掉。和其他的连锁反应一样，随着旅鸽的数量大幅度减少，旅鸽的生存也越发艰难。捕鸽者让旅鸽的数目不断减少，拓荒者害得旅鸽的养料趋于断绝之时，旅鸽的风暴再也无法拥有磅礴的气息，最终甚至踪迹全无。

如今，橡树依然对着天空炫耀自己累累的硕果，然而再也见不到那羽毛电光闪烁了。不过蠕虫和象鼻虫不得不悄悄地缓慢承担起曾在天空闪电般的生物循环使命。

令人惊叹的并不是旅鸽的消亡，而是它们曾经在巴比特之前生活过的悠悠岁月。

旅鸽深深爱着它的土地。成串的葡萄和不断爆裂的山毛榉①果实催生了它们生存的强烈欲望，它们之所以能存活也源自它们对季节变换和距离的藐视。今天它们没有在威斯康星州得到免费的赠予，明天它们会飞到密歇根州②、拉布拉多半岛或田纳西州③寻找。它们的所爱是现存的事物，而这些事物总会在某些地方出现。要达到这个目的只需要提供一片广阔的天空，以及它们辛勤挥动翅膀的意愿。

---

① 山毛榉，落叶乔木。广泛分布在亚洲、欧洲与北美洲，是温带阔叶落叶林的主要构成树种之一，其果实是一些小型哺乳动物的食物。

② 密歇根州，位于美国五大湖地区，紧临五大湖中的伊利湖、休伦湖、密歇根湖和苏必利尔湖。州首府为兰辛。

③ 田纳西州，位于美国中南部，北邻肯塔基州和弗吉尼亚州，东接北卡罗来纳州，南与佐治亚州、亚拉巴马州和密西西比州毗连，西濒密西西比河。州首府为纳为什维尔。

喜爱已经逝去的事物，是一个新奇的表现，大多数人类和所有的旅鸽都不明白。把美国当成人类历史的存在，把命运看作一种新的起点，去品味那些经历了过往寂静岁月的山核桃的芳香——对我们而言，这一切都是可能的。实现这些目标也只需要一片辽阔的天空和辛勤挥动我们翅膀的意愿。正是通过这些事情，而不是通过杜邦的尼龙袜和布什的炸弹，我们就可以找到一个客观的证据：人类比动物优秀。

弗朗波

凡是没有在荒野河流中独自划独木舟，或只是在有人指导下划过的人往往认为，这不过是一种新奇的经历，外加一项有益健康的运动，此外别无其他好处。过去我也是这么想的，后来遇到弗朗波的两名大学生——刘易斯与克拉克，我才知道，事实并非如此。

洗好晚餐的盘子后，我坐在岸边，看着远处岸上一只公鹿在河里寻找水草。突然，鹿抬起脑袋，竖起耳朵，朝着上游看去，过了一会儿，便躲进了隐蔽的地方。

公鹿受到了来自河转弯处什么东西的惊吓跑掉了。原来出现了两个划着独木舟的小伙子。那两个小伙子见到我们后，便朝我们靠过来，想和我们打招呼。

“你们好，现在几点了？”他们开口便问我们。原来他们的表坏了，他们在人生中第一次经历了没有钟表、汽笛或收音机的不便。两天以来，他们都是靠着太阳来判断时间的，因此感到非常刺激。他们的三餐没有保障，只有自己从河流中寻找小鱼、小虾充饥。而且在漂流中，没有警察提醒他们前方急流中有礁石，需要避开。当他们对天气判断失误，没有搭建帐篷，就避免不了要受到风雨的袭击。没有向导提醒他们,在哪里宿营一夜可以享受到微风送爽,可以免受蚊虫骚扰。没有人告诉他们,什么样的木柴可以烧出干净的木炭,什么样的木柴只会冒出浓烟。

我们得知,这两个年轻的冒险家准备顺流而下,他们将在这次旅行后加入陆军。他们这次旅行的目的很明确,在校园和军营两种严格的生活之间插入一段小插曲。这是他们第一次,也是最后一次品尝自由。这种简单的野外之旅让他们变得兴奋,不仅是因为新鲜感,也是因为他们可以肆无忌惮地犯错。

这次野地之旅中,他们的明智之举便会获得奖赏,愚昧的行为则要遭受惩罚。对森林居民来说,这是每天都要面对的,为此"文明"提供了克服种种难题的缓冲器。就这独特的意义来说,这两位年轻人是在按自己的意愿行事的。

也许,每个年轻人都应该偶尔进行一次野地之旅,以便从中体会到这种自由的意义。

当我还是一个小孩儿时,父亲每次提到理想的营地、森林和钓鱼地点,总会说它们"简直和弗朗波一样棒!"当我终于可以自己驾驶独木舟,在这条充满传奇色彩的河流里航行,我发现,作为河流,它果然不负所望;作为野地,它却濒临死亡。公路桥、农舍、度假村从野地里穿过,害它变得支离破碎。沿着弗朗波前行,你会在不同的印象之间交替。就在你觉得自己身在野地,不远处却出现了一个停船处,过不了多久,你又同某些农民种植的牡丹花擦肩而过。

这时候,一只鹿从那片牡丹花丛经过,从容地跳到了岸上,让我们又体会到身处野地的乐趣。接下来的急流险滩加深了这种想法。然而划了没有多远,令人意外的是,河流下游一个深潭边一座完整的原木小屋正在默默地注视着你,而且还有一个"欢迎光临"

的小木牌，那个供人们下午打牌用的棚架已经生锈。

保罗·班扬[①]整天忙忙碌碌，顾不上为子孙谋划未来。如果他想要保留一个地方，让子孙们看看北部森林的景观、面貌，那么弗朗波无疑是最佳的选择。在这里，有最好的白松；在这里，同在数英亩的土地上，最好的糖枫[②]、黄桦[③]和铁杉[④]相安无事。无论是过去还是现在，松树和硬木在同一块土地上茂盛生长，这是极为罕见的现象。弗朗波的松树生长在硬木生长的土壤上，这种土壤比其他松树生长的土壤更加肥沃，因此这里的松树更加高大、粗壮，显得弥足珍贵。而且它们紧挨着一条很适合运送原木的河流，所以招来斧头的摧残也就在所难免了。随处可见的腐烂的巨大残株，便是明证。留下来的只有那些自身有瑕疵的松树。即便如此，许多存活着的松树依然高耸入云，为弗朗波的过去竖起了绿色的纪念碑。

硬木在松树被砍伐很久之后才遭到大劫。事实上，最后一家大型硬木砍伐公司，在十年前才将这里的最后一条运送硬木的铁路拆掉。现在，在那家公司的遗址上，成立了这座废弃城镇的土地出售办公室，将空荡荡的林地卖给了心怀壮志的拓荒者。这标志着一个时代的结束，一个乱砍滥伐的时代的结束。

郊狼[⑤]常常靠着在废弃的营地里搜寻残羹冷炙维持生活，而

---

① 保罗·班扬，美国传说中的巨人伐木匠，伐起树木来如割草。

② 糖枫，又名“糖槭”“美洲糖槭”，落叶乔木。叶掌状，边缘有疏齿裂，表面亮绿色，背面银白色，花粉红色，无花瓣，叶前开放。

③ 黄桦，落叶乔木。树皮棕色，有较薄的碎片，叶片夏季墨绿色，秋季金黄色，花似柳絮，成熟果实褐色。

④ 铁杉，常绿乔木。冠塔形，大枝平展，枝梢下垂，树皮暗灰色，纵裂，呈块状脱落，冬芽卵圆或球形，叶条形。

⑤ 郊狼，哺乳动物，与狼是近亲。多喜群居，常追逐猎食。大部分食肉，以食草动物及啮齿动物等为食，偶尔以腐肉、植物等为食。

后伐木时代的弗朗波，也靠着过去的残留物维持经济。砍伐制浆木材的工人在昔日茂密丛林的残留中寻找幸存的小铁杉。一些工人扛着便携式锯木机，在河里捞取沉木。这些沉木大多是在伐木的辉煌时期落下，沉入河里的。一排排沾着污泥的木头像死尸般被拖了上来，质地非常好，价值不菲。在今天的北部森林，已经找不到这样的松木了。有的伐木工在沼泽中寻找雪松①，许多鹿跟在他们的后面，吃倒下的雪松梢头的叶子。这里的人和动植物全靠着过去的残羹剩饭生活。

残羹剩饭被一扫而空。现在，如果有人想建造一座原木小屋，必须从爱达荷州②或俄勒冈州③的森林中砍下需要的原木，然后用货车运到威斯康星州的森林。与此相比，谚语“把煤运到新堡”④只能算是一个小小的讽刺。

然而，河流仍在。从保尔·班扬的时代开始，有些东西就未变化过。每天清晨在汽笛声中醒来之前，我们可以听到野地中河流的吟唱；有一些未被砍伐的林地如今归州政府所有，里面还有许多野生动物，比如，在河里生活的美洲大梭鱼⑤、鲈鱼⑥和鲟鱼⑦；在沼

---

① 雪松，常绿乔木。树冠尖塔形，大枝平展，小枝略下垂，叶针形质硬，灰绿色或银灰色。

② 爱达荷州，位于美国西北部，北与加拿大的不列颠哥伦比亚省接壤，南界犹他州和内华达州，东邻蒙大拿州和怀俄明州，西接华盛顿州和俄勒冈州。州首府为博伊西。

③ 俄勒冈州，位于美国太平洋沿岸，南面为加利福尼亚州，北面为华盛顿州。州首府为塞勒姆。

④ 新堡本身为重要的煤产地，此语形容多此一举。

⑤ 大梭鱼，一种非常危险的食肉鱼。身体瘦削，呈鱼雷形，下颌突出，牙齿像匕首一样尖锐。

⑥ 鲈鱼，一种可栖息于入海口咸淡水中，也能生活于淡水的鱼。体长，侧扁，头中等大，略尖，吻尖，口大，下颌稍突出于上颌，上颌伸达眼后缘下方。以鱼、虾为食。

⑦ 鲟鱼，食肉鱼类。体近圆筒形，背部和腹部有大片硬鳞。生活在淡水中，有些也入海越冬。在淡水中主要以小型或行动迟缓的底栖动物为食，在海中主要以鱼类为食，也食甲壳等。

泽中生活的秋沙鸭①、绿嘴黑鸭②和林鸳鸯，以及生活在林子上空的鹗、雕和渡鸦等。鹿的身影随处可见，也许它们真的是太多了，在弗朗波河流漂流的两天里，我一共数到了五十二只鹿。有时还可以在弗朗波上游看到一两只游荡的狼。一个靠陷阱捕猎的人宣称他捉到了一只貂，不过从1900年开始这里就不再出产貂皮了。

在这里残留的野地的基础上，1943年起，威斯康星州的自然资源保护部门重建了大约五十英里长的河流流域保护区，让年轻的威斯康星人前往郊游休闲。这个保护区的母林位于一片州立森林中，河岸两边禁止从事林业活动，同时也尽可能地减少从这里通过的道路。虽然很慢，但自然资源保护部门极有耐心地收购土地、搬迁农舍、阻止修建不必要的道路，有时甚至需要付出巨大的代价。总而言之，他们试图让时间倒流，重新回归原始野地的时代。

弗朗波优质的土壤，曾经为保尔·班扬长出优质木材，如今为鲁斯克郡的乳品业的兴起贡献力量。奶场的农民不想使用当地电力公司的昂贵电力，于是自发组织了一个合作社性质的农村电气化管理局，并且在1947年申请建造了一座水力发电站。但是，若水力发电站建成，那片绵延五十英里的野地保护区的下游将全部毁于一旦。

围绕着这个问题，政界展开了一场激烈而尖锐的论战。州立法院感受到农民的巨大压力，却忘记了野地的存在价值。他们不仅通过了建立水力发电站的议案，而且剥夺了自然资源保护部门对建造水力发电站地点的所有发言权。这样看来，弗朗波可以供

---

① 秋沙鸭，潜鸟。嘴形侧扁，边缘具锯齿，后趾具宽阔的瓣膜，雌雄鸟均有羽冠，羽色不同。食物主要为小型鱼类，也吃水生昆虫、甲壳类、软体动物等其他水生动物。

② 绿嘴黑鸭，中型游禽。身体黑褐色，头棕色，头似雌绿头鸭，但脚色淡红，飞行时翅下的白色羽毛十分醒目。以海螺和贻贝等为食。通常栖息于淡水湖畔，或成群活动于江河、沿海滩涂等水域。

独木舟探险的河流以及其他的野地河流,最终都将被开发,为发电服务。

假如我们的子孙没有机会见野地河流,那么他们绝不会想到在野地河流上独自泛舟,尽情放歌了。

伊利诺伊州和艾奥瓦州

伊利诺伊巴士之旅

在屋外的庭院里，一个农民正在和儿子拉锯条，锯一棵古老的三角叶杨。老三角叶杨又老又粗，锯条的两端只露出一英尺，供他们来回拉动。

想当年这棵三角叶杨还只是无边无际大草原上的一座浮标，乔治·罗杰斯·克拉克[①]或许曾经在这树下露营；野牛也许曾来到树下午休，摇着尾巴驱赶讨厌的蚊虫。每年春天，都有旅鸽到这里筑巢、栖息。除了州立大学外，它还是最好的历史图书馆。然而每年总有一段时间，它会飘落很多花絮，堵塞农家的纱窗。这才是农民最讨厌它之处。

州立大学的学者告诉农民，种三角叶杨不如种榆树，因为榆树不会掉花絮堵住纱窗。那些学者还就樱桃蜜饯、班氏杆菌病、杂交玉米以及农场的美化等，对农民高谈阔论了一番。至于这农场从何而来，他们却一无所知。他们的工作就是让伊利诺伊州遍地种上大豆。

---

① 乔治·罗杰斯·克拉克(1752—1818)，美国独立战争时的军事领袖，曾领军在美国西北地区作战，获得多次战役胜利。

我坐的一辆时速六十英里的巴士所奔驰的道路原本是为了马和马车而修建的，后来越来越多的路面铺上了混凝土，结果把路两旁的栅栏都歪歪斜斜地挤向路边的沟渠。只有一条修整过的宽阔斜坡和摇摇欲坠的栅栏之间的狭长草皮，才向我们展现出伊利诺伊州的原始风貌——草原。

巴士里的人们都不在意那些遗迹。一个满脸愁容的农民茫然地看着曾经为草原土壤固定空气中氮的羽扇豆、胡枝子。他的衬衣口袋里露出了肥料账单。他分不清这些植物和周围那些迅速蔓延的偃麦草有什么区别。假如我问他，为什么他的土地能收一百蒲式耳[①]的玉米，而草原外各州的人只能收三十蒲式耳，他也许会回答，这里的土壤比较肥沃。如果我再问他那些缠绕在栅栏上、开着豌豆般白色穗状花的植物是什么，他可能会摇着头说："也许是一些杂草吧。"

车窗外闪过一座墓地。墓地的周围长着草原紫草[②]，在阳光下闪闪发光。只有在这里才能看到草原紫草，别的地方没有。毛叶泽兰[③]和苦苣菜[④]为这片日趋现代化的土地提供黄色的装饰，草原紫草则生长在墓地，只和死去的人对话。

透过打开的车窗，我听到了一阵动人心弦的鸟鸣。那是高原鹬的鸣声，当年，它的祖先跟随在牛后面，一起在那片齐肩高的、他们不认识的无边花海中跋涉。一个小男孩儿看到了它，却拉着爸

---

① 蒲式耳，英美制容量单位，在美国，1 蒲式耳≈35.24 升。

② 紫草，多年生草本植物。根粗大，圆锥形，茎直立，单一上部分枝，叶互生，披针形，花白色，果卵形，灰白色，光滑。

③ 泽兰，多年生草本植物。地下茎横走，先端常膨大成纺锤状肉质块茎，茎方形，常呈紫红色，沿棱及节上密生白色，叶对生，披针形或长圆状披针形。

④ 苦苣菜，又名"苦菜""小鹅菜"，多年生草本植物。根纺锤形，茎直立，叶互生，狭长椭圆形。

爸的衣服说:“快看那只松鸡。”

路上出现了一个指路牌,上面写着“欢迎光临绿河土壤保护区”,牌子上还用小一些的字体写着这个保护区共同经营者的名单,只是那些字太小,我在行驶的车上看不清楚。不过我猜想,那肯定是与自然资源保护有关的人名录。

指路牌的字写得很工整,竖立在小河下游的草场上。那里的草很低矮,适合打高尔夫球。附近是一个干涸的古老河床,拥有优美的曲线。新开挖出来的河床笔直,工程师认为笔直的河床河水能够迅速排泄。背后的山坡上有许多梯田,它们都被防止土壤流失的工程师建造得弯弯曲曲,说这样能缓和水势。一会儿笔直,一会儿弯曲,河水肯定被工程师们这些建议搞得晕头转向了。

农场的一切都意味着银行里的金钱。农场上,有许多钢铁和混凝土的建筑物。谷仓上写着日期,以此纪念农场的创造者。屋顶上避雷针四处林立,鸡状的风向标刚刚被涂刷得焕然一新,趾高气扬地站着。连猪都仿佛沾了光。

森林中,老橡树没有留下后代,见不到树篱、矮树丛等对耕作无用的植物的痕迹。玉米地里有肥壮的公牛,但大概没有鹌鹑。篱笆架立在狭长的草地边上。那些将田地犁到离带刺铁丝网如此近的农民肯定会说:“只有不浪费,才不会短缺。”

在溪流下游的草地上,大水冲来的垃圾都被灌木丛拦住了,堆得高高的。溪岸已经被冲得七零八落,伊利诺伊州的土地被一块块剥落,流向大海。巨大的豚草丛无疑标志着河水对泥沙已无能为力,只好堆积在这里了。这种情况对谁有好处?将会持续多久?

高速公路穿过了玉米地、燕麦地和苜蓿地,就像一把拉直的卷尺朝着远方延伸。巴士一英里一英里向前驶去,乘客们愉快地交谈着,交谈着。都谈些什么?谈的尽是有关棒球、税收、女婿、电影、汽车和葬礼的事。但没有人关注车窗外不断涌来的伊利诺伊州的风貌。在他们眼中，伊利诺伊州没有起源，没有历史，没有浅滩和深渊，也没有潮起潮落。它只是大海，载着他们驶向未知的港口。

红腿在挣扎

每当我回忆早年的生活，我总在想，人们通常所说的"成长"过程，实际上是不是一种"倒退"呢？大人最爱念叨的是，孩子缺乏生活经验。这种行为是不是在用生活的琐碎之事冲淡生活的本义和真谛呢？

至少有一点是可以肯定的：我对野生动物及其狩猎最早的印象和追求，始终在我脑海中栩栩如生地保留着。虽然半个世纪以来，我获得了许多有关野生动植物的专业性知识，但那些最初印象始终活跃在我的脑海中，既未淡化，也未得到改变。

和大多数野心勃勃的猎人一样，我在小时候也得到过一把单管猎枪，允许我去猎杀兔子。一个冬天的星期六，我准备前往我最喜欢去的捕野兔的地方时，注意到在覆盖着冰雪的湖面有一个小"气洞"。在那边，风车正从岸上把温水缓缓地送到洞中。这个时候，鸭子早就躲到温暖的南方去了，但我依然做了平生第一个鸟类学假设：如果还有一只鸭子未曾离开，那么它肯定会拜访这里。我克制住野兔对我的诱惑，这在当时并不容易，坐在冰冻的荨麻草地上，等待着鸭子的出现。

我在那里等了一个下午，每当有乌鸦从天空中飞过，或者风车又发出风湿病人似的呻吟，我都会产生一种冷飕飕的感觉。终于，黄昏时分，一只孤独的绿嘴黑鸭从西边飞来，看到"气洞"后，顾不上在洞口上方盘旋，它张稳翅膀，直接飞落下来。

我已经记不清自己是如何开枪的，只记得当看到它重重地落在湖面上，腹部朝天，红色的腿乱折腾的时候，我有一种难以言状的喜悦。

父亲送我猎枪的时候，告诉过我，我可以拿这支枪打松鸡，但不能向停在树上的松鸡开枪。他说我已经长大了，应该射击飞行中的猎物。

我的狗善于追踪停在树上的松鸡，但我接受的父亲的告诫——不射击停在树上的鸟儿，而选择射杀几乎无法击中的逃亡的鸟儿。要知道，魔鬼和他的七个王国的诱惑，也比不上树上那只松鸡的诱惑。

第二个松鸡狩猎季节即将结束，我却毫无斩获。一天，我从杨树丛经过，惊起了一只大松鸡，呼的一声从我左边飞起，向最近的雪松林仓皇逃窜。我下意识地开枪了，这成了所有猎人梦寐以求的一枪。松鸡的羽毛伴随着金色的叶子纷纷从空中落下，它死了。

今天，我可以清晰地描绘出当时的场景，可以清晰地标出我射杀的第一只松鸡坠落的长满苔藓的地方，那里的每一丛红色御膳橘①和每一棵紫菀。我想我对这两种植物的喜爱也是从那时开始的。

---

① 御膳橘，多年生草本植物。花小，淡黄色，果红色，簇生。主要生长在酸性土、沼泽地和高地斜坡。

亚利桑那州[①]和新墨西哥州[②]

山　顶

当我最初在亚利桑那州定居时，白山还是骑马人的世界。除了几条主要的道路，其他的道路都崎岖不平，不适合马车行驶。当时还没有汽车，而且此地范围太广阔，步行很不方便，甚至连牧羊人都需要骑马。这个名叫"山顶"的宽阔高原，把汽车、马车和步行的人拒之在外，便成了骑马人独享的地域。骑马的牧场主，骑马的牧羊人，骑马的林务官，骑马的设陷阱的猎人，甚至经常骑着马在边界出没的来历不明、目的不清的人——这些人构成了"山顶"活动的主要角色。对现在的年轻人来说，很难想象交通工具也会将人分成三六九等。

朝北走两天路程，可以到达一个通铁路的城镇，那里的情况截然不同，有大量的旅行方式供你选择：穿着皮鞋步行、骑毛驴、骑

---

① 亚利桑那州，位于美国西南部，东接新墨西哥州，南与墨西哥合众国毗连，西隔科罗拉多河与加利福尼亚州相望，西北接内华达州，北接犹他州。州首府为菲尼克斯。

② 新墨西哥州，位于美国西南部，北接科罗拉多州，西接亚利桑那州，东北邻俄克拉荷马州，东部和南部与得克萨斯州毗连，西南与墨西哥的奇瓦瓦州接壤。州首府为圣菲。

马、乘坐轻便的四轮马车、乘坐运货马车、坐守车[①]或者坐火车等。每一种旅行方式几乎都对应着一个社会阶层,每个阶层都有自己独特的方言、独特的服饰、独特的饮食习惯,光顾不同的酒吧。如果说他们之间有什么共同点,那么就是光临相同的杂货店,享受着亚利桑那州相同的空气和阳光。

如果你往南走,往白山去,那么这些多种多样的旅行方式会一个个地被淘汰,最后,到达"山顶"高原,那里只是骑马者的天下。

亨利·福特[②]引起的革命,改变了旧日的面貌。而如今,有了飞机,任何人都有权在天空遨游。

在冬天,即便是骑马的人,也被"山顶"拒之门外。厚厚的积雪覆盖了整个高地,也覆盖了通往小峡谷的唯一路径。而五月,每一个小峡谷里都轰隆隆地飞泻着带冰的急流。不过不久就有可能登上山顶了——如果你的马敢在没过膝盖的泥泞中攀登大半天。

每年春天,大家都会不约而同地聚集在白山脚下的一个小村子里,举行一场赛马比赛,看谁能够最先骑马登上孤寂的"山顶"。我们当中许多人都参加过,却从来没有认真想过为什么要参加。据说,最先登上"山顶"的人会成为那一年的"风云人物",头戴"骑士"的光环。

"山顶"的春天与故事书中描写的截然不同,总是姗姗来迟。虽然羊群已经在"山顶"活动,但暖和的日子伴随着刺骨的寒风不期而至。"山顶"灰褐色的草地上,零星地点缀着发出阵阵埋怨之声的母羊和冻得瑟瑟发抖的小羊,出没于呼呼风声和皑皑雪地上。

---

① 守车,又称"望车",铁路货物列车车长乘坐的车辆,一般联挂于货物列车尾部。现在已不采用了。

② 亨利·福特(1863—1947),美国汽车大王,汽车工程师与企业家,世界最大的汽车企业之一——福特汽车公司的建立者。他也是世界上第一位将装配线概念实际应用而获得巨大成功的人,装配线的实际应用让汽车在美国真正普及化。

连快活的星鸦[①]都缩起了身子，躲避春日的暴风雪。

夏天的天气变幻无常。即便是反应最迟钝的骑马者和他的马也能深深地感受到这一点。

在晴朗的早晨上山，你会有一种从马上跳下来，在新鲜的草地和花朵上面打滚儿的冲动，如果你不拉紧缰绳，你那训练不多的马可能会情不自禁地把你颠下马来。似乎每个生命都在歌唱、欢叫、成长。几个月以来饱受风霜肆虐的大松树和冷杉[②]，威严地屹立着，沐浴在阳光下。缨耳松鼠[③]虽然面无表情，但嗓音和尾巴却流露出激动之意，向你诉说着一个你早已知晓的事实：从未有过这样的好天气，从未有过如此难得的日子，让你单独享受大好风光。

也许一小时之后，雷雨云挡住了阳光，你刚刚所处的天堂便在电闪雷鸣、狂风骤雨中顷刻消失。阴沉的灰暗笼罩着天空，仿佛悬在天空中已经被点燃导火索的炸弹，随时都要爆炸。狂风吹着小圆石不停翻滚，树枝啪啪作响，惊得你的马焦躁不安起来。当你转过身子，想解开雨衣，马会惊得跳起来，呼呼地喘着粗气，哆嗦着。仿佛你不是在解雨衣，而是在揭开《启示录》[④]，告知你大难就要临头。每当听别人说他不害怕雷电，我就会想，他肯定没有在七月骑马去过白山之巅。

电闪雷鸣已经够可怕了，更可怕的是雷电击中山石，爆炸的石

---

① 星鸦，鸟类。体羽大多是咖啡褐色，具白色斑，飞翔时黑翅、白色的尾下覆羽和尾羽白端很醒目。以松子为食，还会埋藏其他坚果以备冬季食用。

② 冷杉，常绿乔木。树干端直，枝条轮生，树皮灰色或深灰色，裂成不规则的薄片固着于树干上，内皮淡红色，大枝斜上伸展。

③ 缨耳松鼠，松鼠的一种。体形小，臼齿（包括前臼齿）在颌的两侧各为四分之五，上臼齿五枚，前后肢间无皮翼，长着毛茸茸的长尾巴。食物主要为种子、果仁。

④ 《启示录》，又名《默示录》，是《新约全书》的最后一章，是传教士传教的重要依据。作者自称约翰，运用当时犹太人中流行的“启示文学”体裁，以“见异象”“说预言”的方式描绘了一幅“世界末日”和“基督再来”的景象。

头碎片呼啸着，从你耳边飞过；更可怕的是，松树被雷电击中，变成四分五裂的木片。令我记忆深刻的是，曾经有一块长约十五英尺的白色木片，闪着光朝我飞来，深深地插入我脚边的泥土中，呼呼作响，像一把掷入土中的钢叉。没有体验过惊吓的生活必然是苍白的。

“山顶”上是一片巨大的草场，骑马穿过需要半天。但你绝对不要想象成那只是四周围绕着像圆形剧场似的松树那么单调。草地的边缘有许多河湾、岬角、半岛或公园，它们呈现出不规则的涡形、锯齿形。没有人熟知这一切。所以每次你骑马上山，总会有新收获。之所以说“新”，因为当你骑着马来到一个鲜花盛开的小河湾，周围的美景会让你产生一种感觉——如果有人来过这里，他唱首歌、写首诗的冲动会油然而生。

这种享受过绝妙美景的感觉，可以说明为什么在宿营地附近的白杨树韧皮上会有名字、日期和牲畜的火印①。无论什么时候，当你读到那些印记，就能读到得克萨斯人的历史和文化。当然，这里所说的文化和历史并非人类学方面的那种冷冰冰的知识，而是体现出一个奠基者的生活。

也许，当你读到那些名字时，会突然发现某人的儿子曾经在一次马的拍卖活动中击败你，或者某人的女儿曾经与你在宴会上共舞，等等。这棵树上刻着一个人的名字的首字母，在这个简单的名字的首字母旁边，标注的时间是 19 世纪 90 年代，旁边没有牛的火印，说明当时他来到这里，还是一个流浪牛仔。接下来，树上刻的是他的名字的首字母和牛的火印，说明十年后，他已经成了一个有稳定收入的公民。他成功的原因不明，也许是靠着节俭、自然增值

① 火印，用烙铁烧出简单易识的图样以标明所有权的印记、烙印。

或是灵活的头脑。接下来刻着他女儿的名字,那是她的追求者们最近几年才刻上去的。他们不仅想获取女子的芳心,也觊觎她父亲的大笔财产。

如今,那个老人已经辞世。在他的晚年,只有他银行里的账目和牛羊的数目才能让他得到些许满足。但白杨树上的刻痕,表明在他年轻时,也曾在春天感受到白山的荣光。

白山的历史不仅记载在杨树皮上,也记载在地名中。“牛的故乡”这个名字虽然有一些猥琐、嘲弄和幽默,甚至也有些伤感的成分,但绝对不会过时。通常,这些地名都耐人寻味,能激起外来人的好奇心。一些故事被编了出来,这些故事串起来,形成了当地的传说。

举个例子。有一片草原叫作“骨场”,其实那里原本是一片非常美丽的草场,在蓝铃花[1]下面,掩盖着许多半埋在地里的牛的头骨和散乱的脊椎骨。这是很久之前的事情了。19 世纪 80 年代,一个糊涂的牧牛人赶着牛群从温暖的得克萨斯山谷过来,被白山的夏日所诱惑,居然愚蠢地让牛群依靠山里的干草过冬。十一月,暴风雪袭来,牧牛人骑着马仓皇逃走了,而他的牛全部变成了尸骨。

再比如,一个叫作“坎贝尔蓝河”的地方,这里是蓝河的发源地。最开始时,一位牧牛人和新娘结伴而来。妻子很快厌倦了只有岩石和树木为伴的生活,希望得到一架钢琴。很快,一架“坎贝尔”钢琴被如期送到了。整个村镇上,只有一头骡子拉得动这架钢琴,也只有一个包装商能将钢琴平稳地放在骡子背上,这简直是只有超人才能完成的事情。然而钢琴并没有挽留住新娘,她最终还

---

① 蓝铃花,又称“野风信子”,多年生球茎植物。叶基生,狭披针形,深绿色,花蓝色或白色,也有罕见的粉色。

是走了。当我听到这个故事时,这对夫妇居住过的小屋已经变成了一片废墟。

另一个地方叫作“菜豆沼泽”,是一片遍地是松树的沼泽草原。我来的时候,松树下有一座原木小屋,任何过往的行人都能在此宿营。那里有一个不成文的规矩:木屋的主人要尽量在屋里存放足够的面粉、猪油和豆子,以供过往的旅人食用。然而一个倒霉的游客遇到了暴风雪,不得不在那里待上一星期,可他在屋里只找到了菜豆。这种失礼的行为引起了人们的注意,于是,大家将这里叫作“菜豆”,就成了当地的历史。

最后要说说“天堂牧场”。当你在地图上看到这个名字时,也许会觉得它太过平凡、庸俗,以为那里也很平常。但当你千辛万苦,骑着马来到那里,你就会眼睛一亮,发现那里原来和想象中完全不同。“天堂牧场”隐藏在一座高耸的山巅的背面,和所有真正的天堂一样,应有尽有。一条盛产鲑鱼的小溪唱着歌,欢快地在碧绿的草地上蜿蜒流淌。马只要在这里生活一个月,就会变得膘肥体壮,雨水落在它的背上都会聚成小水洼。当我第一次来到“天堂牧场”,不禁发出赞叹:“难道还有比这更贴切、更动听的名字?”

尽管此后有过几次机会,但我再也没有去过白山。游客、道路、锯木厂、运载原木的铁路,它们为白山所做的,或者说它们对白山所做的,我都不想看到。我听到一些年轻人,极力称赞白山,说那是一个美丽的地方。我第一次骑马走过白山时,这些年轻人还没有出生。我认同他们的说法,可是心中却有一些保留。

像山那样思考

一个发自肺腑、深沉而骄傲的号叫声在山谷之中回荡,然后从山上滚落，消失在苍茫的夜色中。号叫声充满狂野，又透露出哀愁，似乎在反抗，蔑视世界上的所有苦难。

山中的生命，有些生命可能已经消逝，都在仔细聆听着那号叫声。鹿听来，觉得它提醒着死亡近在咫尺；松树听来，觉得它是半夜暴风雪将至的警报；郊狼听来，觉得它是有残肉可吃的承诺；牧牛人听来，觉得它预示着银行透支的威胁；猎人听来，觉得它是展示出獠牙对子弹的挑战。然而，在这些显而易见的希望和恐惧背后，隐藏着更加深刻的意义，但这意义只有山才能明白。山已经度过了无数岁月，能够客观地聆听野狼的号叫声。

即便那些无法领略其中含义的事物，也能感受到它的存在。在整个狼群出没的地区，都能感觉到它。正是它，让这里变得与众不同。无论是在夜晚听到狼嚎的人，还是在白天看到狼的行踪的人，都会觉得背上掠过一阵寒意。即便没有看到狼或听到狼嚎，很多细微之处依然表明狼的存在：一只驮满货物的马在半夜嘶鸣，石头发出刺耳的滚动声，一只小鹿没命似的逃窜，云杉下面诡异的阴影。只有糊涂的新手才看不出狼的存在，或者无法感悟出山对狼的隐秘的观点。

我对这一点毫不怀疑，那信念是从我亲眼看见一只狼死去时开始产生的。那天，我们正在一个高高的山崖上聚餐，山崖下有一条波涛汹涌的河流。一件东西在河水中跋涉，胸部没入白花花的水中。我们开始以为它是一只鹿，等它上了岸，甩动尾巴朝我们这边走来，我们才发现那是一只狼。六只已经长大了的小狼从树林里窜出来，摇着尾巴嬉戏打闹，高高兴兴地迎接那只狼。我们确信，我们看到了一群狼，在山崖下的空地上打滚、嬉闹。

在那段时间里，没有人会错过猎杀狼的机会。转眼之间，子弹已经射入了狼群。可是我们太兴奋了，无法瞄准，而且我们并不知道如何朝着陡峭的山下射击。来复枪[1]的子弹打光了,只有老狼倒在了地上,还有一只小狼受了伤,瘸着腿逃进了山崩造成的岩石堆,那石堆人类是无法过去的。

我们走到了那只老狼面前,它眼中的绿色凶光还微微闪现。正是在那时,我在狼的眼睛里看到了前所未见的东西——那是一个只有狼和山才知道的秘密。那时的我年轻气盛,动辄就有扣动扳机的冲动。当时我认为,狼的减少会让鹿增多,这无疑是猎人们的梦想。然而看到老狼眼中那渐渐消失的绿色火焰后,我才感觉到,无论是狼,还是山,都不会认同我的那种想法。

从那以后,我看到各州都开展了剿灭狼群的行动,也看到了许多刚刚失去狼群的山的新面貌。南面的山坡上,到处都是鹿群踩出的乱七八糟的小径,能吃的灌木、幼树的嫩芽都被吃得一干二净。植物失去了细枝嫩芽,很快便衰弱、死亡了。那些能吃的树叶,只要够得到,都被鹿群吃掉了。看到这样的一座山,你会以为上帝得到了一把新剪刀,整天在山中修剪树木,忘却了其他事情。到了最后,鹿群的数量过于庞大,鹿最终因为食物不足饿死了。它们的骨头和干枯的鼠尾草一起变白,或在高处成排的松柏树下腐烂。

现在我想,如果说鹿群生活在狼群的阴影之中,那么山也生活在鹿群的阴影中,而且山看起来比鹿群更加忧虑。一只公鹿被狼吃掉,两三年后就会有新的公鹿取而代之;可是一座山被鹿群摧毁后,也许几十年都无法恢复原貌。

牛群情况也一样。牧牛人为了牛的安全,消灭了牧场周围的狼,却不知道自己无形中承担了狼群的工作——根据牧场的供应

---

① 来复枪,又称“来福枪”,枪管内有膛线的步枪。

削减牛的数量。他并不懂得像山那样思考。沙尘暴出现了，河流将我们的未来无情地冲进了大海。

我们都在极力追求安全、繁荣、舒适、长寿，以及单调的生活。鹿用柔韧的腿追求，牧牛人用毒药和陷阱追求，政治家用口诛笔伐追求，而大多数人则是用机器、选票和金钱追求。但无论采取何种形式，大家都为了一个目的：追求时代的和平。在这些方面取得一定的成功是好事，客观地说也是必要的。然而从长远来看，太多的安全反而会带来更大的危险。梭罗[①]说过："野地里蕴含着这个世界的救赎。"也许他已经为我们暗示了狼嚎中所隐藏的意义。这个意义，山早就明白了，可惜太多的人依旧不明白。

艾斯卡迪拉山

生活在亚利桑那州，脚下是茫茫草原，头顶是悠悠蓝天，放眼远眺，艾斯卡迪拉山挡住了视线。

骑马在白山的北面驰骋，你的脚下是草原。抬头望去随时随地看见的是艾斯卡迪拉山。

骑马在白山的东面驰骋，丛林茂密的平顶山令你眼花缭乱。每一个凹处都是一个小世界，在温暖的阳光下散发出松柏的清香和蓝头松鸦[②]的叽叽喳喳声，令人产生一种心旷神怡之感。然而当你来到山脊，立刻就会感觉到自己的渺小，无非是沧海一粟。高悬在白山边缘的便是艾斯卡迪拉山。

---

① 梭罗，亨利・戴维・梭罗（1817—1862），美国作家、哲学家、废奴主义者。著名的《瓦尔登湖》是他的代表作。

② 松鸦，中型鸟类。翅短，尾长，羽毛蓬松呈绒毛状，头顶有羽冠，遇刺激时能够竖直起来，羽色随种类不同而不同。主要以昆虫为食。

骑马在山的南面驰骋,映入眼帘的是蓝河错综复杂的峡谷,随处可见白尾鹿①、野火鸡和野牛。当你举枪准备射杀一只莽撞的鹿时,它已逃到了地平线上,向你说“拜拜”了。当你低头查看准星②,不相信自己失手时,艾斯卡迪拉山又出现在了远方。

骑马在山的西面驰骋,你会进入阿帕奇国家森林外缘的滚滚绿浪中。我们在森林中穿行,将这些树木想象成木材堆,以四十为单位在本子上计算着。当我们气喘吁吁地爬上山谷,觉得那些想象中的木材堆和浑身的汗、皂荚的刺、蚊虫的叮咬以及吵闹的松鼠之间存在一些奇异的不协调之处——本子上的数字遥不可及,而实物却近在咫尺。然而爬到一个山脊,一阵冷风呼啸着从林海吹过,吹走了我们的疑惑。艾斯卡迪拉山就高悬在远处河岸上。

山不仅限制了我们工作和游玩的范围,也影响到我们准备做一顿丰盛的晚餐。冬天的傍晚,我们常常埋伏在河边低地捕捉野鸭。野鸭很机警,只在西边绯红色的晚霞、北边铁青色的天空盘旋几圈,最后消失在黑黝黝的艾斯卡迪拉山里。假如它们展翅再次出现在河岸上,那么我们晚饭的烤锅里就会有一只肥嫩的野鸭。假如它们不再出现,我们只好继续吃熏肉和豆子了。

实际上,在地平线上有一个地方是看不到艾斯卡迪拉山的,那就是在艾斯卡迪拉山顶。在那里,你虽然无法看到山本身,却能感觉到它的存在,原因就在于灰熊③。

这位大脚老兄简直像一个靠打家劫舍发家的贵族——山大王,艾斯卡迪拉山就是它的大寨子。每年春天,当温暖的春风吹淡

---

① 白尾鹿,哺乳动物,因奔驰时尾翘起,尾底显露白色而得名。以草、灌木、嫩枝、菌类、坚果、苔藓为食。有季节性迁徙的习性,不喜结群。

② 准星,枪炮瞄准装置的一部分。通常位于枪炮管口上部。

③ 灰熊,大型动物。外形与黑熊相似,但毛色不同,幼年为棕黑色,老年为银灰色,脚掌裸露,具有厚实的足垫。以动物、鱼、昆虫等为食。

了雪地上的影子，这位身穿灰色衣衫的老家伙从冬眠的山崖洞穴里慢慢爬出来，顺着下山的路寻找食物，一头牛被它敲烂了脑袋。吃饱后，它又爬回了洞穴，靠着土拨鼠①、蹄兔、浆果和树根悠闲地度过夏天。

我曾亲眼看见了老灰熊杀死一头牛。牛的头骨和脖子都变得粉碎，那牛仿佛当头撞上一列高速行驶的列车。

从此再没人看到那只灰熊，但是在山崖下的泉水旁，你可以看到那些不可思议的脚印。看到这些足迹，连最固执的牛仔也会承认灰熊的存在。无论他们去了什么地方，都会看到那座山，从而想到灰熊。当人们坐在篝火边闲谈，除了啤酒和舞会，灰熊也是一个不可或缺的话题。大脚的灰熊每年只吃一头牛，而且基本上只在洞穴附近方圆几英里的地方活动，但是整个地区都能感受到它的存在。

那时，"进步"的风气刚开始蔓延到这个养牛区，传递进步的使者却是多种多样的。

其中之一是那个最先驾驶汽车横穿美国大陆的人。牛仔们懂得这位道路开拓者的心思，知道他和那些野马驯服者一样，大嗓门，爱说爱笑，喜欢虚张声势。

一位身穿黑色天鹅绒衣服的女士来到了这里。虽然他们不太明白，但是依然望着她，聆听她用波士顿口音解说妇女投票权的意义。

他们看到通信工程师在松树上架电话线，然后立刻就能知道城里的消息，觉得很惊奇。一位老人好奇地问，电话线能不能给他

① 土拨鼠，学名"旱獭"，也称"草原犬鼠"，小型啮齿动物。体毛呈黄色，夏天毛少，冬天会长出厚厚的绒毛，耳朵较深色，腹部较浅色，尾端为黑色或白色，鼻子与耳朵都很小，胡须黑色，长有黑色、弯曲、厚实的利爪。食物以植物为主。

送来一片熏肉。

一年春天,“进步”派来了一位捕兽员。他身穿工作服,是由政府出资雇用的寻找待杀之龙的圣乔治①。他问这里有没有危险的动物需要猎杀,当地人们回答他:“是的,有一只灰熊。”捕兽员整理好行李,捆在骡子上,然后朝着艾斯卡迪拉山进发了。

一个月后,他回来了,驴子驮着一张巨大的兽皮,步履蹒跚。镇上只有一个牛棚有足够的空间,供晾晒兽皮之用。为了猎灰熊,他想尽了一切能用的办法:陷阱、毒药等,但都不起作用。最后,他在那条只有灰熊才能通过的小路上,架设好一支扣上扳机的猎枪,等待着灰熊的出现。灰熊走上了那条小路,被射死了。

事情发生在六月。那张熊皮很脏,而且有些破洞,没有多大的价值。没能让灰熊留下一张像样的生皮,作为对它们族群的纪念,对我们来说简直是一种耻辱。它只剩下了头盖骨,被安放在国立博物馆,科学家们经常为了头骨的拉丁名字争辩不休。

当我们严肃思考了这些事情之后,产生了一个疑问:是谁为“进步”制定规则?

开天辟地以来,岁月便一直吞噬着玄武岩造就的艾斯卡迪拉山的躯体。它不断地损耗着,同时也在等待着、建设着。岁月在这座古老的山脉上建立了三种东西:一个庄严的外表、一个次要的动植物群落和一只灰熊。

杀死灰熊的捕兽员知道,艾斯卡迪拉山的牛群安全了。然而他不知道的是,他推倒了一座从世界诞生起,便开始建造的大厦的尖塔。

派遣捕兽员来的官员是一位生物学家,他精通进化结构学,却

---

① 圣乔治,基督教传说中的殉道者,生活在公元前3世纪,曾为搭救一位少女而杀死一条龙,因而被传为英雄。

不知道尖塔和牛是同等重要的。他缺乏预见性，没有预料到二十年后，那里会变成旅游地，更没有想到游客们最需要看到的是灰熊，而不是吃到牛排。

那些投票支持拨款帮助牧区消灭灰熊的国会议员，是拓荒者的后代。他们为自己祖先的优秀品质喝彩，却又千方百计毁灭祖先们辛勤的劳动打造出来的这一边区。

我们那些对捕杀灰熊持默许态度的林务官，都知道当地一个牧场主曾经在犁地的时候，发现了一把刻有科罗拉多军队指挥官名字的匕首。我们严厉谴责西班牙侵略者，他们为了黄金和改变其他人的信仰而杀害了大批无辜的印第安人。可是我们却没有意识到，我们也是侵略者，是一场自以为是的具有侵略行径的指挥官。

艾斯卡迪拉山依然威严地耸立在地平线上。但当你再看到它时，再不会产生有关于灰熊的联想了。它只是一座普通的山而已。

奇瓦瓦和索诺拉[①]

瓜卡马亚

物理美学是一门自然科学，如今仍处于“黑暗时代”，甚至研究弯曲空间的科学家，也没能解出其方程式。比如说，每个人都知道，秋天北部森林的景色无非是土地、红枫树，还有长着环状羽毛的松鸡。在传统的物理学意义上，松鸡只代表一英亩土地质量或能量的百万分之一。然而如果没有松鸡，所有的一切便会死去，巨大的动力便随之大量消失。

我们认为，那些损失只不过是我们想象出来的。清醒的生态学家会赞同这种观点吗？他们很清楚，曾经有过“生态之死”的说法，其意义是无法用现代科学术语表达的。一位哲学家将这种无法衡量的本质称为“灵魂”，与“现象”相对应。“现象”是可以用科学术语来描述和预测的，即便是最遥远的星星的运行和旋转。

北部森林的“灵魂”是松鸡，山核桃树丛的“灵魂”是蓝头松

---

① 奇瓦瓦和索诺拉，墨西哥的两个州，与美国的新墨西哥州和加利福尼亚州相邻。

鸦，沼泽地的“灵魂”是加拿大噪鸦①，长满松柏的丘陵、山地的“灵魂”是冠蓝鸦②。这些事情并没有记载在鸟类学著作中。可是在我看来，它们对科学来说是全新的，不管那些目光锐利的科学家觉得这些是多么明显。在马德雷山③中，我发现了它的“灵魂”——厚嘴鹦哥④。

人们对这种鸟感到新奇，因为很少有人光临过它们的藏身之所。如果到了那里，只有聋人和盲人才无法知晓它们在山林和地貌中所起的作用。事实上，当你还没有吃完早饭的时候，这些叽叽喳喳叫唤的鸟儿便飞离了悬崖上的鸟巢，迎着朝阳飞去，在天空中做起了晨练。它们有时会排成鹤群那样的方阵，盘旋着；有时还会大声地为一个问题争辩不休。争论的问题可能会让你感到惊奇：正从峡谷中冉冉升起的一天，是否比昨天更加蔚蓝，更加晴朗？支持和反对的意见各占一半，讨论没有得出结果。之后，它们分成不同的小分队，飞到高高的山顶上。那里已经为它们准备好了早餐——壳已经裂开的松果。这时，它们还没有发现你。

没过多久，你在山谷中沿着陡峭的小路上山时，那些眼尖的厚嘴鹦哥远在一英里外就发现了你这个怪物。在它们看来，那条小

---

① 加拿大噪鸦，即灰噪鸦。额头、脸颊、喉咙和覆羽为白色，长尾、后颈和背部为暗灰色，胸部和腹部为浅灰色。栖息于针叶林和混交林。主要吃昆虫、浆果、种子、菌类。

② 冠蓝鸦，亦称“蓝松鸦”，鸦科的一种。顶冠的羽色为薰衣草蓝或淡蓝色，颈后、翅膀内侧、尾羽内侧和面部为白色，腹部为米白色，颈部有黑色领环。食物以坚果、橡子、谷物为主，也觅食昆虫。主要分布于美国、加拿大等地。

③ 马德雷山，墨西哥的主要山脉，是包括从东、西、南三面环绕墨西哥高原的三条山脉的总称。

④ 厚嘴鹦哥，金刚鹦鹉的一种。躯体主要为绿色，前额、前冠、眉上、翼上及大腿都有红色或栗色斑纹，眼圈黄色，脚及喙都是深灰色至黑色。相当吵且活动力大的鸟种，其叫声尖锐且持续，偶尔听起来像是人的笑声，嘴喙有着相当的破坏力。主要取食种子、松果等。

径只有鹿、狮子、熊或者野火鸡才能通行。它们顾不上早餐，纷纷拍着翅膀呼啦啦朝你飞来。当它们在你头顶盘旋，你恨不得手中能有一本介绍鹦鹉的词典。它们叽叽喳喳地叫着，似乎都想问你来此有何贵干。它们像在开一个鸟类商会，想要知道你把此地和别地做比较后，是否更喜欢它们美丽的家乡、气候、居民，以及是否看好它们灿烂的未来。答案也许是其中之一，也许两种都有吧。突然，一股不祥的预感涌上你的心头——当进山的道路修好，这些热情而吵闹的厚嘴鹦哥将会遇到持枪而来的访客，那时它们该如何是好？

很快，厚嘴鹦哥就会发现你是一个笨嘴笨舌、无趣的家伙，对热情的马德雷山居然没有反应，连个口哨都没打一个。毕竟，森林中未开裂的松果一时比开裂的多，所以还是赶紧吃完早饭吧。

这一次，它们可能落在悬崖底下的树上，这给了你偷偷观察它们的机会。你会第一次清楚地看到它们的颜色，它们穿着天鹅绒绿的彩服，佩戴猩红色和黄色的肩章，头戴黑色的帽盔。它们吵吵闹闹，在松树之间飞来飞去，但始终保持着一定的队形，而且每个队伍的成员数量都是偶数。只有一次，我发现了一队是由五只厚嘴鹦哥组成的。

我不知道，那些成双成对筑巢的厚嘴鹦哥，是否和在九月迎接我的鹦鹉一样喧闹，不过到了九月，如果能在山中看到鹦鹉，那些谜底自然而然就揭晓了。

作为一个鸟类学者，我有责任准确地描述它们的叫声。初听上去，那种声音很像蓝头松鸦的叫声，但蓝头松鸦的叫声很柔和，如同笼罩着它们家乡峡谷的薄雾，还带有淡淡的乡愁。而这些被当地人称作“瓜卡马亚”的厚嘴鹦哥，叫声要洪亮得多，而且充满了高雅喜剧的那种热情。

有人对我说，春天时，一对对厚嘴鹦哥会飞到高大的枯树上，寻找废弃的啄木鸟巢穴，躲进去像隐士般，暂时不问世事，专心在巢穴中生儿育女、繁衍后代。可是什么样的啄木鸟会啄出那么大的洞，供厚嘴鹦哥容身？厚嘴鹦哥几乎和旅鸽一样大，在那种小洞里翅膀岂能扑扇？难道它们用自己坚硬的喙扩大啄木鸟的洞？还是占用帝啄木鸟的巢穴呢？因为有人发现了帝啄木鸟的踪迹。我很乐意将解决这个问题——这项愉快的工作，留给那些以后到这里拜访厚嘴鹦哥的鸟类学家。

绿色环礁湖

明智的人绝对不会故地重游。因为百合花开得越盛，越说明其中有人工雕琢的痕迹。故地重游不仅会糟蹋一次旅行，还会毁坏一个美好的记忆。只有在记忆中，野地之旅才能永远保持惊险和刺激的印象。正因为如此，自从 1922 年，我和弟弟一起划船拜访科罗拉多三角洲之后，再也没有去过那里。

我们所能告诉大家的是，自从 1540 年赫南多·德·阿拉康[①]第一次踏上科罗拉多三角洲之后，这里渐渐成了一个被遗忘的角落。我们来到了据说他的船曾经停泊过的河口，在那里扎营。

但在随后的几个星期里，我们没有见到一个人影，甚至连牛和刀砍斧凿的痕迹、残破的篱笆都没有看到。有一次，我们偶然发现了马车碾过的痕迹。是谁的马车？没人知道，但是他们的目的肯定是邪恶的。我们还发现了一个废弃的锡罐，我们都觉得它非常珍贵，我和弟弟都争着要自己留着。

---

① 赫南多·德·阿拉康（生卒年月不详），西班牙航海家，曾于 16 世纪率领一支探险队到南加利福尼亚探险。

我们帐篷边的牧豆树[1]上，栖息着黑腹翎鹌鹑，每天它都会用叫声唤醒科罗拉多三角洲的黎明。太阳从马德雷山后面爬上来，阳光洒在绵延一百多英里的美丽荒野上——一片被高低错落的山峰包围的巨大洼地。在地图上，科罗拉多三角洲被河流隔成了两部分。但当你身临其境，有时会感觉不到河流的存在，有时又感觉河流无所不在。因为河流连接着上百个绿色环礁湖，连它自己都不知道，如何才能愉快地、悠然自得地流向加利福尼亚湾[2]。于是，它干脆在所有湖泊之间流连。我们也照此行动。河流时分时合，蜿蜒曲折，有时在美丽的小树林里穿梭，有时迷路了，也玩兴不衰，我们似乎都被它的快乐感染了。对河流的这种蜿蜒曲折，我的忠告是：如果你想要旅行，就应该选择一条始终在陆地上流连而不愿到大海失去自由的河流做伴。

在我们乘着独木舟在那些绿色环礁湖中漫游之前，“他领我在安静的水边”这句话对我来说仅仅是《圣经》里的句子，如果大卫没有写下那么优美的赞美诗，我想我肯定无法抑制自己的冲动，而创作赞美美好事物的诗篇了。湖水静静地躺在那里，呈现出深沉的祖母绿，也许是绿色的海藻造成的吧。即使没有海藻，湖泊照绿不误。牧豆树和柳树一起，形成了一道绿墙，将河道与远处荆棘丛生的沙漠隔开来。

在每条河流的转弯处，都有一只白鹭站在前方的水塘里，就像

---

① 牧豆树，带刺的灌木或小乔木。常作为观赏树种栽培，也可作为干旱地区造林和水土保持的树种，生长速度中等。主要分布于巴西、哥伦比亚、委内瑞拉、墨西哥等地。

② 加利福尼亚湾，太平洋深入北美大陆的狭长边缘海，地处加利福尼亚半岛和墨西哥大陆间。科罗拉多河是汇入该海湾的主要河流。

一尊尊雕像，在水中留下了白色的倒影。一群群鸬鹚[1]伸着黑色的脑袋，在水面上飞来飞去，捕食越出水面的鲻鱼[2]；几只反嘴鹬、反蹼白翅鹬和黄脚鹬单脚站在沙滩上，正在打盹儿；一些绿头鸭、赤颈鸭和野鸭受到了惊吓，慌慌张张地朝着天空飞去，随后有序地排成了一支队伍，有时停下来栖息，有时又飞往我们身后。假如有一大群白鹭停留在远处一棵绿色的柳树上，远远望去，就像暴风雪提前到来了。

这些种类繁多的水鸟和鱼并非仅仅为我们而生。我们经常能看到赤猞猁，它们趴在一根半沉半浮的原木上，做好姿势，准备捕捉随时可能出现的鲻鱼。浣熊全家出动，在浅水区游荡，大口大口地吃着水甲虫。郊狼躲在岛上的土堆后面，偷偷地看着我们，准备找机会继续吃没有吃完的早餐。早餐主要是牧豆，偶尔也会吃一些瘸腿的鸟、鸭子或鹌鹑。每一处沙滩上，都能看到黑尾鹿的足迹。我们常常仔细查看这些足迹，希望可以根据它们找到科罗拉多三角洲凶暴的统治者——美洲豹[3]。

我们从来没有见到美洲豹的藏身之处，甚至连它掉落的毛发都没有见到一根，但在整个荒野，我们处处感受到它的存在。没有任何动物敢忘记它的存在，因为稍有不慎就可能就会有性命之忧。每一只鹿在准备穿过灌木丛，或是停下来吃牧豆的时候，都会警惕地闻一下，看看附近是否有美洲豹。野营的人围在篝火边，话题总是离不开美洲豹。在夜晚，狗不敢蜷缩起来入睡，除非待在主人身

---

① 鸬鹚（lúcí），水鸟名，俗称“鱼鹰”。羽毛黑色，有绿光，善捕鱼，生活在水边，用树叶、海藻等筑巢。主要以鱼类和甲壳类动物为食。渔人常用来捕鱼。

② 鲻（zī）鱼，常见的海产鱼类。体较长，前部近圆筒形，后部侧扁，头中等大小，两侧略隆起，背宽扁，吻宽短。

③ 美洲豹，亦称“美洲虎”，美洲大陆最大的猫科动物。它身上的花纹比较像豹，但整个身体的形状更接近虎，体形大小介于虎和豹之间。

边。无须他人提醒，它们知道，百兽之王在黑夜中依然拥有统治地位，巨大的脚掌一下就能拍倒牛，锋利的牙齿无疑是断头台，到了那里，什么骨头都被咬碎。

但是这时的科罗拉多三角洲，很可能变成了牧牛者的天堂，而那些爱冒险的猎人也不再对这里感兴趣。这些绿色环礁湖不再受到恐惧的侵袭，可是它的光辉也渐渐暗淡了。

当吉卜林①闻到了阿姆利萨城晚餐时的烟味，他应该为此写一首诗，因为此前还从没有诗人为这些绿色大地的木柴唱过赞歌，闻过此地木柴的青烟。也许，诗人们都是靠着无烟煤生活吧。

在科罗拉多三角洲，人们只烧最芳香的燃料——牧豆树。这些树木很古老，曾经接受过上百次冰霜和洪水的考验，历经千年太阳的烘烤，这些古老树木的“骨骼”变得又硬又脆，默默地躺在营地旁，随时准备化作晨雾中的一缕蓝烟，为茶壶歌唱，为面包赞美，使锅中的鹌鹑肉变成棕色，为人和动物送来温暖。如果你在荷兰烤锅下面放了一铲牧豆树木炭，那么睡觉之前千万不要坐在那里，否则余温会烫得你哇哇大叫，惊走了栖息在上方的鹌鹑。据说，牧豆树木炭有七条命呢。

我们曾在玉米地带用白橡木蒸煮食物，我们曾在北部森林用松木烧黑锅子，我们曾在亚利桑那州用桧木②烤鹿排。但当我们吃过用科罗拉多三角洲的牧豆树烤的一只肥嫩的大雁后，才终于找到了最完美的燃料。

---

① 约瑟夫·鲁德亚德·吉卜林(1865—1936)，英国小说家、诗人。主要作品有诗集《营房谣》《七海》，小说集《生命的阻力》和动物故事《丛林之书》等。1907 年吉卜林凭借作品《基姆》获诺贝尔文学奖，当时年仅四十二岁，是至今为止最年轻的诺贝尔文学奖得主。

② 桧(guì)木，亦称“刺柏”，常绿乔木。叶有鳞形和刺形两种，果实球形，木材桃红色，有香气。

那些大雁才应该被赋予美丽的棕色，因为我们整整用了一个星期才捕捉到它们。每天清晨，我们听到嘎嘎的大雁叫声，看见它们排成方阵，从加利福尼亚湾飞到内陆。过不了多久，又看到它们吃饱了肚子悄悄地飞回来了。哪个绿色环礁湖中的哪种美味最吸引它们呢？我们不断地跟着雁群方阵挪动营地，希望可以找到它们的栖息地，看到它们的宴会桌。一天早上，大约八点钟，我们看到一队雁群在天空中盘旋，分散开来，像纷纷飘落的枫叶，侧滑下来。经过这么长时间的努力，我们终于知道了它们的宴会地点。

第二天早晨，与昨天同一时间，我们躺在一处看似平常的泥沼附近，沙洲上满是雁群昨天留下的足迹。我们从营地走了很长的路才来到这里，早已饥肠辘辘。我的弟弟已饥饿难熬，于是掏出冰冷的烤鹌鹑打算吃起来。

然而正当他准备把鹌鹑肉放入口中时，天空中传来了一阵嘎嘎声，我们不敢动弹。弟弟呆呆地举着烤鹌鹑，和我一起看着雁群在空中悠闲地盘旋。它们犹豫着，争吵了好久，最终朝下飞来。枪声响了，烤鹌鹑落在了地上，但是被击落的大雁正在沙洲上垂死挣扎，它们即将成为我们的美餐。

越来越多的大雁飞过来了，在沼泽地上栖息。猎狗躺在我们旁边，浑身微微颤抖。我们躲在遮蔽物后面，安闲地吃着烤鹌鹑，听着雁群交谈，偶尔也看看它们。大雁们正在吞咽一些沙砾。一群大雁吃饱后，飞走了，另一群大雁又飞了过来，迫不及待地吃那些美味的沙砾。绿色环礁湖周围有数不清的沙砾，它们却对这里情有独钟。为了吃到这些独特的沙砾，雁群不惜飞行四十英里，当然，我们跋涉了那么多路赶来一看究竟也是值得的。

在科罗拉多三角洲，有数不清的小型猎物。在我们待过的营区附近，只要几分钟的时间，就能猎杀到足够第二天享用的鹌鹑。

假如你讲究烹饪，那么至少需要一个有霜的夜晚，将鹌鹑挂在牧豆树上冷冻，然后用牧豆树木炭烧烤，这是鹌鹑从飞鸟变成烤肉的必要步骤。

所有的猎物都肥得不可思议。每一只鹿都积累了厚厚的油脂。如果它们允许，它的背部的凹处足可以装一小桶水。显然，它不会允许我这么做。

这里为什么这么富饶，答案不难找到。每棵牧豆树和山芝麻上满是沉甸甸的豆荚。平坦而干燥的泥地上每年都长出一种青草。它那像谷物一样的种子可以搜集到一大杯。此外，还有一丛丛像咖啡草[①]那样的豆荚，从它们中间经过，你的口袋会装满脱了壳的豆子。

我记得有一片野南瓜地，面积达数英亩，鹿和浣熊咬开了冰冻的果实，露出了里面的种子。鸽子和鹌鹑在这丰盛的宴席上拍起翅膀，竞相争食，那场景就像熟透了的香蕉上叮着的一群果蝇。

我们当然不能，也不愿意吃鹿和浣熊吃过的东西，但是我们也分享了它们在这片“流淌着牛奶和蜜”的旷野里所激发出来的明显欢乐。它们那种过节般的快乐不禁感染了我们。我们尽情享受大家共同的富饶和幸福。我想不起自己在哪个开拓过的郡县有过这样的感受。

在科罗拉多三角洲露营，并不仅仅意味着吃喝玩乐，我们也遇到了一些问题，比如，缺水。湖水中盐分太高，而周围的河水太过浑浊，无法下咽。所以每当更换营地时，我们都会挖井。不过大多数的井水是来自加利福尼亚湾的咸水。

经过努力，我们终于找到有淡水的地方。当我们拿不准新挖

① 咖啡草，多年生草本植物，欧洲菊苣的一种栽培类型。根肉质肥大，形似萝卜，俗称“咖啡萝卜”，含有大量菊糖、绿原酸和苦味质等成分。

出的井水好不好喝时，就会将猎狗牵到那里。如果它痛饮起来，那么就说明我们可以在此安营扎寨，将独木船拉上岸，生火、搭帐篷。然后我们坐下来，似乎与整个世界相融。荷兰烤锅里的鹌鹑吱吱作响，太阳收起光辉，藏到了圣佩德罗马蒂尔山后面。吃过晚餐，收拾好餐具，我们讨论着一天的收获，伴随着种种夜晚的声音进入梦乡。

我们从来不会制订第二天要干什么的计划，因为我们知道，每天早餐前，这茫茫荒野总会出现一些新奇、让我们无法抗拒的诱惑。我们就像河流，漫无目的地漫游。

在科罗拉多三角洲，想按照计划旅行并不是一件简单的事。每当我们为了看得更远而爬上三角叶杨，就会想到这句话。站在树上，我们可以看见很远的地方，便于打消继续前行的念头。特别是西北方，我们几乎不敢看。一条白色斑纹悬浮在马德雷山山脚下，与海市蜃楼融成一体。那是含盐度极高的大沙漠。1829 年，亚历山大·帕第准备穿越科罗拉多三角洲前往加利福尼亚州[①]，可是因为饥渴、劳累和蚊虫叮咬，死在了大沙漠中。

有一次，我们决定沿着水路，从一个绿色环礁湖到另一个更绿的环礁湖去。水鸟在上面盘旋，我们就知道那下面是湖。如果从密密麻麻的箭木阔苞菊[②]中间穿过去，两个湖相距三百码左右。箭木阔苞菊是一种高大的灌木，长得很像长矛，密密麻麻挤在一起。然而在激流面前，这些坚挺的长矛也弯曲了。它们像凶猛的马其顿步兵方阵，挡住了我们前进的道路。我们只好小心地撤退，

---

① 加利福尼亚州，位于美国太平洋沿岸，北接俄勒冈州，东界内华达州和亚利桑那州，西濒太平洋，南邻墨西哥。州首府为萨克拉门托。

② 阔苞菊，灌木。叶互生，呈倒卵形或楔状倒卵形，花筒状，果有棱，冠毛一层，白色，干后稍带褐色。

不断说服自己还是原先的那个湖更好。

如果落入箭木阔苞菊中,如同被困在一个方阵迷宫里,那才是真正的危险。然而并没有人向我们提起这事,而曾经警告过的那些危险,我们却未曾遇到。有人告诉我们,当我们将独木舟推到岸边时,可能会遭遇突如其来的死亡危险。他们说,比独木舟更大、更坚固的船,都可能瞬间被潮涌吞没。潮涌,就是加利福尼亚湾的潮水涌上河流形成的一道水墙。对此我们仔细地讨论后,做了应对潮涌的方案。在梦里,我们看到海豚骑在潮涌顶端,海鸥鸣叫着,在空中为潮涌护航。到达河口时,我们将独木舟挂在了树上,在那里等了两天。潮涌没有来,我们反而有些失望。

科罗拉多三角洲地区的很多地方没有具体的地名,我们必须一路为它们命名。例如,我们在空中见到了珍珠模样的东西,所以把那里命名为“瑞力多”。

我们仰天躺在草地上,沐浴着十一月的阳光,悠闲地看着一只美洲鹫[①]在天空中翱翔。忽然,美洲鹫身后的空中突然出现了一些旋转着的白点,时隐时现。我们隐隐约约听到了它们的叫声,知道那是鹤。它们发现了科罗拉多三角洲,并且认为这是一个不错的地方。

那时,我的鸟类知识都是自学得来的。虽然它们是沙丘鹤,但看到它们那么雪白,我更喜欢把它们当成美洲鹤。不过,它们叫什么并不重要,重要的是,我们正在和最狂野的鸟类分享这片野地。我们在遥远、僻静的地方,找到了共同的家,仿佛一同回到了更新世。如果我们真的回到了更新世,我们就高声和它们打一个招呼。时至今日,我依然看到它们在天空中盘旋。

---

① 美洲鹫,大型猛禽。分布于美洲的飞鸟,头颈裸露而有肉瘤。以腐肉为食。

这些事情过去很久了。有人跟我说那些绿色环礁湖盛产甜瓜，如果真的是这样，那么那里肯定是瓜果遍地了。

人们总喜欢残杀自己喜爱的事物，作为拓荒者，我们毁掉了自己喜欢的野地。有人说，我们这么做是迫不得已。但不管怎么说，如果年轻时不曾狂野过，我宁愿自己不再年轻。假如地图上没有空白点，那么即便有四十种自由，又能怎么样呢？

加弗兰之歌

河流之歌一般指河水拍打岩石、冲刷树根、拍击河滩时发出的韵律。

加弗兰河就有一首这样的歌。那是一种欢快、悦耳的声音，为涟漪的舞蹈歌唱，也为那些藏在悬铃木[①]、橡树和苔藓斑驳的松树根下面肥胖的虹鳟鱼[②]而歌唱。这种音乐很有用处，山谷中回响着淙淙的流水声，从山上下来饮水的鹿和火鸡再也听不到人和马的脚步声。当你从转弯处绕出，如果你眼疾手快，或许就能射中某只猎物，而不必辛辛苦苦地爬上高处眺望。

河流之歌传遍了大山的角角落落，每一只耳朵都能听到。但大山中还有其他的音乐，并非每只耳朵都能听到。即便只是要听到其中的几个音符，你也得在这里住一段很长的时间，而且还要懂得大山和河流的语言。选一个寂静的夜晚，篝火行将熄灭，金牛宫的七星高悬在悬崖边上，你静静地坐下来，仔细聆听是否有狼嚎，

---

① 悬铃木，落叶乔木。树形雄伟，根系分布较浅，枝叶茂密，叶片具吸收有毒气体和滞积灰尘的作用，是世界著名的优良庭荫树。

② 虹鳟鱼，冷水性鱼，因成熟个体沿侧线有一棕红色纵纹似彩虹而得名。体形侧扁，口较大，斜裂，吻圆钝，上颌有细齿。以鱼类、贝类及陆生和水生昆虫为食，也食水生植物的叶子和种子。

用心地回想自己见过的事物，并且试着理解它们。然后，你就能听到那种音乐——一种跳动着的巨大乐声。它的音符就刻在千山万壑之上，它的音符是山中生命的生或死，它的节奏可能稍纵即逝，也可能持续几个世纪。

每一条河流都在唱着自己的生命之歌。但是在大多数的河流里，因为掺入太多不和谐的音符而毁坏了。过度放牧让植物惨遭灭顶之灾，继而殃及土壤；来复枪、陷阱和毒药进入草原、森林，大范围的鸟类和哺乳动物几近灭绝；错综复杂的道路伸进了森林和公园，游客出现了。公园的设立原是想让许多人听到音乐，然而当大家做好准备聆听时，听到的只有噪音。

以前的人能够居住在河边，而不扰乱河流生命的和谐。加弗兰河河边，肯定有成千上万的人居住过，因为他们的劳作所留下的痕迹处处可见。随便登上一座横跨山谷的吊桥，你都会发现自己待在岩石阶梯或拦水堤坝上，每一层顶端与上一层底部相连。每个水坝的后面都有一小块土地，从前那是耕地或菜园，利用相邻的陡峭山峰流下的泉水进行灌溉。在山脊的顶部，还残留着一座瞭望塔的石砌地基。也许农民曾在那里站过，守卫着他那小小的农田。他曾经从河里取水，显然他家中没有什么牲畜。他在地里种植何种作物？这是多久前的事情？也许只有那些根植于他们自己田地上、生活了几百年的橡树和松柏会知道一些零星的答案，显然，它们在此地生根、发芽之前，农民便已经在这里定居了。

鹿喜欢躺在这些小台地上，因为这里有平坦的地面做床，上面铺着松软的橡树叶，还有灌木做屏障。假如敌人出现在水坝附近，鹿可以立刻闻风而逃。

一天，我趁着呼呼风声，匍匐着悄悄接近一只在水坝上睡觉的鹿。它躺在一棵大橡树的阴影中，橡树根牢牢地嵌入水坝的基石。

在鹿旁边金黄色的格兰马草和暗绿色的龙舌兰[1]映衬下，鹿角和鹿耳格外显眼。整片景色非常有平衡感，如同摆放得当的餐桌饰品那样令人赏心悦目。我的箭射偏了。鹿逃掉了，箭却将古老印第安人放置的岩石击碎了。

鹿跳着、蹦着，还挥动着白色的尾巴，仿佛在和我“告别”。我忽然觉得我和它变成了寓言里的人物。虽然历经风云变幻、时代变迁，但这种追逐却不断上演，并且还将继续着。没有射中它，但我没有失落感。因为当我现在的菜园中有一棵橡树生长变粗时，我也希望会有一只鹿在它下面休息。我也希望有猎人悄悄靠近，却没有射中它。然后猎人心中可能会想：菜园中的这道墙是谁建造的？

某天，我的鹿将落入猎人的枪口，光滑的肋部被 30 – 30 型的子弹射穿。一只蠢笨的小公牛会占用它在橡树下舒适的睡床，并且贪恋地咀嚼附近金黄色的格兰马草，杂草取而代之。然后，洪水泛滥，摧毁古老的水坝，将碎石块冲到下游旅人行走的路边。卡车将碾过古老的小路，扬起滚滚尘土，而昨天我还在那条小路上看到狼的足迹。

表面看来，加弗兰河地区是坚硬而多岩石的地区，到处都是贫瘠而陡峭的悬崖峭壁。这里的树木树瘤累累，木材价值不大。这里的山坡很陡，不适合放牧。但是加弗兰古老的拓荒者没有被骗，反而凭经验看出这是一块“流淌着奶与蜜”的神奇土地。

这些橡树和松柏虽然长得歪歪斜斜，可是每年都挂满了累累的果实，足以让野生动物们饱餐。鹿、火鸡、野猪，就像玉米地里的小公牛，吃了果实，长出了肥美的肉。金黄色的格兰马草随风轻

---

① 龙舌兰，多年生草本植物。叶呈莲座式排列，叶片坚挺，四季常青，花黄绿色。

摆，露出了底部的球茎和球根，还有一些野马铃薯。割开一只胖嘟嘟的小鹌鹑的嗉囊[①]，你仿佛在参观一个地下食物的标本室。这些食物，都来自那块你眼中的贫瘠之地。它们是食物链中最原始的动力。

所有地区，都有一种丰富的人类食物，象征当地物产丰富。在加弗兰河地区，这种象征就是公鹿肉的烧法：在十一月与一月之间杀一只吃果实长肥的公鹿，挂在橡树上，经过七个夜晚的霜冻和七天太阳的曝晒，从鹿腰部的油脂团里切下还未完全冻结的肉块，将肉块横切成肉片，在上面抹上盐、胡椒和面粉，再将肉片放入荷兰烤锅。烤锅下烧着橡木炭，锅中的熊油一旦冒出白烟，肉片变成棕色，便将它们取出。之后，在油中放入一些面粉，倒进一些牛奶和冰水。最后，将肉片放在热气腾腾的发酵面包上，在上面浇上浓浓的汤汁。

这种烹调方法极具象征意义，就像公鹿躺在生它、养它的山上，金黄色的浓汁就是照耀在它生命中的灿烂阳光。

食物是连接加弗兰河之歌的音符。在这里，我所说的不仅是动物的食物，也指橡树的食物。橡树成了公鹿的食物，公鹿成了美洲豹的食物，美洲豹死在橡树下，化作肥料被橡树吸收，回到了橡树果实中。

这个循环仅仅是众多循环之一，从橡树开始，最终回归橡树，完成了一次食物链的循环。橡树也为松鸦提供了食物，松鸦成了苍鹰的食物——我们这条河就是以“苍鹰”命名的；橡树也喂养了熊，熊给你提供了油脂，供你烹调肥美的肉汁；橡树也喂养了鹌鹑，它教会你许多植物学知识；橡树也喂养了许多火鸡，这些火鸡多次

① 嗉(sù)囊，也称“嗉子”，鸟类消化器官的一部分，在食道的下部。

逃过了你的枪口。这些循环又有一个共同的目标，就是帮助加弗兰河在广阔的马德雷山中造就一些好土壤，长出另一棵橡树。

有一些人的任务就是研究植物、动物和土壤的结构，这三者就像一个巨大交响乐团里的乐器，而研究它的人被称为“教授”。教授各自挑选一件乐器，穷一生之力拆开它，描述其中的“弦”和“共鸣板”。这个分析的过程就叫“研究”，进行研究的地方叫作“大学”。

每一个教授都会拨动自己的乐器，但绝不会拨动别人的乐器。即便他听音乐的时候，也绝不会承认自己在分析别人的乐器。教授都被圈在一种固定不变的规矩中，这些规矩认定，研究乐器构造属于科学的范畴，而探索音律的和谐则是诗人的研究领域。

教授服务于科学，而科学服务于进化。科学为进化做了巨大贡献，于是急着让自己拓展到所有落后的领域，在这个过程中，许多复杂的乐器被践踏破坏了，再也无法演奏出优美的乐曲。但对教授来说，只要能在乐器毁灭之前将它们分类，他就心满意足了。

科学除了为这个世界带来物质财富，也带来了道德财富，其中最主要的就是提倡客观性和科学性。这意味着，事实之外的所有事物都应当受到怀疑，被其剔除，任凭砍掉的碎片四处飘零。一番劈砍之后，人们得到了这样的事实：每一条河流都需要更多的人去开发，所有的人都需要更多的发明，因而更需要科学。美好的生活依赖于这个逻辑的无限制扩展。但是科学忽略了一个事实：无论在哪条河流上，想要获得幸福生活，也需要感知和保护好河流音乐。

在科学还没有发现加弗兰河之前，水獭[①]依然可以在水塘中自由自在地玩耍，追逐藏在满是苔藓的河岸下的虹鳟鱼，在水面上漾起层层涟漪。但它肯定不会知道，将来的某一天，大水将会把河岸卷入太平洋；它也不会想到，将来的某一天，钓鱼的人将会和它争夺虹鳟鱼的享用权。如同科学家一样，它们从不怀疑自己对美好生活的计划。在它们看来，加弗兰河会永远为它们而歌唱。

---

① 水獭(tǎ)，哺乳动物。躯体长，吻短，眼睛圆而突出，耳朵小，四肢短，背部为咖啡色，腹面呈灰褐色。以鱼、鼠、蛙、蟹、水鸟等为食。

俄勒冈州和犹他州[1]

旱雀麦[2]来接班

有道是盗亦有道，有害的动植物之间也讲团结协作。当一种有害动植物遭遇困难时，另外一种动植物就会出手相助，构筑防御工事抵挡来敌。到最后，每个地区和每种资源，都被这些不请自来的客人占去了一定份额。

当马匹的数量逐渐减少，英国麻雀不再被视为害鸟，而椋鸟随着拖拉机的普及，取代了英国麻雀的害鸟位置。当栗疫病[3]无法冲出栗树的西部疆界时，荷兰榆树病[4]趁机而来，甚至蔓延到了榆树西部疆界之外。白松疱锈病[5]遭到了平原的阻碍，因为那里没

---

① 犹他州，位于美国西部，被落基山脉、科罗拉多高原和大盐湖沙漠所包围。州首府为盐湖城。

② 旱雀麦，一年生草本植物。是草原主要牧草之一，带入麦田后，成了难以根除的恶性杂草。须根细弱，秆直立，丛生，光滑，叶呈撕裂状。

③ 栗疫病，由寄生内座壳所引致的一种植物疾病。最初由东方传入美国纯属偶然，1904 年首次见于纽约动物园，结果毁掉美国、加拿大几乎全部的美洲栗，在其他一些国家也造成毁灭性的影响。

④ 荷兰榆树病，一种广布的致死性榆树真菌病。约在 1920 年出现于荷兰，1930 年始见于美国，并迅速蔓延至极易感染的美洲榆树的生长区域，无法遏止。

⑤ 白松疱锈病，一种由真菌引起的威胁白松的疱锈病。病树的韧皮部被破坏，高生长、粗生长和针叶长度都受一定的影响，当年主干受害的幼树，大多数于次年春季死亡。

有树木供它们传播，于是它们另辟了新的登陆路径，沿着落基山脉，迅速地从爱达荷州扩散到加利福尼亚州。

生物偷渡者都是跟着最早的拓荒者纷纷涌进来的。瑞典植物学家彼得·卡姆发现，早在1750年，欧洲大多数的杂草已经登陆新泽西州[①]和纽约州[②]了。拓荒者的锄头所到之处，杂草随之跟进，其势力范围便日益扩大。

其他的偷渡客稍后也从西部来到那里。它们发现了被牲畜践踏出的几千平方千米的土地，于是在这块巨大的苗床上迅速繁殖，速度之快几乎令人无法想象。在某个春天的早晨，当人们醒来，就发现牧场又被一种全新的杂草占领了。旱雀麦入侵山腰和西北部的山麓，就是一个很典型的例子。

为了让你对旱雀麦不产生过于乐观的想法，我需要说的是，旱雀麦这种植物不会形成一片生机勃勃的草地。它和看麦娘[③]、马唐[④]一样，都是一年生草本植物。每年秋天，它们都会凋零，当年秋天或第二年春天自播[⑤]繁殖。在欧洲，它们往往生长在屋顶腐烂的茅草里。屋顶的拉丁文是“tectum”，旱雀麦的学名是“Bromus tectorum”，意思为“屋顶的雀麦”。它能够在屋顶上生长，也能在这片肥沃却干燥的新大陆上茁壮成长。

---

① 新泽西州，位于美国东部，北接纽约州，东面大西洋，南向特拉华州，西临宾夕法尼亚州。州首府为特伦顿。

② 纽约州，位于美国东部，东南滨大西洋，东邻康涅狄格州、马萨诸塞州及佛蒙特州，北界加拿大魁北克省，西北滨安大略湖及圣劳伦斯河，西临伊利湖并以尼亚加拉河与加拿大分界，南接宾夕法尼亚州及新泽西州。州首府为奥尔巴尼。

③ 看麦娘，一年生禾本科植物。秆少数丛生，细瘦，光滑，叶鞘光滑，叶舌膜质，叶片扁平。生于海拔较低的田边及潮湿之地。

④ 马唐，一年生禾本科植物。秆直立或下部倾斜，叶鞘短于节间，叶片线状披针形，基部圆形，边缘较厚，微粗糙。

⑤ 自播，种子落下而自行播种。

如今，西北山麓的山丘呈现出蜜色。那里曾经覆盖着富含养分、用途广泛的丛生禾草或冰草，现在这种颜色却是低劣的旱雀麦的颜色，它们取代了当地土生土长的草。当汽车司机的目光被山所吸引，视线随着那些流畅的线条延伸到顶峰，他们会发出赞叹。但他们并不会注意山上的草已经发生了改变。他们不知道，大山也懂得化妆，用生态化妆粉遮盖被人类破坏的容颜。

这种变化是过度放牧引起的。数量过于庞大的牛群和羊群啃掉和踩踏山麓上的草皮，因此需要一些东西将光秃秃的土地遮盖起来，旱雀麦承担起了这项使命。

旱雀麦是成簇成簇生长的，茎上长着一团刺，想要食用它的牲畜根本无从下口。如果你想体会一下想吃成熟旱雀麦的牛的尴尬，可以穿着短筒靴从这种草丛中经过。在生长着旱雀麦的田野里工作的人，都穿着长筒靴。穿尼龙袜的人只能坐在汽车里，或行走在浇上水泥的人行道上。

旱雀麦的芒刺极易燃烧，燃烧的旱雀麦如同给秋日的山麓盖上了一条黄色的棉絮。生长着旱雀麦的田野想要避免火灾几乎是不可能的。大火过后，低处适合动物食用的蒿和苦树丛等都消失了，只有在高处还有一些残留。但这并没有多少意义，冬天的时候，动物并不会到高处去啃食它们。低处的松林也被烧没了，冬天，鹿和鸟类失去了躲避风寒的场所。

对夏天的观光客来说，山麓上烧掉了几丛灌木，他们并不会在意。他们并不知道的是，冬天时，大雪将动物从高山上赶下来。牲畜能在山谷的牧场中找到食物，但鹿和麋鹿[1]却无法从光秃秃的山麓上找到食物，因此会被饿死。只有少数几个地区适合过冬，越

---

① 麋鹿，世界珍稀动物，属于鹿科。因为它头像马，角像鹿，颈像骆驼，尾像驴，被称为“四不像”。

往北，冬季牧场和夏季牧场差别越大。

现在，随着旱雀麦引发的火灾越来越旺，零散生长在山麓、丘陵的苦树丛、蒿和橡树丛等几乎没有了容身之地。而这些植物存在与否，决定了当地的野生动植物是否能存活。而且，这些植物还形成天然的屏障，保护着当地仅存的一些多年生的草本植物。它们被野火烧掉了，那些残存的草暴露出来，被牲畜吃掉了。猎人们和牧人们吵得不可开交，还在争论谁应当为减轻冬季牧场的负担而先采取行动，旱雀麦却在不断扩张自己的地盘，留给人们的冬季牧场越来越小，他们也就无争吵的余地了。

当然，比起鹿饿死或牛被旱雀麦的芒刺扎到嘴这些麻烦，旱雀麦还带来了许多小麻烦，这里需要说一说。旱雀麦侵入了古老的紫花苜蓿田，大大降低了牧草的品质；它们挡在路上，影响了刚破壳而出的小鸭从高处的窝里走到低处的水边。对小鸭而言，这趟旅行与它们的性命攸关。而且，旱雀麦也侵入了低矮的林木区，使得小松树苗窒息而死，还给大树带来了可能的火灾危险。

我曾亲身受到旱雀麦带来的小麻烦。那时，我到了北加利福尼亚州边界的一个“进口港”。检疫员拦下了我的车，仔细检查车和行李。他很有礼貌地解释说，热情的加利福尼亚州欢迎游客光临，但游客的行李中不能带有疫情的植物或动物。我问他哪些植物、动物被列入有害名单，于是，他给我列出一长串侵扰菜园和果园的害虫，但其中没有旱雀麦。原来旱雀麦在这里已长成了一片金黄色的地毯，从他的脚下向四外延伸，直至远方的山丘。

如同鲤鱼、椋鸟和碱蓬的经历一样，受到旱雀麦侵袭的地区逆来顺受，并且将入侵者变得对自己有利。刚冒头、柔嫩的旱雀麦是一种很好的草料。也许，你中午吃的牛排，也有那些旱雀麦的一份功劳。旱雀麦又遏阻了过度放牧，但另一方面，它也减少了过度放牧可能引起的土壤侵蚀。这种生态链条上的“大风吹游戏”,颇值得我们深思。

我仔细地倾听,想知道西部是否把旱雀麦当成不可避免的浩劫,从而接受了它;想知道西部是否做好了准备,同旱雀麦一起生活到世界末日;想知道西部是否把旱雀麦当成警示,一种纠正过往滥用土地的警示。

我发现,几乎所有人的态度都令人绝望。到目前为止,人们对野生动植物的拥有并没有感到自豪,面对环境恶化和破坏也没有感到羞耻。我们坐在会议厅或编辑室里,为了自然资源的保护同想象中的敌人战斗,却不肯到那些偏远未开垦的土地上,同破坏环境的行为展开切实的斗争。

曼尼托巴省[①]

克兰布依

我担心的是，教育会让你在了解某种事物的同时，却对另外一种事物熟视无睹。

沼泽的特质便是被我们大多数人熟视无睹的东西之一。在我热情地将一个朋友带到克兰布依观光时，我意识到了这一点。我发现，在他看来，克兰布依只是一个比别处更加荒凉且船只来往不便的鬼地方。

奇怪的是，所有的鹈鹕[②]、游隼、塍鹬[③]和西鷿鷉[④]都知道，克兰布依是个独具魅力的地方。要不然，还有什么原因会让它们放弃其他沼泽，对此地情有独钟呢？还有什么原因会让它们憎恨我的闯入，认为这种闯入不但是非法的，而且还是破坏宇宙秩序的行

---

① 曼尼托巴省，位于加拿大中南部的一个省。曼尼托巴省下辖十个城市，省会为温尼伯。

② 鹈鹕（tíhú），现存鸟类中体形较大者之一，最显眼的是嘴下面的那个大喉囊。大喉囊可以自由伸缩，是它们存储食物的地方。主要捕食鱼类。

③ 塍（chéng）鹬，大型长喙滨鸟。夏季羽毛红褐色，冬羽则转为灰色，繁殖于冰岛和横跨欧亚的潮湿平原。

④ 西鷿鷉（pìtī），游禽，鷿鷉的一种。外形略像鸭，翅短，不善飞。主要以小鱼等水生生物为食。

为呢？

我想，其中的奥秘也许很简单。无论在空间上，还是时间上，克兰布依都是个与众不同的沼泽。只有那些不加批判、接受历史的人，才会以为1941年的所有沼泽是一样的。对此，鸟类比我们更加清楚。一群南飞的鹈鹕只要感觉到大草原的微风在克兰布依之上吹动，便立刻感受出这片沼泽的独特之处，知道这里曾在地质史上有过辉煌，如今成了逃避最冷酷的侵略者——未来——最好的避难所。它们发出奇怪的洪荒时代的咕噜叫声，平稳地朝着热情的原野盘旋、降落，但这地方已属于过去。

在鹈鹕之前，一些避难者已经到了，它们无不试图以自己的方式让时间停滞。加拿大燕鸥[①]在沙滩上尖叫，就像一群快乐的孩子；最先融化的冰河，让它们准备捕捉的米诺鱼[②]的脊背发冷。一列沙丘鹤只要见到陌生和惧怕的东西，都会发出尖叫声来挑战。一群天鹅排列有序，像整齐的舰队一样从港湾上安静而庄严地游过，似乎在哀悼像它们一样的高贵事物的消失。

从饱受暴风雨肆虐的白杨树林边缘开始，沼泽与湖泊相连，一只游隼正在戏弄一只路过的鸭子。它的肚子里已经塞满了美味的鸭肉，现在则是吓唬那只不停尖叫的鸭子取乐。早在阿加西兹湖还覆盖着这片平原开始，游隼就经常以此为乐了。

想要为这些野生动物的态度分类，是一件很容易的事，因为它们都毫不掩饰地表达着自己的情感。但有一种避难者很特殊，我始终无法读懂它，因为它拒绝和入侵的人类交往。其他的鸟儿都

---

① 燕鸥，一种海鸟。头顶黑色，尾较长、分叉，嘴形细长，嘴峰直形或几乎直形，不成弧状，脚短而细弱。因与家燕的尾形相似而得名。以昆虫、小鱼为食。

② 米诺鱼，北美多种小型鱼类的总称。体色不一，从金黄色到绿色，是鱼类、鸟类和其他动物的重要食物。

很容易地信任那些穿着制服的高傲的人类，可是西鹏鹛却绝不会这么做。我小心翼翼地靠近沼泽边缘的芦苇，尽量不发出声音，可是它只是银光一闪，沉入水中，然后无声地消失在小水湾中。之后，它在远远的对岸的芦苇幔帐后面发出了一声细微而清脆的声响，似乎在警告同类。不过，它到底在警告什么呢?

我猜不透，因为这种鸟和人类之间横着一条无法逾越的鸿沟。我的一个朋友从他的鸟类名单中找到“鹏鹛”，根据声音将它的叫声随手记为“克力克，克力克”，又记了其他一些无关紧要的东西后，便不再理会这种鸟了。

他并不知道，那叫声不是普通的声音，而是包含了许多秘密。我们要做的，不是简单地将那种声音模仿性地记下，而是去理解，去阐发。但这方面我和那个朋友一样无能为力。

春光渐好，那种清脆的叫声依然在响起。黎明时刻、黄昏时分，这些叫声会从解冻的水域上传来。我猜想，也许幼小的西鹏鹛正一边接受父母生存哲学的教育，一边开始它们的水上新生活。不过想要看到这种练习的场面，并不是一件容易的事情。

有一次，我趴着藏在一个肮脏的麝鼠窝中。我的衣服颜色与周围的沼泽相近，而我也试图拼命了解沼泽。一群小鸭在一只母鸭的保护下从附近游过。小鸭有着粉红色的喙和一身泛着绿光的金黄色的软毛。一只弗吉尼亚秧鸡从这里经过，差点儿碰到我的鼻子；一只鹈鹕从远处飞来，影子在水塘上掠过；一只黄脚鹬伴随着婉转的啼鸣，落在了池塘上。我想要写一首诗非得绞尽脑汁，可是黄脚鹬却只要抬抬脚，一首优美的诗就出来了。

一只臭鼬从我后面滑行上岸，用鼻子使劲儿地闻，寻找猎物的气味。沼泽鹪鹩频繁地在芦苇丛中穿梭，不时还因为筑巢发出一些鸣叫。温暖的阳光洒在身上，我打起了盹儿。

突然，一个鸟头从开阔的水面上冒了出来，一双狂野的红眼睛四处张望。它发现四周一片安静，银色的躯体也从水塘里露出来，大小如同一只鹅，细细的身子，像一枚细长的鱼雷。

正在我琢磨着第二只在何时或何处出现时，我看到在它宽阔的背上驮着两只珍珠般银色的幼鸟，被栅栏似的翅膀包在其中。我屏住呼吸，生怕吓跑了它们，可是它们已经拐过一个弯，不见了。芦苇幔帐中，又响起了那种清澈的、脆而略带嘲弄的叫声。

历史感应当是自然科学和人文学带来的最宝贵的礼物。但我在想，也许那些既不懂自然科学，又不懂人文学的西鸊鷉，比我们更懂历史。它们那原始的头脑很混沌，并不知道谁是哈斯汀战役①的胜者，但它们却明白谁是时间战役的胜者。倘若人类的祖先能和它们的祖先一样古老，也许我们可以从它们的呼唤中读懂更多。试想，人类只经过了几个世纪，赋予我们如此多的传统、骄傲、鄙夷和智慧，那么出现在人类之前，历经数亿年的西鸊鷉，看到自己在时间长河中绵延不绝，该是何等的骄傲？

根据某些权威的说法，西鸊鷉的叫声是沼泽合唱的统一者，也是主宰者。更古老的说法是，西鸊鷉挥动着控制整个生物界的权杖。一个时代又一个时代，当水位逐渐降低，是谁在打着节拍，指挥巨浪一个接一个地为沼泽制造暗滩？是谁将吸收阳光和空气的任务委派给西谷椰子②和藨草③，以保证麝鼠不会在冬天饿死，保

---

① 哈斯汀战役，又称“黑斯廷斯战役”，1066 年 10 月 14 日，英格兰国王哈罗德·葛温森的盎格鲁－撒克逊军队和诺曼底公爵威廉一世的军队在黑斯廷斯（英国东萨塞克斯郡濒临加来海峡的城市）地域进行的一场交战，此战役被认为是欧洲中世纪盛期开始的标志。

② 西谷椰子，常绿乔木。茎干单生，由茎基部生多数萌芽，叶为羽状、绿色，颇似椰子，叶柄较粗大，上凹下凸，下脊部着生长刺。

③ 藨（biāo）草，多年生草本植物。生于水边或沼泽地，秆单生，粗壮，三棱形，叶片短条形，秆可编席或用以缚物，也可做造纸原料。

护沼泽不会因缺乏有生命的灌木植物被藤蔓吞噬？是谁在白天安排鸭子耐心地孵蛋，晚上激起臭鼬的嗜血欲望？是谁在苍鹭捕猎时提醒它，长嘴出击时要更加准确？是谁告诫隼，觅食时速度要更快？

由于我们不懂这些告诫的声音，便以为这些告诫不存在，认为那些动物的技巧都是与生俱来的，认为它们的勤奋是出于自发，而且它们几乎不知道疲倦。也许，不知疲倦的只有西鹏鹛；也许是西鹏鹛提醒着它们，如果想要生存，就必须更加努力地寻找食物、战斗、繁衍后代、死亡。

曾经遍布在伊利诺伊州至阿塔巴斯加区间草原上的沼泽地，正往北退缩。人类不能只靠沼泽生存，因此，人类必须学会在没有沼泽的条件下生存。“进步”无法容忍耕地和沼泽、野生的和驯服的，和谐包容地共存。

因此，挖泥机、排水管、火炬进入了沼泽，将那里变成了干燥的玉米地，而且打算继续开发小麦地。蓝色的湖泊变成了绿色的沼泽，绿色的沼泽变成了干稠的泥浆，干稠的泥浆变成了麦田。

总有一天，我所喜爱的这片沼泽会遭遇上述命运。在堤坝和抽水机的共同努力下，这里会变成麦田，往日的沼泽最终被人们遗忘，如同“今天”和“昨天”在历史的长河中被人们遗忘。最后一条沼泽荫鱼①在最后一个池塘里最后一次摆动尾巴之前，燕鸥会发出高声的鸣叫，同克兰布依道别，而天鹅依然会优雅而高贵地盘旋着飞上天空，鹤群也会吹响告别的号角。

---

① 荫鱼，生命力较强的淡水鱼类。多产于湖泊、池塘、溪流、沼泽的多泥底部。

第三部分　乡野情趣

乡　野

人们常常把土地和乡野混为一谈。土地是玉米生长的地方，是沟壑、溪流存在的地方，是可以用来抵押的。乡野则不然，它是土地的性格，是泥土、空气、生命和谐共处的氛围。乡野并不明白什么是抵押，也不认识各种机构，更不知道贫富为何物；对所谓的乡野的“拥有人”的追名逐利，它始终保持着超然与淡泊。我的农场的前任主人是一个酿私酒之徒，不过在农场的松鸡看来，这些并不重要。它们在树林间高傲地飞翔，如同国王请来的上宾。

贫瘠的土地可能是富饶的乡野，反之亦然。只有在经济学家眼中，才会将物质上的充裕等同于富饶。尽管有的乡野物质上不充裕，但它可以是富饶的，而且初看起来，或大多数情况下，这种特质往往并不明显。

比如，我知道一个湖岸，那是一个长着松树和经受波浪冲刷的凉爽沙滩。白天，你看到的只是那拍岸的波浪和一条没有尽头的黑色如带的河流，认为那里只是一个标记路程的单调的地方。然而，日落时分，你可能看到一只海鸥随着飘忽不定的微风飞翔，从一个岬角飞过，后面突然又冒出了许多吵吵嚷嚷的潜鸟①，告诉你

---

① 潜鸟，中等水禽。喙圆锥形而坚硬，翅小、尖形，腿位于身体后部，因此步履蹒跚，羽毛浓密，背部主要呈黑色或灰色，腹部白色。食物包括鱼类、甲壳类和软体动物，甚至乌贼。

它们后面有一个隐蔽的小港湾。你突然有了一种想上岸的冲动，想要在熊莓[1]铺成的地毯上走一走，想要伸手采摘身边的凤仙花，想要偷摘海边的梅子和越橘[2]，想要到沙丘后面宁静的森林中猎杀一只松鸡。

你可能会想，既然这里有一个小港湾，那么会不会有一条有鲑鱼生活的溪流。于是，你用力划着船，朝着湖岸划去，激起一个个漩涡，哗哗作响。你登上岸，向越来越茂密的丛林走去，寻找搭建帐篷的地方。

过一会儿，晚饭的炊烟懒洋洋地飘上来，在海湾上游荡，篝火在低垂的树枝下跳跃。这是一块贫瘠的土地，却是一方富饶的乡野。

这里的一些树木虽然四季常青，却没有迷人的魅力。也许从远处看，你会觉得高大、光滑的橡树和鹅掌楸很漂亮，但当你深入森林，就会发现那里的植物平淡无奇，溪水浑浊，几乎看不到野生动物。

我无法解释，为什么那条看上去不错的红色缎带并不如想象中美丽，我也无法根据逻辑推断来解释，为什么一片看起来像森林的地方，听不到鹌鹑的啼声，仅仅是一片荆棘遍地之处。可是每一个热爱户外活动的人都知道我说的是事实。在有的人看来，野生动物是用来捕猎或观赏用的，他们犯了一个极严重的错误，表明他们只以野生动物的多寡来评判土地的富饶或贫瘠。

有些树林的外表并不吸引人，但一旦进去，则别有一番天地。

---

① 熊莓，匍匐生长的常绿灌木。茎木质，根从茎节上长出，植株扩展，形成宽大的地被，叶子到冬季变紫铜色，花呈小口的钟状，白色、粉红色或花瓣尖端粉红色，浆果红色。

② 越橘，常绿灌木。花白色或粉红色，果实为浆果，红色，近圆形。广泛分布于北半球。

种植玉米的林地，可能是最无趣乏味的地方，然而，如果你在八月去到那里，一棵被压碎的薄荷，或是一个熟透的盾叶鬼臼①的果实会告诉你，你绝对不虚此行。十月的阳光洒满了山核桃树，向你证明这里是富饶的乡野。在这里，你不仅能感受到山核桃的存在，还能感受到更多的东西：也许是黄昏中的橡树木炭，也许是一只毛色正在变成棕色的小松鼠，也许是远方一只自得其乐的横斑林鸮。

不同的人，对剧曲或者油画的审美情趣各不相同，对乡野的品位也迥然有异，这展现出人们不同的审美能力。有的人喜欢跟着一大拨人被人赶着，参观“风景区”；只要看到山上有瀑布、峭壁、湖泊，他们就会觉得那山雄伟、壮丽。在他们眼中，堪萨斯平原是单调无味的——只有一望无际的玉米地，他们看不到喘着粗气的牛队，正呼哧呼哧地在绿原上劳作的农民；他们认为历史是在校园里生长的；他们也凝望遥远的地平线，却不懂得像佩林·德尔·瓦加②那样从牛的肚皮底下欣赏地平线。

乡野和人有一些共同点，朴素的外表下往往隐藏着极为珍贵的珍宝。如果你想挖掘乡野的珍宝，就要生活在乡野。长满松柏的山麓、丘陵是非常枯燥的，可是当一群聒噪的冠蓝鸦出现后，那些经历了上千个夏天的老迈山脉，身披蓝色的浆果就变得与往日不同了。三月，玉米地无精打采，可是当一只大雁鸣叫着，同它们打招呼，沉闷的土地也变得欢快起来了。

---

① 盾叶鬼臼，多年生草本植物。根茎粗壮，结节状，少分枝，茎生叶盾状，近圆形，边缘有叶状细齿，花紫红色，浆果近球形。

② 佩林·德尔·瓦加(1501—1547)，弗拉·巴托洛米奥和拉斐尔的学生。他曾在罗马、热那亚和比萨从事艺术创作活动。他参加过罗马梵蒂冈廊、热那亚的多利亚宫等壁画的创作。

人的休闲

下面这句至理名言出自阿里奥斯托[①]之口,虽然我已经记不清它的出处,但我清晰地记得他说:"一个无知的人在无所事事之时,是多么悲惨啊!"

被我奉为圭臬的话不多,这无疑是其中之一。我愿意站起来,大声宣布,我将这句话奉为真理,过去如此,未来如此,每天的早餐之前都是如此。不懂得享受休闲的人是无知的,哪怕他拥有世界上所有的学位,而从某种意义上说,懂得享受休闲的人则是很有教养的,虽然他可能未曾进过校门一步。

在我看来,最大的谬误就是让那些拥有几种嗜好的人,在没有嗜好的人面前奢谈嗜好。因为这意味着让别人接受某种特定的嗜好,反而因此抹杀了某种嗜好可能隐藏着的优点。你无法强行占有某种嗜好,反之,嗜好会主动接纳你。为别人选择嗜好,如同为别人选择妻子,是非常危险的,几乎不可能获得圆满结局。

可以这么理解:推销嗜好无非在那些对奇异的事物有着类似嗜好的人中间交换各自的心得而已——且不管结果是好是坏。如果对方愿意听,就听,让其他人从中得到些益处。

那么嗜好究竟是什么呢?它和人们一般追求某种普通的事物

---

① 阿里奥斯托(1474—1533),意大利文艺复兴时期诗人,史诗《疯狂的罗兰》是他的代表作。

有什么区别呢？我无法为这个问题做出圆满的解释。最初，我以为人们的嗜好肯定是没用的，收效不大，既浪费时间和精力，又没有意义。的确，如今，许多时尚的消遣物品都是用手工制作的，实际上，这些工作可以由机器更迅速地完成，且物美价廉。

然而在某个年代，制造机器可能就是一项很不错的嗜好。我在想，也许伽利略[①]真正满意的，是将那些别人未曾发现的自然法则在新的弹射器中表现出来，尽管他的这种举动在教会界掀起了巨大的波澜，本来这个机会是归圣彼得[②]的，可是他因为疏漏与此失之交臂。

然而在当今时代，无论新机器的发明多么受到产业界的重视，如果将发明看作一种嗜好，不免无聊、庸俗。也许，我们已经触碰到最实质的问题：嗜好是对同时代事物的挑战；嗜好是与社会进化过程中短暂的旋涡相抵触，或为人所不能容忍的永恒价值的坚持。如果这种观点是正确的，那么我们可以说，所有拥有嗜好的人，本质上都是极端分子，注定是少数群体。

当然，这是一件严肃之举，可是如果过于严肃地对待嗜好，拥有嗜好者便要犯一个严重的错误。这里有条金科玉律：嗜好既不是一种应当被追求的目标，也不需要理性的理由。愿意去做足矣。当我们想要寻找嗜好为何有用或有好处时，我们即刻将嗜好变成了一项事业，而不是休闲，将它降为一项为了健康、权力或利益的“锻炼”。举哑铃不能被称为嗜好。它屈从于锻炼身体的需要，并非心灵的自由延伸。

在我还是个孩子时，我们镇上有一个上了年纪的德国商人，他

---

① 伽利略(1564—1642)，意大利数学家、物理学家、天文学家，发明了摆针和温度计，在科学上为人类做出了巨大贡献，是近代实验科学的奠基人之一。

② 圣彼得，又译作“伯多禄”，早期基督教领袖之一。

居住在一个小平房里。每到星期天，他总会离家，沿着密西西比河，敲打突起的石灰石岩面。他敲下了数不清的碎片，在每个碎片上都贴上了标签，分门别类地收藏。在这些碎片中，残存着一种已经灭绝的水生动物——海百合①的化石。这个老头平日里温文尔雅，所以镇上的人只是觉得他很奇怪，不过，他不会伤害任何人。

一天，据报纸报道，一些很有地位的陌生人来到了这个小镇。人们议论纷纷，说那些陌生人都是大科学家，有的是世界上有声望的古生物学家，有的甚至远涉重洋而来。他们都是来拜访那位不会害人的老人，想了解一下他对海百合的看法，而且将他的看法视为准则。

直到那个德国老人去世，小镇上的人们才知道他是世界级海百合权威，是知识的创造者，科学历史的缔造者。他是一个非常伟大的人。和他比起来，本地的那些企业家无不是粗俗的土地开发商罢了。老人的收藏品被摆放在博物馆中。老人名闻天下。

我认识一位银行总裁，他很喜欢玫瑰，玫瑰给他带来快乐，而且促使他成为更优秀的总裁。我还认识一位车轮制造者，他热衷于西红柿。他知道很多有关车轮的知识，也知道很多有关西红柿的知识。车轮和西红柿，是哪个让他喜欢上另一个，我们不得而知。我还认识一位出租车司机，他疯狂地迷恋甜玉米，假如他同你交谈，你会为他的知识渊博感到惊讶，并且认识到自己原来还有那么多事情需要了解。

据我所知，当今最受瞩目的嗜好，要数驯鹰术。在美国，只有寥寥数人沉迷其中；在英国，人数可能有十二三个　　确实属于少数派。如果你想射杀苍鹭，那么只要花两角五分钱买一个弹药筒

---

① 海百合，一种古老的棘皮动物。生活于海里，具多条腕足，身体呈花状，表面有石灰质的壳。由于长得像植物，人们就给它起了“海百合”这个名字。

就足够了。但想要让鹰捕猎苍鹭,无论是鹰,还是驯鹰者,都要进行好几个月或数年艰苦的训练。

作为致命武器,弹药筒可谓工业化学时代的典范,我们可以完整地描绘出它的致命方程式。然而鹰的致命性如今依然笼罩着神秘的光环,是生物进化过程中的一个精华。人们无法理解凶猛的猎鹰的捕食直觉是怎么样的。从前没人知晓,也许以后也没人知道。

但无论现在,还是将来,都没有一种人造的机器拥有鹰在扑向猎物时展示出的眼睛、肌肉、羽翼的完美协调。被捕杀的苍鹭不能食用,因此几乎没有价值。虽然以前的驯鹰者吃过这种鸟,如同孩子们用弹弓、木棍或弓箭捕捉到满身是跳蚤的野兔,会用烟熏兔子,然后吃掉。而且,鹰可以像现代人那样被驯化,也可能因技术不慎,鹰会飞入蓝天,一去不返。无论如何,驯鹰是一项完美的嗜好。

制造和发射弓箭则是另外一回事,在那些不懂弓箭的门外汉看来,弓箭在行家手中,是一种非常有效的武器。在威斯康星州,每年秋天只有不到一百个行家会注册用宽头箭猎鹿,而这一百个人之中,只有一个可以捕猎到一只公鹿,这个收获连他自己都感到意外。

但是在手持来复枪的人之中,每五个人就可以捕猎到一只公鹿。因此,根据以往的记载以及我自己用弓箭射鹿的经验,我非常不认同弓箭很有效率的说法。我愿意承认的是:当上班迟到,或者周四没有去倒垃圾时,可以借口说是自己制造弓箭造成的。

我们无法自己制造枪——至少我不能。不过,我可以制造弓箭,而且其中的一些可以在捕猎动物的时候派上用场。也许,我们的嗜好定义可以做适当的修改。目前看来,所谓好的嗜好,与制造某种东西，或是制造可以制造这种东西的工具有关，然后用这种东西去做某些在旁人看来没有意义的事情。时过境迁，情况变了，今后关于好的嗜好的概念又会完全翻转过来。我又扯到嗜好是对时代潮流的反抗这一话题上来了。

好的嗜好在一定程度上也可以看作赌博。我盯着那块粗糙、沉重、易裂、长满粗瘤的桑橙木，这就是我做弓箭的材料。我似乎看到了在将来的某一天，那块木头变成了一件闪亮的完美武器。我想象着弓被拉成完美的弧形，一支闪亮的箭已经跃跃待发，决心冲破天际。

不过，我也必须考虑到另外一个可能——弓箭可能在被拉开的瞬间断裂，变成一堆毫无用处的碎木片。而且在接下来的一个月中，我不得不为了制造新的弓而每天晚上辛苦地坐在长板凳上。简单地说，所有的嗜好都不一定会成功，总会面临失败的风险，这和生产线上必然会生产出汽车形成了鲜明的对比。

一项好的嗜好，可能是一个人对烦琐生活中孤独感的反叛，也可能是一群志同道合者有预谋的集体抗争。有时，这一群人可能来自同一个家庭。无论如何，嗜好都是一种反抗活动，而且如果这种反抗没有希望，结果会更加理想。

在我看来，最混乱的情况莫过于，人们平日里颇为不满地压抑在社会传统表面下的愚蠢主意，突然都成了他们的行动指南。其实并不存在这样的危险，不墨守成规是进化的最高荣耀，而且它并不会比其他机能发展得更快。

科学研究发现，无论是“自由”的野蛮人，还是更加自由的哺乳动物或鸟类，都有着令人难以置信的组织化进程。也许，嗜好就是造物主不满足被“等级制度”所累，于是，第一次用嗜好来予以反抗，不过大多数的人类仍然属于这个群居世界。

环　河

早年在威斯康星州有许多奇观,环河便是其中之一。它首尾相接,形成一条奔腾的循环不息的水流。在有关保罗·班扬的传说中提到,他是如何让众多原木在这条永不停歇的河流中漂流的。

没有人认为保罗·班扬在记述时使用了比喻,但环河是个例外,他确实使用了比喻:威斯康星州不但有一条环河,而且威斯康星州自身也是一条"环河"。这条"环河"的水流是能量之流。能量由土壤流入植物,由植物流入动物,最后又流回土壤中,形成了一个无休无止的生命循环。尘归尘,土归土。威斯康星州便是"环河"理念在陆地上的再现。

我们这些人骑在顺着环河流淌的原木上,明智地砍掉了原木的枝节,一番简单处理后,就能控制木头的方向和速度了。单凭这项技能,我们就能赢得"智者"的称号。修理木头的技巧被称为"经济学",关于最初的路线的记忆被称作"历史",对新路线的选择被称为"政治才能",关于前方的浅滩激流的谈话被称为"政治"。有的人不仅想修理自己骑乘的原木,还想修理整条河流的木头。这种人类和自然之间展开的集体性的交涉被称为"国民计划"。

在我们的教育体系中,很少有人用河流来比喻生物连续体。从小时候起,我们就被不断灌输各种知识,包括构成环河河道的土壤、动植物群落等生物学知识，包括这些事物起源时间的地质学和进化学知识，包括这些事物开发利用技巧的农业学和工程学知识。

但是，我们必须自己去推断一条有干旱、洪水、逆流和沙洲的河流是什么样子。想要了解河流的水文知识，就必须在进化观念和生物的集体行为上寻找正确的视角。我们要和所谓的“专业化”背道而驰。我们不需要再花费过多的精力关注一些细枝末节，需要的是学习从整体上关注生态地景。

如果说达尔文的进化学说是纵向的平面研究，那么生态学只是一种初始性的研究。它如同婴孩，在咿呀学语，也和其他的婴儿一样，全神贯注地创造自己的语言。它的作用，要在将来才能显现。生态学注定要成为“环河”的知识，尽管很晚，但是它将我们关于生态物质的集体知识，转化成在生物之河里航行的集体智慧，那就是生态保护。

生态保护的目标，就是实现人和土地的和谐相处。这里的土地指的是陆地表面、上空和地下的一切东西。和谐相处就像与朋友的和谐相处一样，你不能只珍惜他的右手，干脆砍掉了他的左手。换句话说，你不能只喜爱猎物，而讨厌食肉动物；你不能只保护水流，而毁坏它的山脉；你也不能只建造森林，而对耕地的破坏置若罔闻。

土地是一个有机体，里面的组成部分和人体组织很相似，每个部分相互竞争，也相互合作。无论是竞争，还是合作，都是有机体内运行的一部分。你只能小心谨慎地调节各个部分，却不能去掉某个部分。

20 世纪最伟大的科学发现，不是收音机，也不是电视机，而是揭示了土地有机体的复杂性。只有在这方面拥有深刻理解的人，才会明白我们这方面的知识是多么匮乏。那些认为动植物“到底有什么用”的人，是最无知的。

无论我们是否知道，如果土地作为一个有机体整体运转良好，那么它的每一部分都是良好的。如果在几十亿年的生物演变过程中，已经产生了某些我们喜欢、却不了解的事物，除非是傻瓜，谁还会丢弃那些看起来似乎没用的部分？首先要认真考虑的是细心保存好土地之车的每个轮子。

我们是否已经知道，想要保护自然资源，需要最先遵守的原则就是保护好土地有机体的每一部分？不，还没有。即便是科学家，也不能了解这个有机体的所有组成部分。

德国有一座山叫作许佩沙特山，在它南面的山坡上长着世界上最雄伟的橡树。当美国的家具制造商需要优质木材时，他们就会想到许佩沙特山。按理说，北面的山坡应该生长着更好的木材，可是那里却只有普通的欧洲赤松。这是为什么呢？山的南北两坡同属一个国有森林，而且在过去的两百年间，它们都受到同样的呵护，那么为什么会有这些差别呢？

踢开橡树下的枯枝败叶，你会发现那些落叶几乎一落地就开始腐烂。可是踢开松树下的落叶，松针却厚厚地堆积着，腐烂的速度比较慢。原因要追溯到中世纪①。那时，南面的山坡被一位热衷于狩猎的主教②完整保留下来，将那里开辟成猎鹿场。而北面的山坡被前来垦荒的人改造成耕地、牧场，如同今天的威斯康星州和艾奥瓦州所遭受到的。直到这段滥垦滥伐的时期结束后，北面的山坡上才重新被松树覆盖。

---

① 中世纪（约476—1640），是欧洲（主要是西欧）历史上的一个时代，指自西罗马帝国灭亡到英国资产阶级革命的这段时期。

② 主教，早期基督教会经选举产生的地区教会管理人。后成为三级神品（圣品）制中的最高一级。有管理所辖地区教务和传授神权的权力。

然而在那段不幸的时间里，生物群落和土壤才发生了一些微小的变化，它们的数量大大减少。也就是说，丧失了土壤的一些消化器官。虽然经过了两个世纪的维护，依然弥补不了损失。人们需要现代化的显微镜和一个世纪的土壤科学研究，才能弄清楚究竟是哪些零部件在许佩沙特山中起着决定作用，影响着人与土地的和谐相处。

为了生存，生物群落的内部运转必须保持平衡，否则许多物种会消失。众所周知，一些生物群落曾经存活过很长时间。比如，1840 年的威斯康星州和一万两千年前冰河末期的威斯康星州，在土壤、生物群落方面基本是相同的。泥炭沼泽中的动物骨头和植物花粉证实了这一事实。在连续的泥炭层中，由于保存着分量不同的花粉，通过它们甚至可以研究当时的天气情况。

如果说，你在大约公元前三千年的泥炭层中发现了大量的豚草花粉，那么你可以推测，当时也许连续发生了几次干旱，要不然就是数量过多的水牛在此生活，或者有大火吞噬了草原。然而这种严重的危机并没有毁灭这个地区，三百五十种鸟类、九十种哺乳动物、一百五十种鱼、七十种爬行动物，还有成千上万的昆虫和植物依然在生存繁衍。

这是因为，在生物群落的内部保持着几个世纪的稳定性和多样性。科学无法为这种稳定性做出解释，但即便是普通人也能明白它的两个因素在起作用：一是从岩石中吸取了肥力，并在微妙的食物链中不断循环，积累的速度和流失的速度基本保持一致，或更快；二是土壤肥力的积累和动植物的多样性成正比，稳定性和多样性之间互相依赖。

在我看来，美国的自然资源保护工作的重点，依然只是为了装点门面。我们还没有学会从有机体的组成角度思考问题。不妨看看我们的后院:艾奥瓦州和南威斯康星州的草原。那里最珍贵的东西是什么呢?是肥沃的黑土壤,也就是黑钙土。

黑钙土从何而来?是由那些种类繁多的草本植物和灌木造就的,是由草原的真菌、昆虫和细菌造就的,是由草原上的哺乳动物和鸟类造就的。所有的一切都被连接在一个巨大的生物群落中,始终在不停地合作与竞争。这个群落经历了数万年的毁灭与重生、燃烧和生长、猎捕和逃亡、冰冻和融化,终于构成了这片充满血腥味、被我们称作草原的黑土地。

我们的先辈不知道,也无法知道他们的草原从何而来。他们肆意捕杀草原的动物,驱赶草原的植物,只在铁路和公路旁边为它们留下一小块避难所。在工程师的眼中,这些植物都是无用的杂草和灌木,因此,他们不断用推土机和割草机将其消灭。

所有的植物学家都能预见到未来草原花园将变成偃麦草的乐园。草原花园没有了,公路管理部门请来了造景专家,用榆树、一丛丛有造型的欧洲赤松、日本伏牛花、绣线菊[①]等点缀偃麦草。自然资源保护委员在参加某个会议时,路过此地,为这种路边的美化活动高声喝彩。

有朝一日,我们不仅把这些植物当成观赏品,还需要它们为草原固定土壤中的养分。许多物种正在消亡。我们有足够的善心和诚意,可是却依然不了解自然有机体的“轮子”。

我们在试图保护“大轮子”,这说明我们并不够成熟。当一个物种即将消失时,一点儿悔恨就能让我们的心灵取得宽慰,而当它消亡后,我们可能会因此大哭一场,但不久之后,我们重蹈覆辙。

最近就有一个很好的例子。灰熊从西部畜牧业发达的州消失

---

① 绣线菊,落叶灌木。叶片长圆披针形至披针形,花密集,粉红色,花有花盘、苞片、花萼和萼片。

了。是的，黄石国家公园[①]里依然可以看到灰熊，可是它们却饱受那些外来的寄生虫的侵扰，而且在保护所的边缘，有许多黑黝黝的来复枪口在等待着它们。新的道路和度假村不断出现，日益蚕食着为灰熊残留的活动空间。

每年，我们只能在越来越少的州里，在越来越少的保护区里，看到越来越少的灰熊。我们常常用一个荒谬的理由安慰自己——只要能在博物馆观赏到一只熊就足够了。可是忽略了历史的清晰警告——如果想要拯救物种，那么必须让它们有足够多的生存空间。

我们需要了解大自然的各个组成部分，需要大众在这方面觉醒。但有的时候，有一样东西是我们更加需要的：《森林和溪流》杂志将它称为"对大自然的精致品位"。那么，我们在这方面是否取得了进步呢？

在沿湖各州的北部，依然有狼出没。州政府一方面悬赏捕杀狼，另一方面求助于美国鱼类与野生动物署的专家，请他们帮忙消灭狼。可是野生动物保护专家及一些部门却在抱怨，鹿群由于数量过于庞大，寻找食物变得更加困难；森林中的居民也在抱怨，说兔子已经周期性地泛滥成灾。既然如此，为什么还要把消灭狼作为公共政策？经济学界和生物学界就此进行了辩论。哺乳动物学者坚持说，狼可以遏制鹿群过度扩张；猎人们则回应说，鹿过多的问题，他们会处理的。双方僵持不下，争论不休。可是再过十年，也许就没有狼可供他们争论了。这些自然生态的观点总是自相矛盾的。

---

① 黄石国家公园，主要位于美国怀俄明州，部分位于蒙大拿州和爱达荷州，于1872年被正式命名为保护野生动物和自然资源的国家公园，于1978年被列入世界自然遗产名录，是世界上第一座国家公园。

在沿湖各州，我们为培育新的森林、重新恢复北方森林而自豪。可是在这些人工繁殖的森林中，你会发现缺少了崖柏[①]和美洲落叶松的身影。这是为什么呢？因为它们的生长速度缓慢，常常被鹿吃掉，或者在与桤木争夺养料的过程中败北。以后的北部森林中可能也不会有这些树了，但林务官并不担心这个。

实际上，崖柏由于无法带来良好的经济利益，曾经被驱逐出森林。山毛榉也遭遇了同样的不幸，被东南部未来的森林抛弃了。除了人为地从未来的物种群中消灭某个树种，一些外来的病害也在消灭某些树种，比如栗树、柿树和白松，就是病害的受害者。合理的经济学是否会把各种植物都当成独立个体，是否会因为某些喜好，去改变某种植物的命运？这种做法对动物的生活、土壤、森林形成的有机体的健康有什么影响呢？假如你拥有“对大自然的精致品位”，那么你就会明白，经济问题只是一种个别的考量。

我们，保罗·班扬的后代和继承人，既不知道我们对河流做了什么，也不知道河流对我们做了什么。我们满腔热情地为这个州的原木去掉多余的枝丫，但显然精力有余而技巧不足。

我们对生态这条“环河”过于偏激了，这是被迫无奈的。现在，食物链是由玉米和紫花苜蓿开始的，而不是像过去一样是从橡树和须芒草开始的；流经路线也发生了变化，牛、猪和家禽代替了麋鹿、鹿和松鸡；之后流入了农民、摩登女郎和大学新生体内，而原本是进入印第安人体内的。只要翻一下电话本或政府机关的花名册，你就能知道这条“环河”的流量有多么大，可能比保罗·班扬之前的时代要大得多。但奇怪的是，科学从来没有做过衡量。

---

① 崖柏，乔木或灌木。常呈金字塔状，具薄的鳞片状外树皮和纤维状内树皮，水平或上升分枝，形成特有的扁平、浪花状小枝系，每小枝有四行细小的鳞片状叶，幼叶较长，呈针状。

在食物链中，饲养的动物和栽培的植物，不具有被它们所代替的动物、植物的连接力。这些链接之所以能够持续下去，是因为农民的辛勤劳动和农业机械的作用，还有新的动物种类——农学博士不停鼓动和帮助。保罗·班扬之所以懂得削除枝节，完全是自学得来的。而现在我们却有"教授"在一旁免费指导。

每当我们培育的物种取代野生物种，或者我们用人工运河取代了自然河流，都会引发土地循环的重新调整。我们无从了解，也无法预见这些调整；除非调整的结果让我们失望，否则就不会引起我们的注意。无论是美国总统为了修建运河而制订新的佛罗里达开发计划，还是一个普通农民为了牧场而重建威斯康星州的草原，大家所做的都是忙于修补，根本没有闲暇考虑最终后果。不过，如此多的修修补补并没有让土地无法忍受，足以说明土地有机体拥有惊人的活力和弹性。

生态教育给我们带来惩罚，其中之一便是使我们孤独地生活在一个满目疮痍的世界上。对普通人来说，土地承受的所有伤害是不易被发觉的。生态学家如果不想自欺欺人，认为科学带来的负面结果和他无关，那么就应当承担起医生的责任，给那些固执地认为自己很健康，而听不进别人善意劝告的人们敲响死亡的警钟。

政府提醒我们，必须控制洪涝灾害，所以我们将牧场中的溪流截弯取直。负责这项具体工作的工程师告诉我们，现在小溪抵御洪水的能力大大增强了。可随之而来的是，我们的老柳树消失了，因此，栖息老柳树上的猫头鹰的叫声也消失了，中午站在柳树下摇着尾巴驱赶苍蝇的牛也消失了，我们那些绽放着龙胆花①的小沼泽地也消失了。

---

① 龙胆花，龙胆或三花龙胆等植物的花。花枝单生，直立，花黄绿色或紫红色。

水利学者曾经指出，从水利的角度来看，小溪的蜿蜒曲折是不可或缺的。冲积平原本质上是河流的一部分；生态学者也明确指出，由于上述原因，我们只能和那些水道基本保持自然状态的环河和谐相处。

如何评估新的生态秩序，我们选用了两个标准：一是它是否能保持土壤的肥力；二是它是否能保持生物的多样性。

在早期的拓荒中，土地上的多种动植物生机盎然。众所周知，拓荒者为了庆祝农作物的丰收设立了感恩节，但那时的野生动植物也非常富足。许多迁徙而来、可以在新地方开花结果的杂草加入了本地的植物群落。土壤依然肥沃，大地上的景色由于耕地和牧场的出现变得多种多样。拓荒者记载中的野生动植物非常富饶，一定程度上也反映了这种多样性。

新发现的土地有一个明显的特征，就是新陈代谢非常旺盛。这种现象可能是正常的生态循环，但也可能是过度消耗土地肥力的反应，就是我们所说的“生物热”。

我们不能像测量人的体温那样，用温度计测量生物群是正常还是发烧，我们只能根据土壤所受到的影响来做判断。这个影响是什么？成千上万的耕地上的沟渠给了我们答案。农作物的产量并没有发生变化，耕作技术的巨大改进只是弥补了土壤的消耗。在有的地区，比如沙暴区，生物之流已经枯竭，难以通航了。保罗·班扬的子孙们搬到了加利福尼亚州，继续酿造“愤怒的葡萄”[①]。

谈到多样性，一些本地动植物之所以会残存下来，是因为农业发展还没有找到摧毁它们的机会。当前，农业追求“纯净农作”，

---

① 典出美国现代小说家约翰·斯坦贝克创作的长篇小说《愤怒的葡萄》。该小说以经济危机时期中部各州农民破产、逃荒和斗争为背景。很多美国农民负债累累，土地被大公司没收，无家可归，只得向西迁移，想在加利福尼亚州寻找出路。

即建立一条纯粹追求经济利益的食物链，清除所有与经济利益无关的链条，建立农作世界的大一统。而多样性的另一方面，意味着建立一条野生的和驯化的动植物协调发展、稳定、多产的统一食物链。

纯净农作以改造土壤为目的，但它在实现目标的过程中只能用外来的动植物和肥料来实现，却忽略了最先培养一块土地原始动植物的必要性。是否能使外来的动物和植物之间保持稳定呢？一袋袋的化学肥料能否为土地提供充足的养分？有关这些问题的争论还在继续进行中。

活着的人们是不知道真正答案的。东欧、北欧已经证明了纯净农作具有可行性。在那里，虽然到处可见土地被人工改造过的痕迹，但是生物群落，不包括人，仍然能在一定程度上保持稳定。

而在其他所有尝试纯净农作的地方，都以失败告终，包括我们这里。还有一种无声的证明——那就是在进化的过程中，多样性和稳定性是紧密结合、不可分割的，就像一个事实都具有两面性。

我有一只猎犬，名叫“古斯”。当它抓不到野鸡时，便开始对黑脸田鸡和草地鹨产生浓厚的兴趣。它对替代品虽然并不满意，但这种兴趣掩盖了它的失落感，也减轻了它无法找到最想要的猎物的挫折感。

我们这些自然资源保护者其实和古斯相似。早在几十年前，我们便建议美国的土地所有者预防火灾、植树造林、管理好野生动植物，可是收效甚微。

实际上，我们没有林业管理法，而土地私有者基本不会主动管理牧场、野生动物、野生植物，也很少关心污染和水土流失问题。有时听了我们的劝告后，土地私有者并没有自觉实行，在许多情况下，私人的土地乱砍滥伐的现象反而更加严重。

假如你心存怀疑,不妨去看看加拿大大草原上熊熊燃烧的麦秆堆,去看看格兰德河如何冲走了肥沃的土壤,看看遍布帕劳瑟山、奥札克山的山坡,以及艾奥瓦州南部和威斯康星州西部的分水岭上的冲蚀沟。

为了减轻失败带来的内心的挫折感,我们为自己找到了一只疗养心灵的"草地鹨"。是哪只"狗"最先嗅到那只"草地鹨"的气味的?我不知道,但我知道的是,这片土地上所有的"狗"都在忙着寻找它,我也不例外。我们心中那只"草地鹨"是,假如土地私有者不保护自然资源,那么我们就建立一个自然资源保护部门,为他们做这方面的事。

和真正的"草地鹨"一样,心灵"草地鹨"有它的好处,而且有望取得成功。自然资源保护部门可以购买贫瘠的土地,加以改良,结果会是令人满意的。但问题是,它并不能防止肥沃的私有土地可能会变成贫瘠的公有土地。在"草地鹨"为我们抚平挫折感的时候,我们陷入了险境——我们忘了还没有找到真正的"草地鹨"。

我想"草地鹨"并不会提醒我们这个险境的,它反而因为自己突然受到重视而变得趾高气扬起来。

考虑到在破坏土地过程中的获利动机和取得的巨大成功,我们对是否要抛弃利益至上的原则,就会犹豫不决,拒绝使用这一恢复土地资源的工具。我相信人们夸大了获利的范围。一个人为自己建造一个漂亮的家,有利可图吗?一个人让子女接受更高等的教育,有利可图吗?不,无利可图。但是通常我们会照做不误。事实上,这些都是构成经济思考的道德和美学前提。这些前提一旦得到认同,经济力量便会驱动社会组织的方方面面,让它们和这些前提和谐相处。

我们的子孙后代必须在我们生活的土地上继续生活,可是我却没有看到这片土地的道德和美学前提。我们的孩子是我们在历史上留下的签名,土地变成了我们赚钱的场所。只要有足够的收益供孩子接受大学教育,耕地上遍布冲蚀沟、森林被砍伐或是溪流被污染,这都算得了什么呢?反正政府会为土地问题买单。

我想,我们已经找到了问题的根源。自然资源保护教育必须解决两个问题:一是建立一根支撑土地经济学的道德支柱;二是培养大众对土地机制的兴趣,普及土地知识。只有这样,自然的保护工作才能得以顺利开展。

大自然的历史

不久前的一个星期六晚上，两个中年农民调好闹钟，把时间设定在次日，也就是星期天天未亮之时。星期天风雪交加，他们挤完了牛奶，搭着一辆小货车去威斯康星州中部的沙郡，那里盛产美洲落叶松和野饲草，也为人们开具税捐证书。傍晚时分，他们回来的时候，满怀着高涨的激情和冒险精神，还有满满一卡车的美洲落叶松树苗。他们最终在灯光的照射下，将树苗全部种在了自己家附近的沼泽上。之后，他们又去挤牛奶。

在威斯康星州，和“农民种植美洲落叶松”比起来，“人咬狗”都算不上新闻。从1840年起，农民就不断地砍伐美洲落叶松，将它们当成燃料，并且在林区挖沟、开渠、排水。在农民的居住地，这种树几乎绝迹了。可是现在，他们为什么又要种植这种树呢？因为过了二十年，他们认识到了泥炭藓的重要性，想要让风仙花、猪笼草①以及快要灭绝的威斯康星州原始沼泽的野花重新在这片土地上开放。

① 猪笼草，有名的食虫植物，拥有一个独特的吸取营养的器官——捕虫笼。捕虫笼呈圆筒形，下半部稍膨大，因为像猪笼，故称“猪笼草”。

并没有政府部门奖励农民们这种堂吉诃德[1]式的行为，也没有任何经济利益驱动着农民。那么对这种行为，我们该做何解释呢？在我看来，这是一种“反抗”——一种对只用经济利益衡量土地的可憎态度的反抗。我们想当然地认为，要想在这片土地上居住，就必须征服它，最好的农田就是那些经过充分开发的农田。

可是，前面提到的那两个农民的经验告诉他们，所谓的“最好的农田”提供的生活不仅贫困，而且日子过得捉襟见肘。在他们看来，无论是种植农作物，还是种植野生植物，都能获得乐趣。因此，他们打算划出一小块沼泽，专门种植当地的野生植物。也许，他们对土地的期望和我们对孩子的期望一样，不但有机会获得生存，也有机会去表达和发展自己，展示出自己的天赋。难道有什么植物，可以代替当地土生土长的植物，更好地表达那片土地？

我的看法是：野生动植物也能为我们带来乐趣，自然史的研究既是科学，也是一种消遣。

历史并没有让自然史研究变得轻松，等待着我们这些自然主义者去补救的过失还有很多。曾经有一段时间，田野成了绅士和淑女喜爱的漫步场所。然而，那些人并不想探索世界是如何形成的，而是为了增加一点儿茶余饭后的谈资。那是任何一种鸟都被称作“鸟”的时代，是一个用粗俗的文字描述植物学的时代，是一个所有人都只会叫喊着“大自然是多么壮丽啊”的时代。

可是，随手翻一下当今鸟类学或植物学的业余杂志，你就会发现大家普遍持有一种新的态度。但是这种新态度很难被看作当今

---

① 堂吉诃德，西班牙作家塞万提斯的长篇小说《堂吉诃德》的主角。小说讲述了骑士早已绝迹一个多世纪，但堂吉诃德却因为沉迷于骑士故事，时常幻想自己是个中世纪骑士，行侠仗义、游走天下，做出了种种令人匪夷所思的事情，结果四处碰壁。但最终从梦幻中苏醒过来，回到家乡后死去。

正规教育体系的产物。

我有一个朋友是工业化学家，他的业余时间都用于重建旅鸽作为生物群落的一员的历史，以及研究旅鸽戏剧性的灭亡。在这位化学家出生之前，旅鸽已经消亡了。但他拥有的关于旅鸽的知识，超越了以往任何人所拥有的。他之所以取得这项成就，就是靠着当代的日记、信件和书籍，以及与旅鸽相关的大量报纸。

据我估计，他在寻找旅鸽资料的过程中，阅读的材料不下十万份。工作量巨大，假如把它当成任务，那么执行者肯定会被累个半死。但他仿佛是一个在山中寻找稀有鹿的猎人，仿佛是在埃及四处挖掘金龟子圣甲虫雕像的考古学家，从自己所做的事情中获得了极大的乐趣。当那些资料被找到后，如何诠释它们也需要高超的技能。这种技能无法从别人身上学到，只能在寻找资料的过程中慢慢积累。如今，他在现代历史的“后院”里快乐地探索着，获取科学和消遣。而千百万平庸的人只把这种工作看作沉闷和烦躁的事。

在俄亥俄州[①]有一位家庭妇女，这次，她确实是在自己家的后院从事这样的研究，不过研究对象是歌雀[②]。歌雀是一种很常见的鸟类，早在一百年前，人们就用科学方法为它们命名、分类，但之后渐渐地淡忘了它们。而这位歌雀的业余爱好者却认为，鸟类和人类一样，除了名字、性别、色彩等，还有其他方面供人识别。

于是，她在自家的花园中设下陷阱，捕捉过往的歌雀，在它们

---

① 俄亥俄州，位于美国中东部，是五大湖地区的组成部分，位于俄亥俄河与伊利湖之间，因俄亥俄河得名。州首府为哥伦布。

② 歌雀，即北美歌雀，一种歌声婉转、悠扬的鸟类。上体棕色，背具黑色纵纹，下体白，具黑色纵纹，胸部正中具深棕色斑，顶冠棕色，尾部棕色，尾圆，面部灰色，具贯眼纹。以种子、果实等为食。

脚上戴上了赛璐珞[①]脚环,这样,她就能通过不同颜色的脚环分辨歌雀。她观察它们,并且记录下它们的迁徙、觅食、争斗、歌唱、交配、筑巢、死亡等方面的特点和差异。简而言之,她可以为歌雀族群的内部运转做诠释。十年后,她在与歌雀有关的社会学、政治学、经济学、心理学方面的研究,超越了任何人对任何鸟的研究。一条科学大道直通她的家门,世界各国的鸟类专家纷纷慕名来拜访她。

这两个业余爱好者都是运气好,出了名。他们最先打算做这些事情的时候,并没有以名利为目的,名利只是一种意外收获。不过我并不想谈名利。与名利相比,更重要的是获得了自我满足。而且像他们一样的其他研究者也获得了这种满足。

我要问的是:在鼓励研究自然史的业余爱好者方面,我们的教育制度有什么作为?也许,一堂典型的生物学系的正规课程能够解答我们的疑惑。当我们来到课堂时,学生们正在忙着记忆猫骨头上那些隆起部分的名称。研究骨骼当然是重要的,这也是我们了解动物进化过程的重要手段。但是为什么要记忆那些隆起部分的名称呢?有人告诉我们,那是生物学学科训练的一部分。

可是我又想问了:了解活生生的动物,了解它们如何在自然界中坚守自己的生存空间,不也是非常重要的吗?令人遗憾的是,目前的动物学教育已经抛弃了对活体动物的研究。以我为例,大学阶段并没有设立鸟类学和哺乳动物学的课程。

植物学教育的状况也与之类似。不过在植物学系,除非学生们没有兴趣,他们还是有接触到鲜活植物的机会的。

学校将野外研究赶出了课堂,这可以追溯到很久之前。实验

① 赛璐珞,塑料的一种,透明、坚韧、容易燃烧,可以染成各种颜色。

室生物学诞生时,自然史的业余研究者还把所有的鸟儿都称为"小鸟",而专业研究者则忙着为各个物种分类,并且收集那些物种的觅食习性等方面的知识。但是,他们并没有对此进行深入的诠释。总而言之,生机勃勃的实验室研究和滞后的野外研究形成了竞争的局面。实验室研究被认为是比较优越的科学形式。随着实验室生物科学的不断发展,自然史的业余研究逐渐被排除在科学教育体系之外了。

当前,这种记忆骨头的生物学的马拉松式的比赛,便是实验室研究与野外研究竞争的结果。当然,实验室生物学的兴起也有其他的原因。医学学生对它有需求,动物学的老师也有这种需求。但是在我看来,对大众来说,理解鲜活的外部世界才是最重要的。

在这段竞争的时间里,野外研究也不断发展,许多技巧和观念日趋科学化。从事野外研究的学生不再满足于在乡间漫步,然后列出了一串串物种的名字、迁徙时间等。而对所有人来说,为鸟套上脚环,在鸟的翅膀上做记号,统计鸟的数目,研究鸟的行为与环境的关系等方式都是普通大众能做到的,只要有想象力和耐力,就能解决一些像对太阳那样尚无答案的真正的科学自然史中的问题。

比较现代的观点是:实验室研究与野外研究应该相互弥补,而不是相互竞争。可是学校里的课程设置却丝毫没有反映出这种趋势。增添课程需要扩大经费,因此,大学并不鼓励学生发展对自然历史的兴趣,甚至持反对态度。学校教会学生解剖猫,可是没有鼓励他们如何欣赏和观察本地的乡野生活。如有可能,两者兼而有之是最好的结果。但如果不能共存,那么我们应该舍弃前者,保留后者。

生物学教育是塑造国民素质的途径之一。为了深刻理解当前我们的教育的偏颇和缺失，我们可以选一个学校，培养出典型的优秀学生，和我们一起到野外走走。我们可以肯定地说，他了解植物的生长以及猫的构造，但是未必清楚土地的构造。

假如我们驱车沿着密苏里州①北部的一条道路南下，到达一个农场。看看院子里的树和田野里的土壤，我们就地考优秀学生几个问题：这片农场最早是从草原，还是从森林里开辟出来的？感恩节时，这里的居民吃的是草原榛鸡还是野火鸡？这里的原始植物是什么？它们又是因何而灭绝的？草原上的植物和玉米产量有什么关系？为什么现在这里出现土壤侵蚀，而从前就没有这么严重？

假如我们继续在密苏里州的山上行走，来到了一块废弃的田地，上面稀稀拉拉地长着几棵低矮的豚草。我们继续问他几个问题：为什么这里被废弃了？这是多久之前的事情了？这片田野是否是寻找鹌鹑的理想地点？低矮的豚草和不远处沉睡在墓园下的人们有什么故事？假如整个流域的豚草都如此低矮，那么是否预示着未来溪流会泛滥成灾？是否会影响到未来河流中的鲈鱼和鲑鱼数量？

在许多学生看来，这些问题相当愚蠢，但实际上并不是这样。对任何一个业余自然史爱好者来说，都需要用心观察，认真思考这些问题，而且从中也可以得到巨大的乐趣。

我们知道，现代的自然史很少关注动植物本身——它们的习惯和行为，而是更多地关注动植物之间的关系，关注动植物及其土壤和水的关系，关注动植物与那些只会为土地唱赞歌，却不明白土

---

① 密苏里州，位于美国中西部，北边与艾奥瓦州相邻，西边由北到南分别是内布拉斯加州、堪萨斯州与俄克拉荷马州，南边与阿肯色州相邻，东边由北至南则分别是伊利诺伊州、肯塔基州与田纳西州。州首府为杰斐逊。

地内部运作的人类的关系。研究这些关系的科学被称作“生态学”,不过叫什么名字并不重要。重要的是:接受过这种教育的人们是否知道,他只是生态系统中的一个细小的组成部分?是否明白如果他可以和这个系统和谐相处,他将获得无限的物质和精神财富?是否理解如果整个系统的平衡、和谐被破坏了,那么他将受到生态的惨重惩罚?假如生态学教育不能让我们明白这些,那么教育有存在价值吗?

我们永远无法做到与土地的完美协调,正如我们永远无法获得绝对的公平和自由。在为这些崇高的目标努力时,重要的不是结果,而是奋斗的过程。只有在实现了机械化的企业中,我们的努力才能早早获得圆满的结果,这个结果就是“成功”。

当我们谈及奋斗时,我们知道,我们需要的力量必须源自内心。外在的力量无法为一个人的奋斗提供充分的支撑。

因此,摆在我们眼前的问题是:当人们已经遗忘土地,或者说教育、文化和科学已经不再关注土地时,人们该如何自发与土地和谐相处。对“自然资源保护教育”来说,这也是迫在眉睫的问题。

美国文化中的野生动植物

原始人的文化与野生动植物息息相关。生活在平原上的印第安人不仅以水牛为食,水牛也对他们的建筑、服饰、宗教、语言、艺术等方面产生了巨大影响。

现代文明人的文化基础已经发生了变迁,但文化与野生动植物之间是藕断丝连的。接下来我要讨论一下,作为文化基础之一的自然根源的价值。

没有人能够对文化进行量化,我也不想在这上面浪费时间。我想说的是,凡是有理性思考的人都会认同,在我们与野生动植物接触的过程中,那些活动、习俗和经验能让我们找到文化的价值。我姑且大胆地将这些价值分成三类。

第一类,当某种经验能促使我们想起自己民族的起源和发展,也就是能唤醒我们的历史意识时,这种经验是有价值的。从最好的意义来说,这种意识就是“民族主义”。由于没有更加简洁的称谓,我暂且将这个意识叫作“拓荒精神”。例如,一个男孩子戴着浣熊皮的帽子,藏在柳树丛中模仿丹尼尔·布恩①时,这就是一种历史的重现。从文化角度看,在某种程度上,他已经做好了面对黑暗现实的准备。当一个农民的孩子早餐前查看过麝鼠陷阱,因此,

---

① 丹尼尔·布恩(1734—1820),美国拓荒者,民间传奇英雄,对肯塔基州和坎伯兰隘口的开辟做出过重要的贡献。

走进教室满身散发着麝鼠气味时,他就是在重演毛皮交易传奇史。

第二类,当某种经验能够让我们认识到自己对土壤—植物—动物—人类这个食物链的依赖,或者让我们想起生物群落每一个基本组织时,它就是一种有价值的经验。文明的进步制造出来的器械和其中作为中介的人类产生了模糊不清的关系。我们误以为工业养活了我们,却忘记了是什么在养活工业。以前,教育鼓励人们接近土地,而不是让我们远离土地。曾经有一首童谣,说一个人带着一张兔皮回家,用它当作包裹婴儿的睡袋。听到这首童谣,人们就会想起曾经依靠打猎为生的岁月。

第三类,当某种经验起着"狩猎道德"的制约作用时,它就是一种有价值的经验。捕猎工具的发展比人类的发展要快得多,"狩猎道德"便是主动控制这些工具的使用,目的是使人们在狩猎的过程中,重视技术的作用,降低工具的作用。

"狩猎道德"有一些特殊之处。大多数情况下,猎人在打猎时,既不会有人为他的行为喝彩叫好,也不会有人对他的行为提出指责。他们无论做什么,只是面对自己的良心,而不是面对旁观者。对此,我们很难夸大它的重要性。

主动遵守"狩猎道德"可以提升猎人的自尊,而随意忽视或违反"狩猎道德"则会让猎人堕落,我们应该牢记这一点。比如,在所有的狩猎规则中,你都能找到关于"不要浪费好肉"的条文。但事实上,威斯康星州的猎人在合法捕猎到两只公鹿的过程中,总会顺手杀死母鹿和小鹿,并将它们的尸体扔在森林中。也就是说,大约有一半的猎人在心满意足地捕杀到一只公鹿前,会随意射杀其他的鹿。杀死那些不该杀的猎物后,他们对此却一点儿都不在意。这种行为不仅没有社会价值,而且可能使猎人在其他领域做出违背道德的事情。

因此,拓荒精神以及人与土地的关系的经验,要么显得没有价值，要么显得非常有价值。可是伦理道德经验，除了以上两种情况，似乎还有负面价值。

我们大体界定了我们户外活动的三种自然根源文化养分的根基，但这并不代表文化也从中得到了养分。提炼价值并不是一种自发的行为，只有健康的文化才能吸收养分并且茁壮成长。可是，就目前的情况来看，户外娱乐形式能否为我们的文化提供足够的养料呢？

拓荒时期产生了两个观念："轻便"和"精准"。这也成了野外拓荒运动的精髓。拓荒者必须一切从简。由于资金、运输工具以及武器等物资的匮乏，他们必须尽力做到既轻便，又精准。我们应该明白，最初的人们不得不接受这两种观念，这是被环境所迫。

随着时间不断推移，这两种观念演变成了户外活动的行为规范，成了人们在狩猎活动中的道德准则。坚强、自力更生的精神，丰富的森林知识和精准的枪法等美国典型传统也就是建立在这两个观念之上的。这些观念虽然没有明确的条文，但并不是抽象的。

西奥多·罗斯福①是一个伟大的"户外活动家"，这并不是因为他家中墙上琳琅满目的战利品，而是因为他用小学生也能听懂的语言为大家清晰地讲述了那种无形的美国传统。如果想要对这种传统和精神做更准确的了解，可以查看斯图尔特·爱德华·怀特②的早期作品。总而言之，这些人依靠对文化价值的理解，在创造一个文化价值的成长方式的过程中，使文化价值得到成长。

随后，制造精密器械的人出现了，也就是所谓的户外活动商品的经销商。他们拥有不计其数的新奇设计，为美国户外活动的爱

---

① 西奥多·罗斯福（1858—1919），美国军事家、政治家，第二十六任总统。在他的总统任期内，对国内的主要贡献是建立资源保护政策，保护了森林、矿产、石油等资源；建立公平交易法案，推动劳资和解。

② 斯图尔特·爱德华·怀特（1873—1946），美国作家，他最早和最成功的作品是《有路标的小道》。

好者提供了诸多装备。

原本这些设计只是作为我们所说的坚强、自力更生的精神，丰富的森林知识和精准的枪法等美国典型传统的辅助品，可现在它们却取代了传统的地位。脖子上、皮带间，随处可见这些器械；货运卡车和拖车里，也都装满了这些东西。所有的野外装备都在朝着更加轻便、精良的方向发展，可是所有的装备集合在一起，便成了一项极大的负担。器械交易总和惊人，而且还在不断发展，人们非常认真地将这个总和称为“野生动物的经济价值”。但是文化价值又在哪里呢？

最后，我们不妨找一个猎鸭者的例子。一个猎鸭者坐在钢制渔船上，藏在一只带有鸣叫器的人造鸟的后面。发动机砰砰地响着，载着他毫不费力地到了目的地。如果当时刮着刺骨的寒风，那么，他会随身携带罐装的化学燃料取暖。

他拿着现代工业发明的鸣叫器，让它用一种很有诱惑力的声音对着飞过的鸭群“说话”。这种声音是他从唱片上录制下来的。鸣叫器一响，便有鸭群飞过来。不等它们在天空中盘旋第二圈，就要开枪，否则就会被沼泽中其他的猎人抢先射杀了。

当鸭群一进入他的射程，他的枪响了。目标距离七十码就可以开枪，因为他的标尺就设在七十码的距离，广告告诉他，他的“超级Z号”的子弹射程非常远。鸭群被惊得四散飞逃，几只受伤的鸭子掉落下来，死在某个地方。

在狩猎中，猎人获得了何种文化价值？还是说他只是在为水貂提供食物？猎人在鸭群飞到射程内开枪，除此之外，附近的狩猎点离目标可能是七十五码。还有其他的捕猎方式吗？目前，所有的猎人都这么做，所有的公共猎场和许多狩猎俱乐部也都是这样做的。传统呢？“轻便”和“精准”的理念哪里去了？

想为此做出解答并不容易。提倡传统的罗斯福对现代的来复枪并不反感;怀特也很喜欢使用铝锅、丝绸帐篷和脱水食物。但他们在使用机械辅助器具时很适度,并没有成为机械的奴隶。

我不知道怎么做才算是适度,也无法分清正当和不正当使用器械之间的界限。可是,我们似乎很容易就能发现,器械的起源和它们对文化的影响密不可分。一些家庭自制的狩猎工具或户外生活工具可以加强人与土地的联系,而不是破坏这种联系;用自制的假蝇钓饵捕捉到鲑鱼的人,除了鲑鱼,他还有另外一种收获。我也时常使用一些工厂生产的器械,但这样做必须有个限度,否则就会破坏户外活动的文化价值。

不过,并非所有的户外活动都堕落到猎鸭那种地步。仍然有人在捍卫美国传统,比如射箭运动和猎鹰训练术的重新出现便是捍卫美国传统的开始。然而机械化的大趋势却未曾改变,而文化价值依然在不断萎缩,拓荒精神和伦理道德的约束越来越弱。

我有一个印象,美国的户外活动者非常迷茫,他们不知道当前究竟发生了什么。更大型、更优良的器械推进了工业发展,为什么不能推动户外活动的发展呢?他们还没有明白,户外活动本质上是一种返璞归真的行为,其蕴含的价值是一种参照价值,机械化的过度扩张毁坏了森林或沼泽,也毁坏了这些参照价值。

没有人告诉猎人,他们做错了什么。与户外活动有关的报纸、杂志已经成了户外活动用品经销商的代言人,不再关注户外活动本身。野生动植物管理者只忙着为人们提供射击用的“靶子”,却不关心射击的文化。因为从色诺芬①到罗斯福,每个人都说户外

① 色诺芬(约公元前430—公元前354),古希腊历史学家、作家,雅典人,苏格拉底的弟子。公元前401年参加希腊雇佣军助小居鲁士争夺波斯王位,未遂,次年率军而返。公元前396年投身斯巴达,被母邦判处终身放逐。著有《远征记》《希腊史》等。

活动具有文化价值,所以人民普遍认为文化价值是永恒的。

在不使用枪支弹药的户外活动中,机械化产生了种种不同的影响,现代文明的产物——双筒望远镜、摄影机和铝制的鸟脚环等,并没有伤害鸟类学的文化价值。假如不是船用发动机和铝制独木舟的出现,钓鱼的机械化程度会远远低于狩猎。另外,运输工具的机械化对户外活动产生破坏性的影响,徒步旅行的空间越来越小了。

在边远偏僻的林区,人们用猎犬捕猎狐狸,这也许是机械局部入侵,但没有破坏文化价值的典型事例。使用猎犬捕猎是最纯粹的狩猎方式之一,是拓荒精神的一种体现,纯粹是人与土地和谐相处的写照。而猎人故意不射中狐狸,这也是一种道德的克制。

可是现在呢?我们却开着汽车追赶狐狸!狩猎的号角声和汽车的喇叭声混杂在一起!可是我想,没有人会发明一只机械猎犬,没有人会在猎犬的鼻子上用螺丝固定一支多管猎枪,也没有人利用留声机或别的捷径训练猎犬。在狗的王国里,机械制造商已经黔驴技穷了。

当然,户外活动的所有弊端不能全部归罪于机械辅助器具。经销商在刊登广告时,总会发挥创意,但创意并没有实物那么可靠,尽管两者可能都没有什么用处。特别应当注意的是,那些为别人提供指导的专栏,告诉人们哪里才是打猎、钓鱼的好去处的知识,这些指导完全属于个人财产。它和钓鱼竿、猎狗或猎枪一样,可以根据个人爱好出借或赠送,可是在娱乐专栏中,公开出售它们,则是另外一回事了。而将它们变成免费的大众服务,告诉所有的人,则与上面两种情况明显又是一回事。甚至连自然资源保护部门也在这样做,告诉人们哪里能钓到鱼,哪里有鸭子在觅食。

这些组织功能的混乱现象,将户外活动中的个人元素非个人化。我不知道正当做法与不正当做法的区别在哪里，但在我看来，为别人推荐活动去处这种服务，已经不在正当做法的范畴之内。

如果那些地方真的是狩猎和钓鱼的好去处，那么为别人推荐好去处的服务足以吸引到更多的游客，此外就显得多此一举了。但假如那些去处不尽如人意，那么在报纸上刊登广告的商人必然要采取其他方法，其中之一便是“钓鱼摸彩”。他们在几条孵化场里养的鱼身上拴上标签，凡是钓到有中奖号码的鱼，就能领取相应的奖励。这种结合了科学技巧和赌博的做法，肯定会为许多鱼类濒临灭绝的湖泊重新引来钓鱼的客人，不可避免地产生过度垂钓的情况。只有当地的渔业商人才会因此感到乐滋滋。

如果在专业野生动物管理人员看来，这些事情与他们无关，那么他们肯定没有忠于职守。生产器械的人和销售员同属一个公司，在利益面前都是一丘之貉[①]。

野生动物管理人员尝试在野外饲养动物，通过改变动物的生存环境，从而将狩猎活动从追逐、探索的过程变成坐享其成。假如这种转变真的发生，那么文化价值会发生什么改变呢？我们必须承认，在荒野探索的情趣和自由自在的捕猎之间存在某种历史联系。丹尼尔·布恩连农作物的收获都等不及了，更别说野生动物了。传统猎人对“收获”观念的反叛，就是拓荒精神的一种具体体现。传统猎人拒绝“收获”，因为坐享其成的行为违背了荒野探索的情趣——自由狩猎。

机械化破坏了拓荒的精神和价值，而没有在文化价值上为这种精神提供替代品。至少我没有看到。野生动物的“收获”或管理却提供了一个替代品，即“野地管理”。对我来说，替代品和原

---

① 一丘之貉(hé)，比喻都是没有什么差别的坏人。

物的价值相同。为了收获野生动物而取得的管理土地的经验，和其他任何形式的耕作一样，具有相同的价值。唤醒人们重新关注人与土地的关系，而且还关系到高层次的道德约束。在不控制掠食动物的前提下，进行野地管理，在道德节制上是一种更高的要求。因此我们可以说，虽然这种“收获”削弱了荒野探索的情趣，但它鼓励了另外两种价值。

如果说，我们把户外活动看作来势汹汹的机械化过程和完全静态的传统之间的冲突，那么文化价值的前景确实不容乐观。可是，为什么我们对户外活动的观念不能像机械产品目录那样日新月异、蓬勃发展呢？也许，要拯救文化价值，必须主动出击。我个人觉得，这种时机已经成熟，户外活动者可以为自己选择未来。

比如说，在过去的十年中，出现了一种全新的户外休闲活动。这种活动虽然使用器械，但不会伤害到野生动植物，更没有成为机械的奴隶。而且它突破了地域限制，大大提高了单位土地能容纳的人数。这种活动没有捕猎量的限制，也没有禁猎的季节，而且不需要看守者。不过它需要老师，需要一种新的具有高度文化价值的森林知识。这项运动便是野生动植物研究。

刚开始的时候，这项活动只属于专业研究人员。当然，这种既困难又费力的研究工作肯定要交给专业人员。不过，仍然有许多小问题，可以供不同阶层的业余爱好者开发探讨。在机械发明领域，很早就有业余爱好者进入了。而在生物学领域，业余研究的娱乐价值才刚刚被人们发现。

因此，业余鸟类爱好者玛格丽特·莫尔斯·耐思在自家后院中研究歌雀，并因此成为研究这种鸟的世界级权威。她的思考和工作，许多专门研究鸟群落的学者都望尘莫及。

银行家查尔斯·L.布洛利喜欢为鹰戴脚环，纯粹出于个人爱好。他从中发现了一个至今鲜为人知的事实:有些鹰冬天时飞往南方筑巢,然后又飞往北部森林“度假”。

曼尼托巴省的农场主诺曼和斯图尔特·克里多对农场中的动植物群落很感兴趣,后来成为当地动植物研究的权威,从当地植物群落到野生动植物的循环,他们无所不知、无所不晓。

介绍神秘的美洲狮最好的两本书之一的作者,便是新墨西哥山上的一个牧牛者伊利特·S. 巴克。

不要觉得他们在工作中都不懂得休闲,他们明白,人生最大的乐趣就在于研究未知的事物。

大多数鸟类业余爱好者目前所了解的鸟类学、哺乳动物学和植物学知识,与他们将来可能了解的知识相比,只是凤毛麟角。原因之一就是当前的生物学教育,包括野生动植物学,只局限于灌输专业研究知识,目的是使专业人员垄断这种研究。对业余爱好者来说,只能假装自己所做的,无非证明专家们已经发现的事实。但年轻的业余爱好者应该明白,他们的心中船坞里有一艘船已整装待发,这是一艘能够在海洋中自由航行的知识之船。

在我看来,提倡进行野生动植物的研究,是摆在野生动植物管理者面前最重要的工作。野生动植物还拥有一种特殊的价值,虽然这种价值只有少数几个生态学者看得见,但它却在整个人类的进步中发挥了重要作用。

现在我们已经知道,动物群具有一些行为模式。动物个体虽然并不明白这个道理,但却在实际上促成了这种模式。比如,兔子并不知道食物链是怎么一回事,但它们却是这一链条中的一环。

我们无法在短时间内通过对个体的研究辨别这种行为模式。即便对一只兔子进行最细致的研究,也无法明白兔群整体行为模式。只有经过几十年的研究才能得到一个群落的整体食物链的概念。

这引发了一个令人不安的问题:人类是否也有一些自己并不知晓,却参与其中促使这种行为模式的形成? 比如暴乱和战争、骚乱和革命。

许多历史学家和哲学家把人类的集体活动看作是个体意志活动的集体结果。外交学则认为,政治团体的特质具有其领导人的特质。而某些经济学家则把整个社会看作是历史进程中的一个玩物,我们对历史的过程大多是后知后觉的。

我们可以明智地认为,比起兔子来,我们的社会过程的内涵更高级。但我们也可以明智地认为,我们作为一个物种,有一些群体模式,在还没有被环境唤醒的情况下,可能尚不为我们所知晓,而且我们可能曲解了一些群体行为模式的含义。

这种对人类群体的行为基础的怀疑,使得与人类近似的唯一物种——高等动物——具有特别的重要性和价值。关于它们的文化价值,早就有人指出过这种动物相似性的文化价值,可是几个世纪过去了,这一丰富的知识宝库依然不为我们所利用,因为我们不知道宝库在哪里,如何利用它。

现在,生态学开始教我们在动物群中寻找与我们遇到同类问题的相似的群体。通过研究生物群的一小部分运作方式,我们就能得知整个生物群的运作机制。未来的森林管理者应该具有进一步探索其深入的意义的能力,以及对它们的批判性理解。

过去,野生动植物养育了我们,为我们塑造文化;现在,野生动植物依然为我们的休闲带来欢乐。可是,我们试图运用现代化的机械获得那些欢乐的方式,反而破坏了野生动植物一部分的文化价值。用现代化心态对待大自然,我们得到的不仅是乐趣,还有智慧。

观　鹿

一个八月的下午，天气很炎热，我无所事事地坐在一棵榆树下，只见东边四分之一英里开外的一块小空地上，一只鹿穿过我们的农场。那里有一条鹿踩出的小径，只要有鹿从小径上经过，待在小木屋后的这个地方，就可以看得一清二楚。

我这才意识到，我的椅子摆在小木屋的这个位置，是观察鹿的好地方，而且多年以来，我已习惯这么做了，可我始终没有意识到这么做的好处。我心想："如果砍掉一些灌木，视野可能会更加开阔。"因此天黑前，我就把一排灌木砍掉了。此后的一个月里，我果然看到了几只鹿从那条小径经过，要是不砍掉灌木，我是看不到的。

接连几个周末，每当有客人来，我都会给他们指出为了观鹿而砍树的地方，想要看看他们的反应。不过显然，大多数人事后很快就把这事忘掉了。而有的人和我一样，一有机会就盯着那个地方。因此，我得出了一个结论，喜爱户外活动的人可以分为四类：猎鹿者、猎鸭者、猎鸟者，还有并不捕猎的人。这样的分类与年龄、性别、装备没有关系，而是由不同的人的注视习惯决定的。猎鹿者习惯性地注视道路的转弯处；猎鸭者将大部分注意力放在天空；猎鸟者盯着猎犬的一举一动；而并不捕猎的人则什么都不太关注。

猎鹿者选座位时，他一定会选在能看清前方的地方，背靠在某件东西上。而猎鸭者则寻找可以看见高处的地点，而且喜欢隐蔽的去处。不捕猎的人只会觉得哪里舒服就坐哪里。以上三种人都不关心狗，只有猎鸟人关心。猎犬在哪里，他都知道，不论猎犬在不在视线范围内，他都一清二楚。猎犬的鼻子是猎鸟者的眼睛。在狩猎季节，很多猎人扛着猎枪出去，但他不会观察猎犬，更不知道猎犬对不同气味有什么反应。

还有一些经验丰富的户外活动者，不属于以上四种类型。鸟类学者用耳朵寻找目标，眼睛只用来追踪已发现的目标。植物学者靠眼睛寻找目标，但只关心眼前近处的事物。他们在寻找植物方面成绩斐然，但是对鸟类或哺乳动物视而不见。有的森林学者眼中只有树木和寄生在树木上的昆虫、菌类，对其他的则熟视无睹。猎人只关心猎物，对其他的一切毫无兴趣，觉得一无价值。

还有一种非常奇特的捕猎形式，无法归于上述的任何种类，那就是寻找动物的粪便、足迹、羽毛、巢穴，以及它们斗殴、挖掘、捕食等遗留下来的残迹。森林中的居民将这种方式称作"迹象解读"。这种技能非常少见，而且常常和书本上的知识相悖。

除了对动物进行"迹象解读"，也有人对植物进行"迹象解读"。这种技能也是非常罕见的，而且得出的结论常常让人疑惑不解。拿一位非洲的探险家来说吧，他在一棵树上离地二十英尺的地方发现了一些狮子的抓痕，因此说那些抓痕是在树幼小的时候留下的。

在生物学领域，生态学家被认为是无所不能的"万事通"，但当他们去做上面提到的户外活动时，结果无一例外，全都铩羽而归①。

---

① 铩（shā）羽而归，比喻失败或不得志而归。

大雁的音乐

几年以前,高尔夫球在美国被认为是社会生活的一种装饰,是有钱、有闲的人的娱乐,那些要务在身的人对此并不关心,更别说认真对待了。可是时至今日,高尔夫球场正在越来越多的城市中兴起,高尔夫运动逐渐变成大众化的消遣。

人们对户外活动的看法也发生了同样的变化——五十年前,它们都被看作是无聊的玩意儿,现在却成了社会生活的必需品。可是奇怪的是,这种改变却对两种最为古老的户外活动——狩猎和钓鱼——刚刚产生影响。

当然,我们也许知道,一个身心疲惫的商人在野外待上一天是有益的。我们已意识到,野生动植物的毁灭使得野外的吸引力不断减弱。但我们还没有学会从社会福祉角度看待野生动植物的价值。一些人试图从食用肉的角度,一些人从个人的爱好、金钱、科学、教育、农业、艺术、公共卫生,甚至军事备战方面为保护野生动植物的重要性辩护。

可是至今为止,只有为数不多的人清晰地意识到,并表达出完整的事实,也就是说,上面的一切,只不过是广义的社会价值的一项要素,却不清楚上述要素像高尔夫运动那样,也是社会资产的一部分。

然而,对那些听到绿头鸭的鸣叫便热血沸腾且心驰神往的人而言,野生动植物别有一番意义。这并不只是一种后天培养的品位，也是一种与生俱来的从捕猎中获得乐趣的本能。高尔夫球是一种精致、复杂的运动，但对狩猎的热爱却近乎是本能。一个人不喜欢高尔夫球，这并不重要；但一个人不喜欢观赏、狩猎、拍摄、智取动物，那么他很难被视为一个正常人。这样的人已经被文明高度同化，我不知道该怎么和他们相处。假如给一个婴儿看高尔夫球，婴儿并不会有特别的反应；但是假如一个男孩儿第一次看到鹿却无动于衷，那么我是不会喜欢这个男孩儿的。

我们所讨论的，是隐藏在人类心灵中的某种与生俱来的东西。也许，一些人在没有狩猎的机会，或狩猎的本能被压抑时依然可以过得安闲自在，如同有些人没有工作、爱情、游戏、事业，以及充满激情的户外活动时，也可以过得很舒适。但在当今社会，他们已经和社会脱节了。发挥正常本能的机会已经被认为是一种不可剥夺的权利。

然而，那些破坏野生动植物的人在彻底破坏人们的这种权利，而且他们还在不断破坏。当所有的土地都被房屋覆盖时，我们可以拆掉房屋修建娱乐场；然而，当最后一只羚羊消失后，我们这个基督世界所有的娱乐团体，无论采取何种行动，都无法弥补这种损失。

如果野生动植物是一种社会资产，那么它们有多大价值呢？显然，我们这些从祖先那里继承了狂热的狩猎欲望的人，如果失去了野生动植物，那么我们就会不知所措。

不过，这样的回答并不具有比较的价值，近来我们往往要在各种生活必需品中取舍。比如说，一只大雁的价值是多少。我恰好有一张昂贵的交响乐演唱会门票，价格不菲，但花得值得。然而，为了亲眼看见一只大雁清晨如何鸣叫着飞入我们的围猎场，我会放弃这场音乐会。天寒地冻，冻得我手指发僵，居然没有射中大雁，尽管如此，我已经看见它了，看着它从灰蒙蒙的西边飞来，鸣叫声传入我的耳中，我甚至听到了风吹过它的翅膀。我是如此真切地感受到它的存在，此后，回想起那情景就心潮澎湃。我毫不怀疑，即便是十个听过交响乐的人，他们的兴奋加在一起，也无法与我的兴奋相比。

翻看笔记时，我发现今年秋天已经看了上千只大雁。它们正从北极地带起飞，朝着墨西哥湾[1]做史诗性之旅。这期间，每一只大雁都可能在某个地方给人们带来快乐。而且这些快乐并不亚于花钱带来的享受。

也许一群活泼的小学生放学后看到一群大雁，于是兴冲冲赶着回家，向家人描述自己的奇遇；也许一群大雁曾在漆黑的野外飞过，在城市上空演奏小夜曲，勾起了很多人的疑虑、回忆和希望；也许一群大雁曾经让某个农民停下手中的活儿，勾起了他关于远方的土地和人们的回忆，想象着雁群翻山越岭的艰难旅程。此前，他每天都重复着单调而辛苦的工作，没有产生过任何想象。

我相信，那上千只大雁可以让人们轻松地得到许多欢乐，而且是用不着花钱就能得到的。钱的价值仅仅是交易价值，如同一幅画、一首诗的价格或版权，然而替代的价值呢？假如画作、诗歌、大雁的音乐都消失了，那会怎么样呢？想到这些，我就感到悲伤。

然而，我们必须面对这个问题。如果需求十分迫切，那么可能有人会创造另一部《伊利亚特》[2]，或者画另外一幅《三钟经》[3]，但

---

① 墨西哥湾，北美洲大陆东南沿海水域，部分为陆地环绕。通过佛罗里达半岛和古巴岛之间的佛罗里达海峡与大西洋相连，并经由尤卡坦半岛和古巴之间的犹加敦海峡与加勒比海相通。

② 《伊利亚特》，相传由荷马所作，主要叙述希腊人远征特洛伊城的故事。通过对特洛伊战争的描写，歌颂英勇善战、维护集体利益、为集体建立功勋的英雄。

③ 《三钟经》，教堂于晨、午、晚鸣钟，提醒教友纪念耶稣降生救世的奥迹，每句中间均诵一遍《圣母经》，并鸣钟一次，共三次，因此称“三钟经”。

谁能造出一只大雁？也许只有上帝能做到吧。“我，耶和华，将应允他们。这是上帝的手所作，是以色列的至圣者所创造。”

假如用相同的标准来衡量大雁的音乐与艺术有没有价值，这种做法是不是一种亵渎？在我看来不会，因为真正的猎人就是艺术家，只是缺乏创造力罢了。

在法国洞穴的兽骨上画下第一幅画的人是谁？是猎人。在现代生活中，当看到身边的美好景象时，谁会怦然心动，甘愿忍受饥饿、干渴和寒冷而只为一饱眼福？是猎人。是谁为猎人写下了伟大的诗篇，描述风、冰雪、雷电、星星、乌云、狮子、鹿、野山羊、乌鸦、鹰和大雕？最重要的是，谁为马写下颂词？是史上伟大的戏剧家之一——约伯。

诗人歌颂和猎人爬山的目的相同，都是追求美；评论家写作和猎人捕捉猎物的目的也相同，都是将美据为己有。两者之间不同之处只在程度、意识、语言，而语言是区分人类活动最狡猾的仲裁者。如果说，没有了大雁的音乐，我们依然可以存活，那么星星、日落或《伊利亚特》也没有存在的必要。可实际上，如果缺少了其中的任何一者，我们都会变得愚蠢至极。

从道德和宗教的角度来看，野生动植物的价值到底在哪里呢？我曾听说有一个小男孩儿，他从小被灌输无神论思想，长大后也顺理成章地成为一名无神论者。但后来，他又信仰上帝。原来，他看到了超过一百种的刺嘴莺[①]亚科的鸟，而且每一种都像彩虹般绚丽，都年复一年地进行数千英里的迁徙。虽然科学家们对这些现象做过许多精辟的论述，但这些描述始终不能令人满意。几百万

① 刺嘴莺，中小型鸟类。大部分具有短而圆的翅膀和很短的尾巴，鸟喙细长，有些物种的鸟喙较宽，具有较强的腿爪，羽毛橄榄绿色或褐色，上面有多种红褐色、黄色或白色斑块。以昆虫、草籽等为食。

年中随意运转的大自然力量的偶然会合，也无法解释刺嘴莺为何如此美丽。哪怕机械论学说有基因突变理论撑腰，依然无法解释为什么有天蓝色的刺嘴莺，夜莺为什么在晚上歌唱，大雁的音乐为何如此婉转悠长。

我敢说，正是这些难以用科学明确解释的现象使男孩儿信仰上帝。我甚至可以肯定地说，他对上帝的信仰比任何一位好归纳的神学家更坚定。而且在以后，还有许多男孩儿会和以赛亚[①]一样——可以看见、了解、思考，可以懂得那都是上帝伟大的创造。可是，将来什么地方能让他看见或思考？是历史博物馆吗？

与其他的户外休闲活动比起来，钓鱼和狩猎对人的品格有何特殊影响？我说过，钓鱼和狩猎欲望深深地藏在人心中，它既来源于本能，也与外部竞争有关。鲁滨孙·克鲁索[②]的儿子没见过网球拍，但没有网球，他的生活也过得好好的。但无论如何，即使没人教，他也会钓鱼或打猎。当然，从主观的利益看来，并不能说明钓鱼或打猎拥有优越性。那么是什么更有助于人的人格的形成？这问题如同以前我们曾经讨论过，在学校，好学生究竟是男生，还是女生，这些问题无论辩论多久都没有答案。

我不会参与这种无意义的讨论，但关于狩猎，我将特别提到两点。一是户外休闲活动的道德规范并非固定的，必须由自身进行确立并进行实践，而且只有上帝是监督者和仲裁者；二是对大多数人来说，狩猎需要对狗和马的操纵能力，而缺乏这种经验恰恰是以汽油为动力的文明的最大缺陷之一。

---

① 以赛亚，《圣经·旧约》中的人物，是《以赛亚书》的作者，通常被认为是写作先知中最伟大的一位。

② 鲁滨孙·克鲁索，英国“小说之父”——丹尼尔·笛福的小说《鲁滨孙漂流记》中的主人公。

在以往的观念中，不懂得狗和马的人无法被看作绅士，这个观点其实很有道理。在西方，虐待马一直是一种人所不齿的行为。早在“性格分析学”诞生之前，饲养牛的地区已经流行这个凭借经验制定性格的分析方法了。据我们所知，这个方法比“性格分析学”更经得住考验。

然而，证明一个东西比另一个东西更加优秀，这种做法并不明智。重要的是，美国人中有六百万到八百万的狩猎和钓鱼爱好者，而且这种狩猎的狂热是人所共有的。美国人从那些引导他们去野外的原因中受益，也因为这些原因被破坏而遭受伤害。因此，如何同这种破坏诱因做斗争成了全社会的一个话题。

结论：我对狩猎有一种天生的狂热。我有三个儿子，他们小的时候，整天和我的媒鸟①玩，有时拿着木枪在空地上来回奔跑。我希望他们能获得良好的健康和教育，而且，我希望他们尽可能地拥有一技之长。

但是，如果日后山中没有鹿，树丛里见不到鹌鹑，草地上也听不到山鹬的鸣啭，哪里是这些健康、教育和技能的用武之地？当夜幕降临在沼泽上，也许再也不会听到野鸭和水鸭的嘎嘎声；当晨星在东方的天空藏匿起来，也许他们再也看不到飞翔的大雁，听不到风吹过翅膀的声音。当黄昏的微风拂过古老的三角叶杨树林，当银灰色的阳光洒在从山上奔流而下的古老的河流上，缓缓地流经宽广的棕色沙洲时，假如没有大雁的音乐伴奏，他们会有怎样的感觉呢？

---

① 媒鸟，一种通过人工驯养，能够在人为授意下，吸引野外鸟类一起鸣叫，从而诱捕野外鸟类的驯鸟。

第四部分　结论

土地伦理

特洛伊战争[1]结束后，神一样的奥德修斯重返家园。他用绳索将家中的十二个女奴全部吊死，因为他怀疑在他外出征战期间，她们有不轨行为。

那时，奥德修斯的这一行为没有被认为有任何不当之处。那些女奴是他的财产，他拥有任意处置权，不涉及是非对错。

其实在奥德修斯的时代，希腊并非没有是非观念。看看奥德修斯的黑色军舰在酒红色的大海中乘风破浪终于重返家园之前，他妻子所坚守的忠贞，你就明白了。当时，伦理观念对妻子提出了要求，但并未涉及奴隶。此后的三千年间，伦理道德标准不断扩展，涵盖了许多范畴。与之对应的是，以自身利益为判断标准的行为逐渐减少了。

伦理的演变次序

到目前为止，只有哲学家研究过伦理道德的扩展，实际上伦理

① 特洛伊战争，公元前 1193 年，以阿伽门农和阿喀琉斯为首的希腊军兴兵讨伐特洛伊。由于特洛伊城池牢固，易守难攻，希腊军队和特洛伊勇士们对峙长达十年，最后奥德修斯献上妙计，让希腊士兵全部登上战船，制造撤兵的假象，并故意在城前留下一具巨大的木马，特洛伊人高兴地把木马当作战利品抬进城去。当晚，正当特洛伊人沉醉于美酒和歌舞的时候，藏在木马腹内的二十名希腊士兵杀出，打开城门，里应外合，特洛伊立刻被攻陷，杀掠和大火将整个城市毁灭。

道德的扩展也是生态进化的一个过程。不仅从哲学的角度，从生物学的角度，我们也能描述这个过程的演变。

从生态学角度看，伦理规范是对为了生存而奋斗的行为的制约；从哲学角度看，伦理规范是社会行为和反社会行为之间的界限。这如同一个硬币的两面，都是从相互依赖的个体或团体的合作模式中发展出来的。这种模式被生态学家定义为“共生”。政治与经济就是一对高级的共生体。在这对共生体中，具有伦理内涵的合作机制取代了部分自由竞争。

随着人口密度的增长和工具的不断改进，合作机制逐渐走向复杂化。在乳齿象[①]时代，能轻而易举地判断出木棍和石头是不是反社会性的手段，然而到了汽车时代，就难以对子弹和广告牌做这种判断了。

最早的伦理规范主要用来处理人与人的关系，“摩西十诫”[②]就是一个例子。随着伦理道德的发展，它开始用来处理个人与社会的关系。“黄金法则”试图将个人融入社会，而民主政治则试图将所有的社会组织转变为个人服务。

我们依然缺乏一些处理人和土地的关系、人和土地上动植物的关系方面的道德规范。土地如同奥德修斯的女奴，只是一种财产。人和土地纯粹保持着经济性的关系，人们只想要特权，不愿承担责任和义务。

假如我对诸多迹象的理解是正确的，那么把伦理道德扩展到

---

① 乳齿象，化石记录的长鼻哺乳动物。经过古乳齿象的初期过渡阶段后，发展到乳齿象类。中新世时广布欧亚大陆，中新世末进入北美洲，下颌进一步缩短，名为美洲乳齿象。更新世期间欧亚大陆的乳齿象趋于灭绝，而美洲乳齿象仍相当繁盛，一直生存到美洲人类出现的早期。

② 摩西十诫，是上帝对犹太人的告诫。摩西是《圣经》中犹太人的古代领袖。传说摩西在带领犹太人迁回迦南途中，在西奈山上接受上帝写在两块石板上的“十诫”。

第三种关系中，不仅在进化上具有可行性，在生态上也有必要。这是一系列步骤中的第三步，而前面的两个步骤都已经完成了。以西结[①]和以赛亚的时代之后的思想家，他们都坚信对土地的掠夺不仅不明智，而且是错误的。可是这种观点尚未得到社会的认同。在我看来，自然资源保护运动可以看作社会已经开始认同这种观点。

伦理规范可以被看成一种模式，引导人们面对生态情势的演进。这种模式新颖、复杂，有时却反应缓慢，甚至不能为普通大众所发现。在面对这种情势时，个人往往依赖本能行事，而伦理规范可能就是不断发展的社群本能。

群落概念

迄今为止，所有已经形成的伦理规范只有一个基础前提：每个人都是群体的一部分，而每个部分都是相互依赖的。个体的本能促使他为了在群体中脱颖而出而奋斗，而个人的伦理道德又使他保持和成员之间的合作。这样才有竞争的余地。

土地伦理道德使得群体的界限被扩大了，土壤、水、植物和动物也被包含其中，统称为“土地”。

这个道理听起来很简单。然而，我们是否已经大声唱出对土地和家园的爱的颂歌？我们是否承担了我们对土地的义务？回答是肯定的。但我们爱的是什么？肯定不是土壤，因为我们放任水土流失；肯定不是河流、湖泊和海洋，因为我们只在使用涡轮机、油轮和冲走垃圾时，才会觉得它们有用；肯定不是植物，因为我们已

---

① 以西结，《以西结书》的作者。《圣经・旧约》记载，以西结与耶利米同为祭司的后嗣。在公元前613年，约雅斤王被掳的第五年，耶和华任命以西结为预言者。

经不动声色地灭绝了许多植物；也肯定不是动物，因为我们已经在不经意间，将诸多最大、最美丽的动物消灭了。

在这些资源的改造、管理和使用方面，土地伦理道德并不能起到阻止作用，但它提醒人们，这些资源在自然中都有继续存在的权利。至少在某些依然呈自然状态存在的地区是这样。

简言之，土地的伦理规范将人类从土地的征服者变成了土地的一般成员，变成了包括土地在内的群落中的公民。这就是说，人类要尊重这个集体的内部成员，也要尊重这个集体。

纵观人类的历史，我们可以知道，但愿能知道，征服者最终都败在了自己手上。为什么？因为担当这个角色的人，通常会认为自己无所不知，可以判定群体的运转，决定哪个有价值，哪个没有价值。事实证明，他在这些方面一无所知。这种自以为是的态度决定了征服者必然以失败告终。

这种现象在生物群落里也有发生。亚伯拉罕明白，土地之所以存在，是为了让他享用“牛奶与蜜”。但如今，教育程度越高的人，对这种看法越没有信心。在大多数人看来，科学能够解释群体运作的机理，但科学家认为自己并不明白这个机理。他们知道，生物群落的运行机理非常复杂，它的机理不可能被完全揭示出来。

如果从生态学的角度诠释历史，我们就能知道，人类只是生物群落的一个组成部分。迄今为止，对许多历史事件，我们只是从人类活动的角度来解释，其实那是人类和土地互动的结果。在对历史事件的影响方面，土地的特质和居住在土地上的人类的特征所起的作用是相同的。

我们以密西西比河河谷的开拓地为例。独立战争结束后，对此地展开争夺的三个团体：印第安土著、英国和法国商人，以及美国的拓荒者。历史学家猜想，如果当初底特律[1]的英国人能够多帮一下印第安人，结局会不会不一样。因为这场战争的结果，决定了拓荒者涌入肯塔基州[2]之后，甘蔗园的命运。

现在，让我们回顾一下历史事实：拓荒者征服了甘蔗园，牛、犁、火、斧头将那里变成了蓝草地。假如由于各种力量的冲击，这片肥沃的土地被摧残，最终只生长没用的杂草和灌木，那么我们该如何是好？布恩[3]和肯顿[4]是否还能支撑下去？拓荒者是否会涌入俄亥俄、印第安纳[5]、伊利诺伊、密苏里等州？美国政府还会从法国手中买下路易斯安那州[6]吗？是否会产生另一个横贯大陆的新联邦？南北战争是否会发生？

在历史长河中，肯塔基州只是一个小小的缩影。大多数时候，我们知道人类想要在历史舞台中扮演什么角色，但我们不知道的是，人类活动成败与否，很大程度上取决于土地对人类所施加的力量的反应。以肯塔基州为例，蓝草从何而来？我们并不知道，它是当地的物种，还是从欧洲偷渡而来的。

在西南部，同样有着勇敢、聪明、坚忍不拔的拓荒者。姑且让

---

① 底特律，美国密歇根州最大的城市，位于美国东北部，加拿大温莎以北，世界传统汽车中心和音乐之都。2013 年，这座曾经风光无限的汽车城正式宣告破产，成为美国历史上规模最大的破产城市。

② 肯塔基州，位于美国中东部，东邻西弗吉尼亚州和弗吉尼亚州，南连田纳西州，西接密苏里州，以密西西比河为州界，北隔俄亥俄河与伊利诺伊州、印第安纳州、俄亥俄州相望。州首府为法兰克福。

③ 布恩，位于美国肯塔基州北部的一个县，为纪念开发肯塔基州的丹尼尔·布恩而命名。西、北隔俄亥俄河分别与印第安纳州和俄亥俄州相望。

④ 肯顿，美国肯塔基州北部的一个县，北隔俄亥俄河与俄亥俄州相望。

⑤ 印第安纳，位于美国中北部，西北濒密歇根湖，北接密歇根州，东界俄亥俄州，西邻伊利诺伊州，南隔俄亥俄河与肯塔基州相望。州首府为印第安纳波里斯。

⑥ 路易斯安那州，位于美国南部，位于墨西哥湾沿岸，北连阿肯色州，西界得克萨斯州，东邻密西西比州，南临墨西哥湾。州首府为巴吞鲁日。

我们做一回"事后诸葛亮",看看这里与肯塔基州的拓荒史有何不同。在西南部,拓荒者没有带来蓝草,或者没有带来能够经受人们滥垦滥伐冲击的植物。由于过度放牧,这个地方逐渐被杂草、灌木所覆盖,生态平衡趋于不稳定状态。物种每衰减一次,土地就受到一次侵蚀;土地每受到一次侵蚀,又使得物种进一步衰减。它们之间形成了一个恶性循环,今天的植物、土壤甚至动物都遭了殃。

早期的拓荒者并没有意识到这种结果,而且在新墨西哥州的沼泽上,还有人在挖排水沟,使得生态恶化进一步加剧。那是一个复杂而微妙的过程,很少有人能感受得到,更别说游客了。在他们眼中,这里的土地景色迷人,也许这是事实,但和 1848 年的景色相比,已面目全非了。

在此之前,这里也曾遭遇过"开发",但是结果却完全不同。在哥伦布发现新大陆之前,西南部地区的印第安土著并不饲养牲畜。后来,他们的文明消失了,但这与他们脚下的土地衰竭无关。

在印度,人们曾经开拓过寸草不生的地区,但对土地却没有产生破坏,因为他们的做法比较特殊:不是放任牛随地吃草,而是从别处割来草喂牛。我不知道这是他们恰巧运气好,还是他们具有高深莫测的智慧。

总之,植物的交替演进在历史进程中起着引导作用,拓荒者只是这种演进过程的一个具体表现。这些是否给了我们历史借鉴?如果把土地作为群体的观念能够深入人心,那么答案是肯定的。

生态良知

自然资源保护的目的,是追求人和土地之间的和谐。尽管一个世纪以来,人们一直在进行宣传工作,但是在自然资源保护方面的进展非常缓慢，而且往往只停留在空洞的口号和争论上。在那些未经开发的偏远地区，我们往往是进一步退两步。

要解决这个难题，最有效的办法是开展“更多的自然资源保护教育”。对此，没有人会持反对意见。可是，我们只满足于在“数量”上下功夫吗？教育的“内容”是否也需要扩展呢？

很难简要而准确地概括出教育的内容。但根据我的理解，教育的内容主要体现在：遵守法律、选拔贤能、参加某些组织、制定符合实际情况的自然资源保护措施。剩下的事情则交由政府处理好了。

这种说法是否太过简单，以致无法带来实际意义？它没有区分对与错，没有规定责任义务，没有提倡奉献精神，也没有要求改变当前的哲学价值观。在土地利用方面，它只是鼓励开明的利己主义。那么，这种教育会把我们引向何方？也许下面的例子能给我们部分启示。

1930 年，除了那些对生态漠不关心的人，大家都知道威斯康星州西南部表土层正面临着严重的水土流失。1933 年，农民被告知，如果他们愿意连续五年采取补救措施，那么地方资源维护队会在这个过程中给予他们资助，而且会提供机械和设备。这个建议得到了大部分农民的赞同。然而五年合同期满后，大部分措施都被人们束之高阁，农民继续按老习惯耕作，因为这可以立刻获得明显的收益。

这件事提醒我们，如果让农民自己制定措施，那么恐怕执行起来会更加容易。因此，在 1937 年，威斯康星州议会通过了《土壤保护区法令》。法令在向农民传达这样的信息：如果你们可以自觉地制定土地合理的使用规则，那么社会大众将会为你们提供免费的技术支持，向你们提供专门的机械。每个郡县都可以根据实际制定规则，而且这些规则都具有法律效力。

《土壤保护区法令》颁布后，几乎所有的郡县都立刻组织起来，采取行动，准备接受大众的帮助。然而十年过去了，任何规则都没有订立。在有些方面，我们取得了很大进步，比如带状耕作、牧场更新、在土壤上撒石灰控制土壤的酸度，等等。可是没有人想到在林地周围围上篱笆，防止牛羊到林中吃草。犁和牛依然在陡峭的山坡上运作。总之，农民只选择能带来直接经济利益的措施，对那些能够造福社区、没有明显经济利益的措施，他们并不关心。

为什么没有人制定相关的规则？有人回答说，因为社区没有支持他们，教育要先于规则。可是现行的教育受到利己主义的束缚，并不关心人对土地的责任和义务，因此造成了这种局面。教育在不断增加，土壤却在不断减少，茂密的丛林也在减少，而洪涝灾害却依然很频繁。

令人疑惑的地方，还在于：当改造道路、学校、教会和棒球队，这些超出利己的义务时，大家都认为这是理所当然的事情，可是在改善水土流失、保护多样的农村地貌时，大家却不认为这是理所当然的事情，更没有展开深入的讨论。如今的土地伦理规范类似于一百年前的社会伦理规范，完全受经济上的利己主义控制。

结论：我们希望农民做出努力，拯救土地，对他们来说，很多事情是举手之劳，而且也只有他们能做到。如果一个农民砍倒了山坡上的树，好让牛畅通无阻地到山上吃草，任由山坡上的岩石和泥土被雨水带走，而他在其他方面表现得当，那么依然会得到人们的尊重。如果他在自己的地里撒石灰，按等高线种植庄稼，那么他依然可以领取关于土壤保护的所有津贴和特别待遇。这个地区原本是一个"美丽的社会机器"，可是我们缩手缩脚，而且急于求成，没有向农民解释清楚他们所承担的义务的重要性，它的两个"气缸"

犯了“咳嗽病”。如果缺乏道德良知，那么义务就不会被执行。而我们所要做的，就是将社会良知推广到土地保护方面。

只有我们改变体制观念、信仰忠诚度、个人爱好等方面，从内在开始改变，才能促进伦理规范的变化。当前，自然资源的保护并没有涉及这些方面，这是比较明显的事情，原因就在于，自然资源保护尚未进入哲学和宗教的视野。我们试图将自然资源保护工作变得简单，却没想到弄巧成拙，让这些工作变得琐碎而微不足道。

土地伦理的替代品

当历史的逻辑需要“面包”，而我们却给了它一块“石头”时，我们总是千方百计解释说，这两种东西非常相似。接下来，我会为大家介绍一些“石头”是如何取代土地伦理这块“面包”的。

当自然资源保护的基础建立在经济目的上时，随之必然会产生一个根本性的缺点，那就是该系统中的多数成员没有经济价值。野花和燕雀[①]就是这样一个例子。威斯康星州有超过两万两千种本土动植物，令人怀疑的是，其中是否有百分之五可以用来出售、做饲料、食用或提供其他经济用途？但无论如何，它们都是整个生物群落的成员。在我看来，生物群落要保持稳定，取决于其完整性，这就是那些动植物存在的理由之一。

当这些不具经济价值的动植物濒临灭绝，而我们恰恰对它们情有独钟，那么我们便会寻找各种借口，为它们制造一些经济价值。20 世纪初，燕雀几近灭绝，于是鸟类学家立刻开始抢救行动，并且为它们编造了一些并不靠谱的理由，例如，如果燕雀不能控制

---

① 燕雀，中型雀鸟。胸棕而腰白，背近黑，腹部白，两翼及尾部黑色，鸣声悦耳。主要以草籽、果食、种子等为食。

昆虫,昆虫就会过度繁衍,最终摧毁我们生存的家园。为了证明自己的说法是正当的,他们就提出了这样的经济价值。

如今,我们读到这些借口,总会感到痛心。虽然我们依然没有建立土地伦理道德,但是我们开始承认鸟类生存的权利,虽然这种鸟未必有经济价值。

在食肉哺乳动物、猛禽和以鱼为食物的鸟类中,也有类似的情况。生物学家一度振振有词地说,这些动物杀死弱小的动物,客观上促进了猎物的健康;这些动物控制了老鼠、松鼠、狸之类动物的数量,对农民有所帮助;或者说它们只捕食"没有价值"的动物。为了使这些理由站得住脚,必须让它们具有经济价值。

直到最近几年,我们才看到了比较客观的论证。人们认为掠食动物作为生物群落一员,不能为了某种或真或假的好处猎杀它们。然而不幸的是,这种开明的观点还只是纸上谈兵。在野外,这种对掠食动物灭绝的行为还普遍存在。

举例来说,狼群濒临灭绝,但国会、自然资源保护署以及许多州议会还是支持杀狼的行动。有的树木生长速度缓慢,有的树木作为木材缺乏经济价值,那些只关心经济利益的林务官把它们从树林中排除出去。北美崖柏、美洲落叶松、山毛榉和铁杉都遭遇了这种不幸的命运。

从林业生态学的角度来看,欧洲的林业发展居于世界领先地位。很多树木尽管没有经济价值,但它们作为森林群落的一员被认可,因此得到了生存空间。而且,有些树种,如山毛榉,对增加土壤的肥力起着重要的作用。欧洲人发现森林中的很多树种和动植物之间存在相互依赖的联系,并认为这是理所当然的事情。

有时,不仅某个物种或群落缺乏经济价值,整个生物群落都会出现这种情况,比如沼泽、沙丘和沙漠。通常,遇到这种情况时,我们会将它们改造成保护地、公园或者纪念场所，并将保护工作交给政府。

但困难在于，这些地区通常分散在经济价值较高的私有土地上，政府无法拥有或控制这些过于分散的地区。于是，我们只能听任它们在广大地区灭绝。如果那些私有土地的主人具有生态学眼光，那么他会主动保护这些地区，并且为自己是它们的监护人而骄傲，因为它们让自己的农场和社区变得多姿多彩。

在有些情况下，认为有些"荒芜"地区经济利益非常低下，这种看法已经被证明是错误的。可是人们总是在失去了它们之后，才了解这一点。眼前就有一个这样的例子：人们曾经排干了麝鼠栖居的沼泽的水，现在却又争先恐后地往里面注水。

美国的自然资源保护呈现出一个明显的特点：凡是私有土地拥有者无法完成的工作，都交给政府来完成。于是，无论在林业、牧场、土壤、河流、湖泊等领域，还是在公园、野地、渔业、候鸟等领域，政府所有、政府运作、政府津贴或政府管理等已是司空见惯的现象，而且还有不断扩展之势。政府担当这些角色是合理的，有时甚至是必需的。我很赞同这种做法，并且将大半生的时光投入到了这种工作之中。

但一个现实的问题是：政府工作的重要性是什么？政府的税收能够承受所有因此产生的繁杂的开支吗？政府的保护工作是否会和乳齿象一样，因为体积过于庞大反而活动不便？假如我们找到了问题的答案，那么想必就是土地伦理道德，或者是其他力量，可以将更多的责任交由私有土地所有者。

产业用地的所有者和使用者，特别是木材商和畜牧业者，常常抱怨他们的土地受到了政府的管制，有许多正当性的例外。但是，他们又不愿采用目前唯一可行的替代办法——主动承担起自己土地的自然资源的保护工作。

当私有土地拥有者被要求为了群众利益做一些事,而那些事恰好又没有经济利益,他们只会耸耸肩表示无能为力。假如这么做需要消耗他们的金钱,那么他们的这种反应是理所当然的,但如果这么做只需要他们有一点儿前瞻性的目光,需要他们大度一点儿,或者花一点儿时间,那么他们至少应该考虑一下再作回答。

近几年来,土地津贴的花费增长惊人,主要用于政府机构开展的保护教育,比如土地管理部门、农学院和推广服务机构等。然而根据我的了解,这些机构并没有将土地保护作为一种伦理道德教育人们。

结论:一个自然资源保护系统如果只以利己为目的,是不平衡的,也是没有希望的。这些系统往往会忽略土地群体中的很多没有商业价值的组成分子,最终甚至将它们消灭,尽管它们在健全体系方面具有不可替代的作用。也许在这种系统看来,生物时钟只要有经济性零件就能运转。我认为这种观点是错误的,即使没有经济性的零件也是能运转的。不能因为自然保护工作太庞大、太复杂、太分散,就把大量工作扔给政府。

目前,要解决这个问题只有一个办法,那就是让私有土地拥有者建立土地伦理的觉悟,并自觉承担责任。

土地金字塔

如果想要有一个可补性强,又能指引人类与土地之间经济关系的伦理道德,那么必须有一个前提——将土地看作生态有机体。只有当我们可以看得见、摸得到、了解、喜爱或者信任某个事物时,我们的心中才会生发出伦理感。

在自然资源保护教育中，经常提及“自然的平衡”这个概念。但这个概念无法准确地表达我们对土地机制方面的知识是何等贫乏，原因太过冗长，在此我就不再赘述。“土地金字塔”这个概念则要贴切得多。首先，我将土地机制描绘成金字塔的模样，并且从土地的使用方面对此进行剖析。

植物吸收太阳光能，之后，这些能量在生物群落中不断循环流转，我们可以将这个生物群落用一个多层的金字塔加以形象的描述。金字塔的最底层是土壤，土壤上是植物层，植物层上面为昆虫层，昆虫层上面为啮齿动物和鸟类层，这样经过了许多动物层之后，到达了金字塔的顶层，那里是大型食肉动物。

每个层级中的物种具有相似性，但这并不表现在来源、外形相似，而是表现在食物相似。在金字塔中，每一层都从它的下层获取食物和其他的服务，并且为自己的上一层提供食物或生存条件。随着金字塔层级的提高，动物的数量就会越来越少。每一只食肉动物有数百只动物可以食用，而这些动物又可以把数千只下层动物作为食物，而后者可以将成千上万的昆虫作为食物，而昆虫则可以食用不计其数的植物。在这个金字塔中，从顶层到底层存在着数目差异。人类和那些既吃肉也吃植物的熊、浣熊、松鼠一样，都处于中间层。

这条生物之间相互依存、相互服务的路线，叫作“食物链”。土壤—橡树—鹿—印第安人曾经是一条常见的食物链，现在基本被土壤—玉米—牛—农民的食物链所代替。包括人类自己在内，每个物种都是食物链的一个环节。鹿不仅吃橡树，也吃其他许多种植物；牛不仅吃玉米，也吃其他许多种植物。所以鹿和牛在许多条食物链中都担任着一环。

金字塔是由无数的食物链组成的，无比复杂，似乎是无序的。

然而整个系统非常稳定，说明这是一个高度组织化的系统。它的各个部分既合作又竞争，共同维持着系统的稳定运转。

最初，生命的金字塔很矮而且很粗，食物链短小、简单。随着生物的进化，金字塔不断增高，关系越来越复杂。为金字塔增加高度和复杂度的数千种物种中，也包括了人类。科学的发展为我们带来了困惑，但至少有一点我们是肯定的：生物的进化往往促使生物群落变得越来越复杂和多样化。

所以，土地不仅是单纯的土壤，也是一个能量的源泉。这种能量从土壤流出，流经植物、动物，不停地循环。食物链是生命的通路，把能量向上层输送。死亡和腐烂又将能量送回土壤。

这个循环是开放的，有些能量因为腐烂而减少，有些能量从空气中吸收能量因而不断增加，还有的能量被贮存在泥土、泥炭和寿命长的森林中，像一笔资金慢慢增多的寿命保险金。虽然能量会在雨水冲刷的过程中出现丢失，但数量并不大，而且岩石的腐蚀会弥补这种能量损失。那些流失的能量被带入了大海，经历了漫长的地质演变后，起死回生，重新形成新的土地和新的生命金字塔。

能量循环流动的速度和特质与动植物群落结构的复杂性有关，如同树液的流动与树木细胞组织的复杂程度有关。假如结构过于简单，一般的循环也许就不会存在。结构指的是组成金字塔的各个物种特定的数目、种类和作用。土地的复杂结构和以土地作为一个能量单位顺利运转的相互依赖关系，是土地的基本属性之一。

当能量循环路线的其中一个部分发生变化，其他相关的部分必须进行调整以适应这一变化。变化对能量流动的影响并非一定是阻碍或转移能量的流向；进化的本身就是一系列自发性的漫长变化过程，最终改善这一机制的流向，延长循环路线。不过，进化上的变化通常是局部的，而且进程相当缓慢。人类发明了诸多工具后，这种改变才会变得强烈而迅速。

植物群落和动物群落的组成发生了改变。有史以来，更大型的哺乳动物第一次被从金字塔的顶端剔除出去，食物链变短了。驯化的外来物种取代本土野生物种，野生物种被迫寻找新的栖息地。在这种世界范围内的动植物交汇中，有的物种在别处变成了有害生物或疾病，有的物种则灭绝了。这种结局并非人们想象的那样，而且也不是人们愿意看到的。它们代表了整个结构中神秘莫测的重新调整。农业科学实质上是一场新害虫的出现以及同新害虫做斗争的竞赛。

另一种改变出现在植物和动物能量流动及回归土壤的过程中。肥力指的是土壤吸收、储存和释放能量的能力。在农业发展过程中，如果过度透支土壤肥力，或者在上层结构中驯养的物种过度代替原有的物种，能量流动的管道会被破坏，或者土壤中储存的能量会被耗尽。当土壤中的能量或寄生在土壤中的有机物消失了，那么土壤的形成和流失将会入不敷出，就会出现土壤侵蚀现象。

水和土壤一样，也是能量循环的一部分。工业污染了水资源，或者建起水坝拦截水资源，因而可能将维持能量循环的动植物也一同毁灭了。

交通运输的发展也带来了基本的改变：现在，生长在某个地区的动植物可能在别处被消费，并且成了别的地区土壤的一部分。交通工具从岩石和空气中攫取能量，运到别的地方使用。鸟类在赤道另一端的大海中抓到鱼，从鱼身上汲取氮元素，而我们将含有氮的鸟粪当作赤道另一边菜园的肥料。诸如此类，以前那些拥有独立性和地域性的能量循环，逐渐被一个遍及世界的循环所整合。

生命金字塔会在人类介入的过程中，将贮存的能量释放出来。在拓荒时期，所有的动植物，无论是驯养的，还是野生的，也许都会呈现出一片欣欣向荣的景象，但这只是假象。而且这些假象一定程度上掩盖了或延缓了人类的过激行为引来的惩罚。

我将土地简单地描述为一个能量的循环，以此表达以下三个观点：(1)土地不仅仅指土壤；(2)一个地区原有的动植物能使土壤的能量保持长久循环，外来的动植物不一定能发挥这种作用；(3)进化上的改变与人类活动对自然能量造成的改变有所不同，人类活动所造成的改变的影响远远超过了人们的预计。

以上观念引发了两个根本性的问题：土地是否拥有足够的调节力，可以适应新秩序？我们在完成预期改变的过程中，使用的手段能否更缓和一些？

对猛烈的转变，不同的生物群落展现出了不同的忍受能力。比如在欧洲，恺撒时代的生命金字塔和今日的金字塔有很大的不同。一些大型动物从塔尖消失了；草地或耕地取代了曾经多沼泽的林地；新的动植物来到了那里，有的变成了有害生物；依然存活的本土动植物在分布和数量上的变化显著。但是土壤依然存在，而且因为肥料的不断注入，它依然非常肥沃，水流也像往常一样流淌。看来新的结构已经代替了旧的结构，而且在不断延续着。能量循环依然正常，没有发生明显的停止或混乱。

由此观之，西欧的生物群落抵抗力比较强，内在运转强健而富有弹性。到目前为止，不管改变多么强烈，当地的生命金字塔总能适应那些改变，创造出适合人类及大多数其他本土生物居住和生存的条件。另外一个经历了剧烈转变而生态秩序依然平稳运行的例子是日本。

而大多数的文明地区，和一些几乎未经开发的地区，都在剧烈转变的过程中出现了不同程度的问题，有的只是初级征兆，有的是恶性耗损。在小亚细亚和北非的结构紊乱调查中，常常误以为是气候变化造成的。很难解释是恶性耗损造成了这种状况，还是这种状况造成了恶性耗损。

在美国，土地结构紊乱的程度因地区而异，西南部、奥扎克山脉以及南部的部分地区，受到的侵害最为严重；新英格兰和西北部地区受到的侵害最轻。在一些侵害程度较轻的地方，如果能够合理开发土地，这种紊乱现象是可以被制止的。在墨西哥、南美洲、南非和澳大利亚的一些地方，强烈的耗损还在继续，而且愈演愈烈，至于结果如何，我无法预料。

这种在世界范围内发生的土地结构紊乱的现象，和动物身上的疾病有许多相似之处。不同的是，动物会以死亡作为终结，但土地不会以完全的瓦解告终，因为土地会进行自我修复。但在自我修复的过程中，土地的复杂性会不断降低，它对动植物以及人类的承载力也会降低。目前，许多看起来欣欣向荣的生物群落实际上只能靠着过度开发的农业维持。也就是说，土地上的生物已经超过了土地的最大承载量，南美洲大部分地区就超负荷了。

在干旱贫瘠地区，我们开垦荒地，试图以这种方式填补不断发生的耗损。但这种努力很快就都付诸东流。在西部地区，即便最好的改造计划持续时间也没有超过一个世纪。

无论是历史学还是生态学，都证明了这样一个推论：人类对自然界的改造越轻微，生命金字塔的调整适应就越有效。人口密度不同，改变的强烈程度也不同；如果人口密度高，那么就需要进行强烈的转变。根据这个论断，如果北美洲的人口密度得到控制，那么与欧洲相比，北美洲的生命金字塔会更加稳定持久。

但是这个论断与我们现有的哲学观念相冲突。哲学观点认为，人口密度的小幅度增加，会让人类的生活变得更加丰富。因此，如果人口密度无限制地扩大，人类生活将会变得无限丰富。生态学告诉我们，人口的过度增长，反而使得因为人口密度提高获得的收益不断减少。

我们不仅不知道人类和土地之间的关系方程式，甚至不清楚方程式中所有的参数。最近科学家在研究矿物质和维生素时，发现了能量向上循环过程中许多意想不到的依赖关系。土壤对植物的价值以及植物对动物的价值，是由某些极为稀少的物质决定的。那么能量向下循环的过程呢？那些不断消失，已经被视为美学上的奢侈品的物种呢？毫无疑问，它们在土壤形成中发挥了作用，但在土壤的维持方面，它们到底发挥了哪些特殊作用呢？J. E. 韦弗①教授向我们提出建议，用草原的花让干旱尘暴区重新恢复生机，但是谁能知道，将来我们会将鹤、秃鹰、水獭以及灰熊用于何种用途。

土地健康和 A 与 B 的争论

因此，透过土地的伦理规范，反映了一种生态良知的存在。同样，生态良知也意味着，大众已经具有了为土地健康负责的意识。所谓土地健康，指的是土地的自我修复能力；所谓自然资源保护，是我们为了认识以及保护这种能力付出的努力。

自然资源保护论者之间存在意见分歧，这是众所周知的事实。从表面看，这种意见分歧会让大众无所适从，但如果仔细分析，我们会发现，在许多专业性的领域，人们的意见其实可以基本分为两

---

① J. E. 韦弗（1884—1956），美国著名植物生态学家、美国著名公立研究型大学内布拉斯加林肯大学农业科学与自然资源学院教授。他发表了许多关于草原植被和生态环境的论文，出版了美国第一本生态学课本。

类。比如,A 类人认为土地就是土壤,它的主要功能表现为生产商品;而 B 类人认为土地是一个有机的生态群落,功能更加广泛,但具体有多广泛,他们也不知道。

以我自己的专业领域——林业为例,A 类人将种树看作种卷心菜,认为只有富含纤维素的植物才具有经济价值。他们持有农业经济式的立场,对那种猛烈的改变并不反对。在 B 类人看来,林业和农业经济学在本质上是不同的,林业利用自然物种,是对自然环境的管理,而不是对人工环境的创造。B 类人倾向于根据某些原则对自然环境进行复制。出于生物和经济上的考虑,他们为栗子[1]、白松等物种濒临绝灭而忧心忡忡。他们也为森林中一系列次级功能的运转担心,比如野生动植物、休闲娱乐、野地、分水岭等。在我看来,只有 B 类人的身上显露出生态良知的光芒。

在野生动植物学领域,也存在两种不同意见。A 组人认为,动物的功能是用作娱乐和食用肉食,衡量它们的生产标准是雉和鲑鱼的捕获数量。无论在眼前还是未来,只要单位成本允许,人工繁殖就是一种值得永久或暂时依靠的手段。B 组人认为,整个生态循环中的所有衍生问题都值得人们思考:人工生产供捕猎的动物对掠食动物有什么影响?我们该如何对待外来的动物?怎样才能让濒临灭绝的物种,如草原榛鸡等恢复生机?如何拯救珍贵的天鹅和美洲鹤?这些做法是否能够涉及野生植物?和在林业界一样,我们同样可以看出两种观点的分歧有多明显。

我对领域较广的农业是个门外汉,因此不便发表意见。但这个领域似乎也存在着意见分歧。生态学还未诞生时,科学农业已经蓬勃发展。因此,生态学观念想要渗透进科学农业,预计需要较

---

① 栗子,即美洲栗,落叶乔木。树皮纵裂,无顶芽,叶互生,叶缘有锐裂齿,羽状侧脉直达齿尖,齿尖常呈芒状,托叶对生,早落。

长的时间。由于农民受农耕技术的影响，他们远比森林和野生动植物管理人员采取更激烈的方式改变生态。不过，在农业界也存在着不满，可能从而引起一种新式的“生态农业”。

在各种现象中，最重要的是出现一种新的证据：衡量农作物作为食物价值并非以产量为标准，肥沃土地出产的农作物不仅在量上有优势，而且在质上也有优势。在贫瘠的土壤，我们可以通过增添肥料来提高产量，却不一定能提高食物的价值。也许很多人对这种观点提出异议，具体的分析工作还是交给更有能力的专业人员吧。

一些持有不同意见的人提出进行“有机耕作”。虽然这种做法有些宗教式的狂热，但毕竟有生态学的倾向，特别是在他们重视土壤以及与土壤有关的动植物群落的重要性方面。

大众对土地利用的其他领域所知甚少，在农业生态基础方面也是不甚了了。举例来说，受过教育的人很少明白，在过去的几十年中，人们虽然在技术上取得了长足进步，但只是抽水设备改进了，挖井技术却没有得到改进。这种技术的进步几乎无法弥补土壤养分流失带来的危害。

在上述有分歧的意见中，我们可以发现几个基本的矛盾一直贯穿其中：作为征服者的人类和作为生物群落一员的人类；作为打造人类进步工具的科学和作为宇宙“探照灯”的科学；作为奴隶的土地和作为所有有机物的集合点的土地。在最关键的时刻，罗宾逊①对特里斯坦②发出了告诫，这种告诫对身处地质时间内的现代

---

① 罗宾逊，埃德温·阿林顿·罗宾逊（1869—1935），美国诗人。文中的诗歌为罗宾逊根据希腊神话创作的长篇叙事诗《特里斯坦》，此作品曾获1928年普利策奖。

② 特里斯坦，亚瑟王时代的传奇人物，圆桌骑士之一，爱上了与他的叔叔康沃尔国王订了婚的公主伊索尔德。

人同样适用：

> 不管愿意与否，特里斯坦，
> 你是一个王，
> 是少数几个能够经受时间考验的人，
> 他们离去后，世界因而改变，
> 留下你离开的痕迹吧。

前景展望

在我看来，如果人们并不喜爱土地、尊敬或赞赏土地，或者对土地的价值并不在意，那么人与土地之间的伦理关系是不可能存在的。我所说的土地价值，是哲学上的价值，含义比纯粹意义上的经济价值要广泛得多。

土地伦理在发展过程中，遭遇了许多障碍，最大的便是我们的教育和经济系统。它不但没有为人们培养强烈的经济意识，反而引导人们渐行渐远。由于诸多物质器械等媒介的出现，现代人同土地隔离了，彼此之间不存在生死攸关的联系，土地对现代人而言，就是城市与城市之间生长农作物的地区。假如让他们在一块没有高尔夫球场或“风景区”的土地上待上一天，他们肯定觉得那是一件非常无聊的事。如果传统农耕可以用水培法来代替，他们会觉得奇妙无比。在他们看来，人造的合成品更适合他们使用，而传统的木材、真皮、纯羊毛等自然产物应当被取而代之。总而言之，他们觉得自己的生活已经不需要土地了。

还有一个巨大的障碍是农民的态度。在农民看来，土地是自己的仇人，是自己受到奴役的根源。从理论上讲，农业机械化可以使农民的负担减轻，然而实际效果如何，有待商榷。

如果要从生态学的角度理解土地有机体的运转，就必须先学习生态学，但生态学并没有随着教育的发展而进步。实际上，许多高等教育对生态学似乎有意避而远之。了解生态学的途径并非只有攻读生态学的课程。地理学、植物学、农艺业、历史或者经济学的课程，都能帮助你了解生态学。事实上这样的安排不仅是合理的，而且是应该的。但在当前的教育模式下，无论读什么课程，你能了解到的生态学知识都非常有限。

如果没有那些极少数勇于挑战“现代”趋势的人士，想要推广土地伦理道德几乎是不可能的。

想要推动土地伦理道德的发展，重要的一环是，不要单纯地从经济学角度考虑土地的使用问题。经济利益是一方面，伦理和美学的需要也是很重要的方面。一件事情或措施，如果对保护生物群落的完整、稳定和美感有所帮助，那么我们就认为它们是合理的，否则便是不合理的。

我们为土地服务时，会受到经济因素的制约，以前是这样的，将来也是如此。在过去，经济决定论者鼓吹经济利益是土地使用的决定性因素，束缚了我们的思想和行动，应当予以摒弃。绝大多数的土地关系，以及由此引发的行动和态度，都取决于土地使用者的品位和爱好，而不是取决于他们的金钱的多寡。大多数的土地关系由投入的时间、技巧、见识和信心程度所决定，而金钱对它们的影响微乎其微。土地使用的观念反映了他们的为人。

我刻意将土地伦理道德视作社会演变进化的产物，因为像伦理道德这么重要的东西，从来都不是由某个人自发“创造”的。只有在最愚蠢的历史学者看来，摩西“创造”了“摩西十诫”。实际上，“摩西十诫”是群体智慧的结晶，摩西仅仅是尝试性地将这些智慧概括总结，并记录了下来。之所以说是尝试，是因为群体的智慧会不断发展。

土地伦理道德的发展过程既有理性的特点，也有感性的特点。在自然资源的保护过程中，许多行为的出发点是好的，却没有良好的收益，甚至产生了副作用，原因在于这些行为对土地或土地的经济性使用缺乏批判性的了解。当伦理道德从个人延伸到整个社会，它的理性内涵就会扩大，想必大家都是知道的。

无论何种伦理道德，它们的运作机制都是相同的，即社会对正确的行为的认可和对错误行为的谴责。

总而言之，当前我们所面临的问题主要体现在态度和工具两方面。我们正在用蒸汽挖掘机改造阿尔汉布拉宫①，并且为惊人的效率感到沾沾自喜。要舍弃蒸汽挖掘机是很难的，因为这种工具确实有诸多优点。然而我们需要更加冷静、客观地思考一下：正确使用那种机械的客观评价标准到底是什么？

---

① 阿尔汉布拉宫，建于1238—1358年。西班牙的著名王宫，为中世纪摩尔人在西班牙建立的格拉纳达王国的王宫。为摩尔人留存在西班牙所有古迹中的精华，有“宫殿之城”和“世界奇迹”之称。

野　地

人类创造了文明,这个人工制品所使用的原料就是野地。

野地作为原材料从来都不是单一的,而是多姿多彩的。因此,由它生产出的文明也是多姿多彩的,这些文明之间的差异就是文化。多姿多彩的文化正反映了其母体——野地的千姿百态、纷繁复杂的特色。

然而,现在人类历史首次面临着两种急剧的改变。一是野地在逐渐消失,地球上比较适合人类居住的地区越来越少;二是交通工具的发展和工业化的进展,必然会带来世界文化的大融合。这两种潮流势不可当,也不应当被阻挡。问题在于,面对这两种变化,我们能否稍微做一些改进,使某些价值保留下来,免得永远消失。

铁砧①上的原材料在铁匠汗水淋漓的劳作下,被征服;同样,对拓荒者来说,野地就是“铁砧上的原料”,也是要被征服的对象。

然而,对一个正在休息的劳动者来说,如果他能够有长远的眼光,放眼世界,就会喜爱和珍惜这些原料,正是这些原料铸就了他生命的意义。在此,我们要大声疾呼,希望把残存的野地保护起来,将这些野地当成博物馆的展览品保存。让那些有朝一日想看

① 铁砧(zhēn),铁铸的砧板,锤炼金属用的垫座。

看、感受感受或研究文化根源的人从中得到启发和教育。

残余野地

我们开拓美国时所依靠的野地，许多已经消失，所以在实际规划图上，各地准备要被保留下的野地无论是规模，还是被开发的程度，各有不同。

长着高禾草的草原从人们的视野中消失了。早在拓荒者骑着马在大草原驰骋的时代，那里还是一片片花海。今后要是能找到一块四十英亩的野地，保留下一些植物的品种就是大幸了。过去，那里有上百种这样的植物，美丽无比。可是如今，那些祖祖辈辈都居住在那里的大多数人都不知道这些花草了。

当年卡皮查·德·瓦卡[①]从牛肚皮底下，观看地平线上短禾草遍地的那些大草原，虽历经牛羊的践踏和农民的不合理开垦，现在依然留有几小块、总数达一万英亩的野地。1849 年，一些淘金人来到了加利福尼亚州，如果说加利福尼亚州所在地的纪念墙上刻着他们的名字，那么大草原的保留地就不值得为他们的大迁徙留下纪念吗？

湖泊沿岸的州曾经有原始松树林，海岸平原曾经生长着巨大的硬木林，然而如今再也见不到这些景象了。现在，哪怕只有几英亩这样的林地作为样本，我们都会欣喜万分。好在现在还有上千英亩枫树林和铁杉树林，阿巴拉契亚山[②]的硬木林、南方硬木林，

---

① 卡皮查·德·瓦卡，西班牙探险家，开拓了现佛罗里达州、得克萨斯州的部分地区。

② 阿巴拉契亚山，北美洲东部的一座山。南起美国亚拉巴马州，北至加拿大纽芬兰省和拉布拉多省。

以及阿第伦达克山脉[1]的云杉森林，还残存着为数不多的野地，但是它们也即将遭遇被砍伐的命运，不久之后，旅游的线路就会深入森林中了。

海岸线、湖岸线是消失得最快的野地成员。曾经的太平洋和大西洋广阔的海岸线，如今已经变成了农舍和旅游的道路。五大湖未开发的湖岸线，如今只有苏必利尔湖还有较大的残留的湖岸线。海岸线是最具有历史性的野地，也是最接近彻底消失的野地。

在落基山脉以东的所有北美地区，只有苏必利尔国际公园被划为野地保护区。那里面积较大，位于明尼苏达州和安大略省[2]的奎提科。这个地区风景雄伟、壮丽，遍布湖泊、河流，大部分位于加拿大地区，只要加拿大愿意，它的规模要多大就能多大。然而最近，它的完整性遭受着两个巨大的威胁：一是水上飞机可以提供服务的钓鱼区越来越大；二是此地的管辖权也出现了纷争。属于明尼苏达州的那部分，究竟是归州森林所有，还是归国家森林所有？整个地区都陷入权力纷争的危险之中。而这种令人遗憾的野地划分之争，结果将导致当权者的权力之争。

在落基山脉穿过的各州，有许多面积从十万英亩到五十万英亩大小不等的国家森林，它们都被划为野地保护起来。那里不许修建道路和旅馆，禁止用作不利于自然环境保护的用途。这些原则得到了国家公园的认同，但是国家公园并没有规定明确的保护范围。总体而言，这些土地是野地保护工作的重点，然而，实际情

---

① 阿第伦达克山脉，美国纽约州东北部的山脉。通常被列在阿帕拉契亚山脉体系内。

② 安大略省，加拿大的一个省。北至哈得逊湾，东邻魁北克，西接曼尼托巴，南部则与美国的明尼苏达、密歇根、俄亥俄、宾夕法尼亚和纽约诸州为界。安大略同美国的边界基本上都是河流或者湖泊，包括五大湖中的苏必利尔湖、休伦湖、伊利湖和安大略湖。

况却并没有报道的那么乐观。旅游需要扩展道路，从而导致野地不断流失。为了对付森林火灾，道路必须畅通，道路扩展成公路。无所事事的地方资源维护队四处鼓吹，劝说各单位建造新的道路，尽管实际上有些道路并不需要。战争期间，由于木材缺乏，必须修建许多运输道路，尽管有些做法违背了法律。当前，滑雪吊索和滑雪旅馆正在山区疯狂兴起，尽管那些地区已经被划为野地保护区。

对野地的侵略手段中，最阴险的要数控制掠食动物，比如说为了保护大型猎物而将狼和狮子全部消灭的做法。果然，大型猎物——鹿和麋鹿大量增加，几乎将全部草地啃光了，于是，鼓励猎人前往野地，猎杀过多的猎物。然而，那些地方太过偏僻，汽车不能直接抵达，现代的猎人们不愿意去那里。为了吸引猎人，修建道路成了理所当然的事情。野地因此不断被道路分割，而且这种情况还在继续。

落基山脉囊括众多的森林形态，从西南方的松柏植物到俄勒冈州的茫茫林海，各种森林形态应有尽有，但这个地方没有沙漠地带。之所以会这样，也许是因为某些幼稚的美学观认为只有湖泊和松树才算“风景”。

在加拿大和阿拉斯加①，依然有广阔的地区尚未开发。

> 在那里，无名的人沿着无名的河流闯荡，
> 孤独而神秘地在神秘而孤独的山谷中死亡。

虽然这些具有代表性的地区经济价值极低，甚至有负面的经

① 阿拉斯加，美国的一个州，位于北美洲大陆西北部，东与加拿大接壤，另外三面环北冰洋、白令海、太平洋。州首府为朱诺。

济价值，但它们应当被保护起来。也许有人会说，不必刻意制订保护计划，因为总会有足够的野地被保留下来。然而最近的历史事实证明，那种说法只是自欺欺人罢了。即便野地得到保留，野地上的动物群落是否能够存留？如今，北美驯鹿、许多种山羊、纯种的北美野牛、极地灰熊、淡水海豹、鲸鱼等，都处于绝灭的边缘。如果那些标志性的动物消失，野地还有什么价值可言？当前，很多社会组织和发展机构准备开发北极的荒地，将在那里推进工业化进程。目前并没有正式的措施出台，保护极地以北的野地。那里的野地虽然幅员辽阔，但是已经逐渐缩小。

加拿大和阿拉斯加是否能够看清并且抓住机会改变当前的状况？答案无人知晓。然而，将拓荒进行到底的努力终成早年拓荒者的笑柄。

供休闲娱乐的野地

在数个世纪中，为生存而搏斗实际上是一种经济行为。这种搏斗失败之时，出于本能，搏斗便以体育活动和竞赛的形式出现。

同样，人与动物的搏斗也是一种经济行为，现在以狩猎和钓鱼的形式保存下来。

公共野地最先是利用户外活动的形式，成了那些狂野而充满阳刚之气的拓荒经历和生存技巧得以永久保存的途径。

这些技巧中的部分已经变得普及，其中的一些为了适应美国国情而发生了细微的变化，但就其本身而言，依然是世界性的，比如狩猎、钓鱼、徒步旅行等。

但和山核桃树一样，有两种技巧是美国特有的，虽然别人也试图模仿这两种技巧，但只有在美洲大陆，它们才得以发挥到极致。

我说的这两种技巧便是乘独木舟以及和驮运货物的队伍一起旅行。但目前，它们的普及性正在急剧萎缩。哈得逊湾的印第安人已经拥有了小汽船，登山者都装备了汽车。

如果我必须依靠独木舟和驮运货物谋生，那么我也可能会使用先进的机械设备，毕竟这两种劳动过于辛苦。但我们野外旅行的目的是消遣，这些机械的大量出现让我不由得感到大煞风景。当到处都见到汽艇，你扛着独木舟在岸上行走显得多此一举。把你的驮运牲畜带到假日旅馆的草地上吃草，无疑是一种愚蠢的行为。如果要这么做，那还不如待在家中，不出门。

野地是保护原始旅行艺术的圣地，尤其保护着乘独木舟和与驮运货物的队伍一起旅行。

也许有人会有不同意见，质疑保存这些原始艺术的必要性。我不想同这些人争论。要么你太了解这种论调，要么你是个老练之人，无须多费口舌。

欧洲也有狩猎和钓鱼活动，但同美国相比，它们缺乏依靠野地保存下来的东西。如果可以选择，那么欧洲人不愿在森林中露营、做饭或工作。他们会将琐碎事都交给助手或仆人去做。所以，他们的狩猎更像野餐，而不像拓荒。检验狩猎和钓鱼技巧的标准是看物质收获的多寡。

有人谴责野外休闲活动“不民主”。在他们看来，野地能提供的娱乐非常少，无法与高尔夫球场和观光营地相提并论。这种观点所犯的最根本错误，就是用批量生产的哲学对抗批量生产。娱乐价值并不能用数字衡量，它和人们的心灵体验程度成正比，也和人们感受到的日常生活的差异程度成正比。以此评判，充斥着机械化的野外休闲活动便显得平淡无奇，毫无乐趣可言。

在森林和山区的野外休闲活动，机械化程度已经高达十分之九。如果人们对较少的事物总是怀有同情和尊重之心,那么野地里的最后的十分之一应当得到珍惜。

供科学研究的野地

有机体拥有保持健康的能力,也就是内在自我更新的能力,这也是有机体最重要的特征。

有两种有机体的自我更新能力和更新过程受到了人类的影响和控制。一种有机体是人类本身,受到医药和公共卫生的影响;另一种有机体是土地,受到农业和自然资源保护的影响。

我们试图保持土地健康,但收效甚微。众所周知,如果土壤的肥力流失殆尽时,或者流失的速度大大快于形成的速度,或者水利资源发生异常,那么土地有机体便处于有病的状态。

还有一些其他的紊乱现象也是客观事实,但还没有被认为是土地处于病态的状态。虽然人们在不断努力,可是仍然有动植物无端地消失了。尽管人们采取了很多保护措施,害虫依然在四处肆虐。我们找不到更简单、合理的解释,因此也将它们看作土地有机体的病症。这两种情况的频繁发生,让我们不能将它们当作正常的生态事件而听之任之。

我们对土地失调的处理方式非常有局限性,这种局限性同样体现在我们对土地失调的认识上。因此,当土壤中的肥力流失殆尽时,我们便在土壤中添加肥料,或是改变土地上的动植物种类。与此同时,我们却忽略了一个事实:这些野生动植物不仅造就了早期土壤,同样重要的是,它们也在维护着土壤。例如,最近有人发现,生长过豚草的土地上的烟草收成格外好,但原因不明。我们并没有想到,这种出于意外的相互依赖关系普遍存在于自然界。

草原上的土拨鼠、地松鼠[1]或老鼠的数量激增，我们把它们当成害虫，不断地用毒药毒杀它们。但我们从没有超越这些动物本身，寻找它们激增的原因。在我们看来，动物造成麻烦的根源必然在动物本身。但最近的科学研究表明，它们的激增是因为植物群落的紊乱。但很少有人会沿着这条线索做更深入的研究。

在许多造林地区，现在一棵树只能制造一根到两根原木，但过去可以制造出三到四根。原因是什么？有思想的林务官知道，原因并不在树身上，而是与土壤的微生植物群落有关。破坏土壤植被容易，但如果想要恢复土壤植被，需要花费比破坏时多得多的工夫。

在保护自然资源方面，许多处理方式都流于形式。为控制洪水，我们修建了水坝，但这和造成洪水的原因没有任何关系；为了防止土壤肥力流失，我们修建了拦沙坝和梯田，这也不是造成土壤肥力流失的直接原因；为了保证猎物和鱼类供应，我们建立了保护区和孵卵场，但这解释不了引起供应不足的原因。

一系列的证据表明，土地和人一样，生病时可能是由于某些器官出了问题。现在我们所采取的那些自然资源保护措施，大多只能起到缓解局部疼痛的作用，却不能根治疾病。这些措施有其必要性，但是不能当作根治的手段。治疗土地疾病是一门艺术，人们现在只是凭一腔热情，真正意义上的有关土地健康维护的科学还待出现。

要建立土地机能健康的科学，必须有一些常态的基本资料，勾勒出健康的土地有机体是如何维持有机体运转的。

我们有两个现成的案例。一个案例是东北欧，虽然那里的人

---

① 地松鼠，松鼠的一种。在树上跳跃的本领不如树松鼠，但在地上打洞、钻洞的本领比树松鼠强。食物以种子为主。

类生活已经持续了几个世纪，但土地机能依然在比较正常地运转。在进行研究时，这是一个我们无法忽略的地区。

另外一个案例是野地，这也是最完美的案例。古生物学提供了大量的证据证明，在漫长的地质时代，野地一直自给自足，始终保持和谐运转。它的组成物种几乎没有消失，也没有发生过某个物种失控的情况。自然造成的土壤生成速度和土地的侵蚀速度基本一致，甚至更快。在研究土地健康方面，野地作为活体实验室，具有意想不到的重要性。

我们不能在亚马孙河①流域研究蒙大拿州②的土地机能。研究每一个生物群落，就必须对那些已开发过和未被开发的土地进行比较研究。我们一直忙于拯救失去平衡的野地研究区，但为时已晚，而且这些存留下来的地方过于狭小，无法维持全方位的稳定性。以黄石国家公园为例，虽然它们的面积多达百万英亩，但依然无法维持掠食动物的平衡，或是抵制家禽、牲畜带来的疾病。因此，在黄石国家公园，狼和美洲豹已经消失，从而导致鹿群的激增，进而使大量的植物被摧毁，特别是冬季牧场的植物。而且由于疾病传播，灰熊和野山羊的数量也在不断减少。

虽然最大的野地机能已经出现了问题，但只要给 J. E. 韦弗一小块野地，他就能了解草原植物比农业经济作物更加抗旱的原因。韦弗通过研究发现，草原的植物在地下非常具有“团队精神”，它们的根系四处蔓延，紧紧抓住各层的土壤。但农业经济作物的根则集中在某一层土壤，甚至毫不涉及其他土壤，因此养分积累不足。韦弗的发现为大家揭示了一个重要的农业经济学原理。

---

① 亚马孙河，世界第二长河，长度仅次于非洲的尼罗河，位于南美洲北部。

② 蒙大拿州，位于美国西北部，东界南、北达科他州，西接爱达荷州，南邻怀俄明州，北与加拿大接壤。州首府为赫勒拿。

同样，只要给托格雷迪亚克[①]一小块野地，他就能知道生长在森林土壤中的松树会比杂草丛生的地区中的松树高大。因为在森林土壤中，松树的根不断往地下延伸，扎得更深。

很多时候，只有对野地和机能紊乱的土地做过比较，我们才能得知健康的土地有何种表现。早期西南方旅行者曾经说，山中的溪流非常清澈，但在我们看来，他们有可能是在恰巧比较好的时间看到了这些河流。防治侵蚀的工程师一直没有资料可以作为参考，直到有人在奇瓦瓦马德雷山脉发现了合适的参照河流。这些地区从未被放牧过，因为放牧者害怕遇到印第安人。所以这条河流即便在最糟糕的时候，也只是变成了乳白色，鲑鱼仍能见到鱼饵。况且河的两岸还长满苔藓。亚利桑那州和新墨西哥州的大部分河流的岸边只有大圆石，不长苔藓，水中不带泥沙，而且树木非常稀少。在马德雷山建立一个跨国实验站，开展研究土地的运作和自身修复的工作，修复美国和墨西哥边境土地的机能。这是一个可以惠及两国睦邻的计划。

总而言之，无论野地是大是小，都可能具备一种价值：为土地科学研究提供样本。休闲娱乐不是野地唯一的，也不是最主要的用途。

供野生动物生存的野地

仅仅依靠国家公园，无法保证大型食肉动物繁衍生息。公园里的大灰熊已处于岌岌可危的境地，公园里的狼已了无踪迹。野山羊也遭遇了相同的命运，数量急剧减少。

---

① 托格雷迪亚克，美国的一位研究土壤、植物的专家，资料不详。

为什么会出现这种情况，有的原因非常明显，有的原因则模糊不清。对活动范围广泛的狼等动物来说，国家公园显然太过狭小。而对许多动物来说，原因则尚不清楚，它们无法在封闭的小空间中大量繁殖。

为了给野生动物扩展生存空间，最可行的办法就是拓展公园周围的林地，将它们变成濒危动物的公园。然而国家森林公园并没有这么做，灰熊濒临灭绝便是这一悲剧的明证。

1909 年，我第一次来到西部。那时，灰熊在山中非常常见，却有可能连续数月见不到一个自然资源保护部门的人员。可是现在，自然资源保护部门的人随处可见，可以说是“每个灌木丛后都躲着一个”。随着管理人员的增加，大多数大型哺乳动物便不断向加拿大边界撤退。根据官方报道，美国境内现有六千只灰熊，五千只都在阿拉斯加。能够见到灰熊的州只有五个。有些人心照不宣地认为，只要加拿大和阿拉斯加还有灰熊存在就足够了。但在我看来，这是远远不够的。阿拉斯加的灰熊远在千里之外，将灰熊流放到阿拉斯加，如同将快乐交给天堂保管，可是天堂却遥不可及。

想要拯救灰熊，就必须拥有一些广阔的土地，那里不能有道路和牲畜的存在，或者那里的牲畜造成的伤害已经得到了足够的修复。想要实现这个目标只有一个办法，那就是买下分散在各地的牧场。虽然政府部门愿意这么做，但是自然资源保护部门却无所作为。林务署在蒙大拿州设立了一个灰熊保护区，但他们也在犹他州的一个山区牧场发展牧羊业，尽管那里已经是犹他州灰熊仅存的地方。

永久的灰熊保护区和永久的野地如同硬币的两面，是不可分割的。假如你想解决其中的一个问题，那么除了满腔热情之外，你还要有保护自然资源的长远眼光和历史洞察力。只有懂得进化轨迹的人,才懂得珍惜进化的载体——野地,才懂得珍惜进化的杰出成果——灰熊。假如教育能真正发挥作用,那么越来越多的人会认识到,西部的历史遗产为今天的西部提供了巨大的意义与价值。尚未出生的年轻人也许会和刘易斯与克拉克那样乘船在河里游历,或许和詹姆斯·卡本·亚当斯一起在山上攀登。而无论是哪一代人,都会重复一个问题:灰色的大熊在哪里?假如我们回答说它由于自然资源保护者的疏忽而消失了,那么这无疑是一件很可悲的事。

野地的捍卫者

野地是只会不断缩小,而不会向四周扩展的自然资源。我们可以改造现有的野地,延缓甚至阻止野地被侵蚀,将它变成休闲娱乐的场所、科学研究的实验地和野生动物保护区。但是想要创造新的野地,则是完全不可能的。

所以,所有的野地保护计划充其量只能算得上是亡羊补牢,所起的作用不过是将野地的退化尽可能地降到最低限度而已。“野地学会”是 1935 年成立的,其宗旨是“拯救美国残存的野地”。塞拉俱乐部[①]的成员们也是因为这个共同的目标走到了一起。

然而,仅仅依靠几个团体的努力是不够的。我们不能因为国会制定了一项关于野地的法令而沾沾自喜,感到心满意足。如果自然资源保护部门里没有远见卓识的人士,那么就无法预料到哪些行为可能对野地造成新的侵害。除此之外,野地保护也需要一小批独具环保意识的人,他们遍及全国各地,富有战斗精神,不断

① 塞拉俱乐部,美国加利福尼亚州的一个环保组织。

观察，并且时刻热情地同破坏野地的行为做斗争。

在欧洲，想要寻找野地只能到喀尔巴阡山脉[①]和西伯利亚[②]地区。每一个有思想的自然资源保护论者，都为此而痛心疾首。相比于其他文明国家，英国拥有的这种土地的奢侈品格外少，但拯救仅有的几块野地的活动正在那里蓬勃开展，虽然有些迟了。

总而言之，能够认识到土地蕴含的文化价值，具有谦卑的认知态度起到了决定性的作用。那些肤浅的现代人脱离了土地，自以为是地认为找到了最重要的东西。他们整天高谈阔论历经千年的政治或经济帝国。只有有智慧的人才明白，历史是由许多连续展开的旅程累积而成的，而且这种旅程是从同一起点开始的。人类不断回到这个起点，重新整装待发，开始新的征程，寻找新的连绵不断的价值观。也只有有智慧的人才明白，为什么原始的野地才能为人类提供人类的定义和诠释。

---

① 喀尔巴阡山脉，位于乌克兰利沃夫市西南一百多千米处，素有“森林公园”的美誉，是乌克兰最大的滑雪基地。

② 西伯利亚，亚洲的西北端，西接乌拉尔山脉，北部与巴伦支海和北冰洋相连，东邻叶尼塞河，南与蒙古、中国和哈萨克斯坦接壤。

环保美学

除了爱情和战争，还有什么活动能像野外休闲活动那样，可以随心所欲地开展，可以任由所有人参加，而且还夹杂着各种相互矛盾的个人欲望和利他主义？野外休闲活动是一项很好的运动，能够使人回归自然，但它们的好处究竟在哪里？怎么才能让人们参与呢？所有的解释都不那么令人信服，只有毫无主见的人，才会完全听从这些意见。

在老罗斯福[①]时代，休闲娱乐逐渐受人关注。原来将乡野排斥在城市之外的铁路，又将城市里的人们带回到乡野游玩。人们也逐渐发现，去野外的人越多，人们得到的安宁、平静，看到的野生动植物以及自然风景就越少。于是，人们必须到越来越远的地方去，才能得到这些享受。

这种尴尬原本只是局部问题，而且比较温和。但汽车的出现，将这种尴尬带到了每一条路况较好的道路尽头，曾经处于偏远地区的荒野变得越来越少。然而，人们对它们的需求却无法减弱。每到周末，城镇中外出度假的人如同太阳射出的离子一样，倾巢而出，他们所到之处摩擦和热潮频现。旅游业为了吸引更多的游客，不断改进食宿服务，吸引人们去更偏远的乡间。报纸上不断刊登

① 老罗斯福，即美国第二十六任总统西奥多·罗斯福。

旅游广告，提示人们除了最近才被蹂躏过的地方外，还有哪些新的景区、新的猎场、新的钓鱼点、新的幽静处等待人们光临。

有关部门修建了大量的道路，让人们可以进入偏远的地区，然后买下更多偏远地区，吸引更多的旅游人群。各种机械制造业为人们提供了完美的装备，足以应付自然的挑战。用不着掌握关于森林的知识和技能，只需使用器械的知识和技能就可以应付了。而现在，拖车出现了，这简直是最乏味、最庸俗的事物。对有些人来说，他们想要的只是旅游或高尔夫球带来的感觉，所以他们能够忍受当前的境况。但对怀有探索精神的人来说，休闲娱乐已经被机械化所摧毁，寻找的结果是空手而归，寻找的过程便成了自我毁灭的过程。

野地受到了车来车往、频繁的游客骚扰，这种情况并非只出现在一个地区。哈得逊湾、阿拉斯加、墨西哥和南非都已经遭受侵袭，南美洲和西伯利亚也即将面临这种危机。莫华克河①沿岸已听不到印第安人的鼓声，取而代之的是前来旅游的汽车的喇叭声。现代人已经不满足于在葡萄藤或无花果树下漫步。他们汽车的油箱里装的是动物许多世纪以来渴求新牧场的动力，像蚂蚁一样遍布各个大陆。

这就是最新式的野外休闲活动。谁是这些活动的主角？他们寻觅的目标是什么？以下的几个事例也许可以解答这些疑惑。

我们先来看看有鸭子栖息的沼泽。沼泽的周围停满了各种各样的车辆和那些躲藏在沼泽边芦苇丛中的社会中坚人物。他们手持自动步枪，手指焦急地扣在扳机上，随时准备朝一只突然出现的鸭子射击，即便这种行为可能是法律和道德所禁止的。他们已经

① 莫华克河，美国东北部的纽约州的一条主要河流，是哈得逊河最大的支流。

酒足饭饱了，但他们向上帝索取鸭肉的欲望丝毫没有减少。

附近的森林中也有另一些社会中坚人物在游荡，他们的目标是罕见的蕨类植物和新出现的鸣禽。由于这种活动算不上盗窃或掠夺，所以他们对猎人杀手不屑一顾，可是他们在年轻的时候，大多也都是猎人杀手。

附近有一个度假的好去处，还有一些自然爱好者，他们在桦树皮上刻下自己那些拙劣的诗句。随处可见驾驶汽车的人，他们的乐趣就是积累车辆行驶的里程数。仅仅一个夏天，他们就把所有的国家公园跑遍了。现在，他们正向南朝墨西哥进发。

最后，还有那些专业的保护自然资源的人。他们组织了数不胜数的自然资源保护组织，为满足或推广探索大自然的人和大众的需求，或想方设法向大众推销他们所能提供的商品。

也许有人会不理解，这些人的差别如此大，怎么能归为一类呢。这是因为，尽管他们的行为千差万别，但就本质而言，他们都是猎人。既然如此，他们为什么都自称是自然资源保护者？这是因为，他们都无法轻松地获取自己想要的野生动植物，因此，煞费苦心地想要依靠法令、拨款、区域规划、政府部门重组等能够代表公共意志的形式，将这些野生动植物留在原地。

在一般人看来，野外休闲活动是一种经济资源，根据参议院的议员提供的数据，我们已经在这些方面消费了数以百万计的钱财。休闲娱乐的确具有经济性。在垂钓区为钓鱼者准备的小屋，或者在沼泽上的一个猎鸭点，消费的钱可能相当于附近一个农场的全部成本。从这方面看，野外休闲活动确实有经济性。

野外休闲活动也有道德性。当大家争先恐后地前往未经破坏的野外探险时，一些规则、戒律也应运而生。我们常常提起“户外活动守则”；我们教育年轻人；我们印制《户外活动者守则》，卖给那些愿意为了发扬这种信念而花费一元钱的人。

显然，野外休闲活动在经济和道德上的表现，是户外活动原动力的结果，却不是原因。我们亲近大自然，是因为我们希望能从中得到乐趣。经济性体制被用来创造和维持设备，而在歌剧中，专业人员以塑造和维持人物形象为生。但如果我们认为，这两种情况都是出于经济性的要求，则是错误的。躲在芦苇中的猎人和舞台上的演员，虽然衣着不同，使用的道具有异，但所做的事情却相同——他们都在通过自己的行动，重现过往生活中经常出现的戏剧。说到底，两者都是美学实践。

野外休闲活动的公共政策，目前存在争议。在什么是野外休闲活动以及如何保护野外资源方面，具有同样良知的两个公民可能给出完全相反的答案。比方说，野地保护协会极力阻止在边远偏僻的地区修建道路，商会却极力主张在那些地区扩建道路。他们都打着野外休闲活动的旗号。猎物饲养员杀死鹰，因为鹰会杀死留给捕猎者的猎物；鸟类爱好者保护鹰，因为他们喜欢拿着望远镜观察在天空中翱翔的鸟。

这两种人经常展开论战，甚至相互谩骂、攻击。说到底，他们只是从不同角度看待野外休闲活动，可从不同角度反映出的特性和活动的本质差距悬殊。因此，当前的一些政策在某方面看来是正确的，而在另一方面看来却是谬误的。

因此，我们也许应当仔细地区分不同的角度，并且分别分析其各自表现出的特性或本质。

我们在分析时，不妨从最简单、最明显的角度入手，即户外活动者可能会寻找、发现、捕捉和带走的具体猎物，比如说，猎物和鱼类等野生动物、猎物的头、毛皮、照片、标本等象征户外活动收获的纪念品等。

这一切事物,都被认为是战利品。它们带给我们的乐趣不仅在于得到,更应该在于得到的过程。这些战利品,无论是一个鸟蛋、几条鲑鱼、一篮蘑菇、一张熊的照片、一件压平了的野花标本,或是一张塞在山上的石堆纪念碑的字条,都只是一个"证书"而已,证明战利品的拥有者曾经做过某事,曾经去过某处,曾经在征服、智胜或占有猎物过程中运用了哪些古老的技巧,展现出了耐力和鉴别力。这些战利品所蕴含的意义,远远超过了其本身的物质价值。

但是,随着追求者的不断增加,战利品蕴含的意义却不断衰减。通过人工繁殖等手段可以增加猎物和鱼的数量,不仅让每一个猎人的收获更多,而且让更多的猎人有了更多的收获。在过去的十年间,野生动物管理行业出现了,许多大学开设了这门课程,教授大学生管理技巧,开展研究工作,追求生产更多、更好的野生动物。然而当这种追求过度时,效益反而逐渐降低。人工饲养的猎物的过度密集降低了战利品的单位价值。

试想,一条人工饲养的鲑鱼放到过度捕捞的溪流中,由于溪水被污染,或者森林被砍伐,或者动物踩踏等原因,溪流被堵塞了,里面已经没有野生鲑鱼出现。这时,没人会认为它和那些从落基山脉没被污染溪流中的野生鲑鱼价值相同。虽然捕捉它们需要同样的技巧,但人工饲养的鲑鱼在美学内涵上大打折扣。根据专家的说法,鲑鱼经过人工饲养,肝脏能力大大退化,可能会夭折。尽管如此,在那些鲑鱼捕捞过度的州,只能依靠这些人工饲养的鲑鱼了。

各地都存在猎物和鱼类人工化的迹象,只是程度各不相同。然而随着人工化进程的加速,自然资源的保护技巧也逐渐人工化。于是,所有战利品的价值都大不如前。

这些人工饲养的鲑鱼成本很高，而且缺乏自卫的能力。为了保护它们，自然资源保护委员会认为不得不杀死那些经常光顾孵化场的鹭和燕鸥，以及那些生活在被放入鲑鱼的河流的秋沙鸭和水獭。在钓客们看来，这种用一种野生动物的生命换取另一种野生动物的生命的行为，他们并没有任何损失，可是鸟类学者的观点就不同了。

事实上，这种人工饲养和管理是用牺牲另外一种或许更高级的休闲娱乐方式为代价，换取了捕鱼权。这就像把大众共有的股票股息只付给了一个人。这种现象在猎物管理界同样存在。长久以来，欧洲一直进行着野生动物捕获量的统计。因此，我们甚至能知道猎物和食肉动物之间的"兑换比例"。比如在萨克森[①]，每七只鸟被捕杀，就有一只鹰死去；每三只小型猎物被捕杀，就会有某只食肉动物因此丧命。

由于动物的人工化管理，植物遭受了巨大侵害，比如森林因为鹿的泛滥而遭殃。德国北部，美国宾夕法尼亚州[②]东北部、凯巴布高原[③]，以及许多不为人知的地区都出现了这种情况。在这些地区，鹿群失去了天敌，因此过度繁衍，作为它们食物的植物需求量大大增加，很多植物因此遭受灭顶之灾。欧洲的山毛榉、槭[④]和紫杉[⑤]，美国东北各州的紫杉和松柏，美国西部的短叶紫杉和峭壁玫

① 萨克森，德国东部的一个州，州首府为德累斯顿。

② 宾夕法尼亚州，美国东北部的一个州，西北临伊利湖，北接纽约州，东接新泽西州，南临特拉华州、马里兰州、西弗吉尼亚州，西与俄亥俄州接壤。州首府为哈里斯堡。

③ 凯巴布高原，位于美国亚利桑那州，科罗拉多大峡谷就在此高原上。

④ 槭(qì)，落叶乔木。树干平滑，叶对生，掌状分裂，秋季变为红色或黄色，花黄绿色，结翅果，能借助风力散布种子。槭树是槭树科槭属树种的泛称，其中一些种俗称"枫树"。

⑤ 紫杉，又名"红豆杉"，是一种红豆杉属的植物。浅根植物，其主根不明显、侧根发达，是世界上公认濒临灭绝的天然珍稀抗癌植物。

瑰等，都成了受害者。无论是野花，还是树木，植物群落的组成越来越少，鹿群食物匮乏，因此营养不良、身形矮小。在过去，雄鹿的角用来装饰国王的城堡，可时至今日，长着美丽鹿角的雄鹿已经在森林中难见踪影了。

在英国的石南荒原，捕猎松鸡和雉的过程中，兔子受到了格外的保护，这让众多小树苗失去了长成大树的机会。许多热带岛屿为了提供肉食和打猎用的猎物从而引进了山羊，使得当地的动植物群遭受了毁灭性打击。失去天敌的哺乳动物和失去了天然植被的放牧地之间，相互造成的伤害难以估算。而那些生长在不合理的生态管理中的农作物，只有在铁丝网的保护和无数的农业补偿政策的支持下，才能幸免于难。

因此，我们可以得出结论：大量追求战利品而频频使用人工手段，反而使得猎物和鱼类等战利品的价值降低，并且会破坏非猎物的动物、自然植被、农作物等资源。

照片比较特别，是一种“间接”的战利品，它们的价值降低并不明显，广而言之，造成的破坏也相对小一些。一处风景，即便每天都有许多客人拍照，它本身也不会受到伤害。相机工业虽然依附于野地，但却是少数几个对大自然无害的“寄生产业”之一。

所以，我们对大量追求这两种战利品的反应截然不同。

现在，让我们来看一下野外休闲活动中另一个更微妙、更复杂的成分——自然界中的孤独感。那些关于野地的争论可以证明，对有些人来说，这种感觉具有稀有的意义。根据官方的定义，野地是没有道路的，道路只能修在野地的边缘。野地被说成是“独一无二”的，事实也确实如此。可是，过不了多久，野地上的道路纵横。也许为了消灭会偶然发生的一场大火，不得不开辟出一条容许消防队员进入的道路，结果野地就被一分为二。由于通往野地道路的拥挤，导游和行李搬运价格上涨。有人指出，关于野地的政策是不民主的，可是曾经对将偏远地区划作野地而保持沉默的当地商会，首先看中的是旅客的钱包，口袋中赚得满满的之后，不再关心那里是否被称为“野地”。吉普车和飞机源源不断涌进，在大自然中享受孤独感的机会也一去不复返了。

总之，想要保护最后残存的野地的人，面对广告和促销活动，常常感到力不从心。

一个不容置疑的事实是，人们大量地追求孤独，反而使得人们在野地中享受孤独的机会大大减少。从这个角度来说，当我们把道路、露营场所、步道、厕所等作为资源开发，本身就是一个错误。从增加或创造野地的意义来看，这种为群众建设的公共设施就像倒进太稀的汤中的水，几乎毫无有效的开发价值。

现在，我们再来看一下另外一个简单的成分——新鲜空气和环境变化，它也非常特别。它的特别之处在于，即便被过度追求，它的价值也不会被破坏或被降低。对进入国家公园的游客而言，第一个人和第一千个人呼吸的空气几乎相同，而且他们都得到了与平时工作相同的特殊体验。甚至可以说，大量游客涌入野外加强了这种对比。因此，我们可以说，“新鲜空气和环境变化”与照片相似，可以在人类的大量追求面前，依然保存自己的价值。

我们再来看看另一种成分——土地和土地上的生物形成独特自然生存形式的过程（进化）和土地与那些生存于其上的生物的生存手段（生态），两者合称为“生态科学”。尽管自认为精英的专业人员对此都心存畏惧，但它们却是大众对生态进化所做的初步探索。

这个过程最重要的特点之一是，它既不耗费任何自然资源，也不会降低任何资源的价值。比如，在一些人看来，老鹰向下捕食是进化的一个写照。可是在另外一些人看来,他们将要威胁到自己煎锅中的食物。这场面让许多亲眼看见的人感到兴奋,只有一种人感到威胁——那个开枪打死了鹰的人。

增进人们对进化过程的认知,是野外休闲活动中唯一真正有创造性的部分。

这个事实特别重要,而且人们还没有正确地认识它,没有看到它在改善人们生活方面的潜力。当丹尼尔·布恩初次踏上那片被称为“黑暗而血腥之地”的森林和草原时,他将这片散发纯正美国野地气息的土地据为己有。当然,他并没有把那里叫作“野地”,但他发现的东西正是我们所追求的,我们追求的是具体的东西,而不是名称。

当然,休闲娱乐并非就是指野地,而是我们对野地的反应。丹尼尔·布恩的反应不仅仅是因为他眼睛看到的一切,也因为他的心灵所感受到的一切本质。如今,我们心灵的收获因为生态科学发生了改变。

在丹尼尔·布恩看来,很多事物只是客观事实,但生态科学为我们发现了它们的起源和作用。以前在丹尼尔·布恩看来,一些事物只是客观属性,但生态科学诠释了它们的运行机制。对这种改变,我们没有任何衡量标准,但是我们可以负责地说,与当前的生态学专家相比,丹尼尔·布恩看到的只是事物表面。在这点上,丹尼尔·布恩和巴比特有相似之处,无法感知也无法理解动植物群的复杂性,无法感受被称为“美国”的有机体的内在美。美国休闲娱乐活动唯一真正的发展,就是发展美国人的感知能力。而且我们用“发展”来修饰的活动,顶多只是在延缓或掩饰对生态科学的感知。

但是,我们并不急于下结论,认为巴比特只有拿到生态学博士学位后，才能“看到”美国。相反，那些拿到博士学位的人可能会和殡仪馆人员一样，虽然从事神秘职业，却对手中的一切无动于衷。感知就像真正的心灵宝藏，可以被切分，甚至分成无限多的小块，但一点儿都不会失去自己的价值。城市中的野草和红杉[①]树林传递着相同的信息，在南太平洋冒险的科学家可能无法感受牧场中的农民所看到的事物。总之，感知既不是金钱所能买到的，也不是学位所能获取的，它可以在当地，也可以在外地生长。不管你拥有多少感知，都可以使用得与生态学家一样得心应手；而对寻求感知而言，急于追求休闲活动没有好处，也没有任何价值。

最后，让我们看看管理意识，即最后一个成分。并不是所有人都认识这个成分，比如，那些仅仅通过用投票保护自然资源的人是不了解户外活动者的。只有那些既有科学感知，又亲手将管理艺术在土地上发挥的人，才了解这个成分。也就是说，只有那些没钱进行户外活动，因而保留自己贫穷的土地的人，还有那些具有生态头脑而且眼光独到的土地管理人，才能享受这个成分。而那些花钱去旅行的游客，那些受雇于政府或他人的户外活动者，则无法领略这个成分。政府尝试着将私人休闲用地全部变成公共经营的，因此将一些原本为大众准备的东西，不自觉地转给了负责此事的政府官员。而实际上，那些人不应当得到报酬，反而应该为我们这些进行野外猎物管理的人支付酬金。

在农业界，大家或多或少明白，那些对生产作物的管理意识可能和作物本身具有同等的重要性，然而在自然资源保护界，大家却不明白这个道理。在苏格兰荒原和德国森林，兴起了密集捕猎动物的做法，但美国的户外活动者却看不起他们。在某种意义上，美

---

① 红杉，落叶乔木。树皮灰色或灰褐色，纵裂粗糙，树冠圆锥形，小枝下垂，幼枝有毛，后渐脱落，叶倒披针状窄条形。

国的户外活动者是对的，但他们也忽略了一些事情。欧洲的土地所有人在耕作过程中发展出了独特的管理意识，而这是我们缺乏的。这一点很重要。必须有奖赏，农民才会去培育森林；必须征收猎场使用费，猎人才会饲养猎物。当我们在这样做时，等于在默认农民、猎人和我们都没有领略到野地管理的乐趣。

在科学界有一句名言：生物个体发展是种群发展的复制品。也就是说，个体的发展是种群进化历史的复制品。无论在物质层面，还是经济层面，这种说法都是正确的。寻求战利品，不论就种族，还是个体而言，都是年轻人的特权，而且他们不需要为此提供任何理由。

当前存在一种令人非常不安的情况，战利品的寻求者并没有成长，在某些战利品的追逐者身上，孤独感、感知和管理能力不仅没有获得进步，有的甚至消失了，他们已经被机械同化了。在没有认真了解养育自己的土地之前，他们便涌到各地。他们只消耗能够令他们获得满足的野外事物，但却从没有创造它们。野外休闲娱乐的工程师为了服务他们，将野地的价值“稀释”，将战利品人工化，却自以为是地觉得这是在为所有的人服务。

寻求战利品的户外活动者有一个特征，他们往往以某些微妙的方式，把户外活动演变成不利于自己的因素。为了获得享受，他们就不惜采用占有、侵占，甚至盗用的手法。在他们眼中，他们不能亲临的野地，无价值可言。他们普遍认为，偏远之处于社会没有丝毫贡献。对缺乏想象力的人来说，地图上的空白处一无所用，而对别人来说，这是块宝地。我从未去过阿拉斯加，能说阿拉斯加毫无价值吗？我需要一条道路，为我指出如何去北极大冰原、育空[1]

---

① 育空，加拿大行政区之一，位于加拿大西北边陲，约十分之一位于北极圈内，气候严寒，是北美洲唯一有公路可进入北极圈的地区。

的天鹅草场，去看科迪亚克[①]的天鹅和麦金利山[②]上的绵羊牧场？

总之，初级的户外活动者似乎只懂得消耗能为他们带来满足的资源基础，而高级的户外活动者却能为自己创造满足，而且几乎不消耗土地和野生动植物的生命，至少在某种意义上可以这么讲。在休闲的过程中，运输系统不断完善、扩张，但人的感知能力并没有获得与之对应的成长，这使得野外休闲活动的质量丧失。在休闲娱乐的发展过程中，并不是为了建造通向野地的纵横交错的道路，而是要使人类尚不完美的心灵获得对自然的感受力。

---

① 科迪亚克，即科迪亚克岛。位于阿拉斯加湾内，与阿拉斯加半岛隔舍利科夫海峡。

② 麦金利山，阿拉斯加山脉的中段。位于美国阿拉斯加州中南部。